Claude Simon
Der Palast

Serie Piper
Band 567

Zu diesem Buch

»Der Palast« ist ein Buch der Erinnerungen. Achtundvierzig Stunden aus der Zeit des spanischen Bürgerkrieges stehen in der Rückschau eines Mannes wieder auf, der fünfzehn Jahre später zum Schauplatz der Rebellion zurückkehrt. Zu jener Zeit ist das einstige Palasthotel Hauptquartier der Republikaner. Die Erinnerung an Industriemagnaten, Filmstars und extravagante Millionärinnen geistert noch darin herum, auch wenn Draperien und Spiegel ausgetauscht wurden gegen zufälliges Inventar. In und um dieses Gebäude spielt der Roman. Das heißt: Er spielt nicht, er ersteht in fünf Bildern. Eine Gruppe Anarchisten bespricht in einem Zimmer die Ereignisse des Tages, beobachtet vom Fenster aus den Begräbniszug eines Funktionärs. Ein Student liegt in der Hitze der Septembernacht schlaflos in einem Zimmer des Hotels. Der Erzähler blendet zurück auf ein Attentat gegen einen Faschisten in einem Pariser Restaurant. Die Zeit hat die republikanischen Hoffnungen endgültig betrogen. »Der Palast« ist heute ein Bankhaus. Der Held, der erkennt, daß die Vergangenheit mit ihrer Möglichkeit zur Kameradschaft und Verbindlichkeit unwiederbringlich verloren ist, begeht Selbstmord.

Die Fülle der sinnlosen Ereignisse, die Atmosphäre aus Urin, Blut und Verwesungsgeruch, die in dieser »leblosen, wimmelnden Stadt« herrscht, zwingen der Kunst Simons eine akribisch ordnende, beschwörende Monotonie ab, die gleichzeitig das Chaotische bewahrt.

Claude Simon, am 10. Oktober 1913 in Tananarive (Madagaskar) als Sohn eines Offiziers geboren. Verbringt seine Kindheit in Perpignan; Schulbesuch in Paris. Studium der Malerei. Militärdienst 1934–35, 1935–39 Reisen in Europa. Teilnahme am Zweiten Weltkrieg; Flucht aus der deutschen Kriegsgefangenschaft nach Perpignan, wo er versteckt lebt und zu schreiben beginnt. Nach Kriegsende Rückkehr nach Paris. Erhält 1985 den Nobelpreis für Literatur. Schrieb u. a. die Romane »Der Wind« (1957; dt. 1959), »Die Straße in Flandern« (1960; dt. 1961), »Die Leitkörper« (1971; dt. 1972) und »Les Géorgiques« (1981).

Claude Simon

DER PALAST

Roman

Aus dem Französischen von
Elmar Tophoven

Piper
München Zürich

Die Originalausgabe erschien 1962 unter dem Titel
»Le Palace« bei Les Editions de Minuit, Paris.

Von Claude Simon liegen in der Serie Piper
außerdem vor:
Der Wind (561)
Die Straße in Flandern (566)

ISBN 3-492-00867-4
Neuausgabe 1985
2. Auflage, 3.–10. Tausend Oktober 1985
(1. Auflage, 1.–8. Tausend dieser Ausgabe)

Umschlag: Federico Luci,
unter Verwendung des Gemäldes »Das Eckhaus« (1913)
von Ludwig Meidner
(Sammlung Thyssen-Bornemisza, Lugano)
Photo Umschlagrückseite: dpa-Fotoreport
Satz: Allgäuer Heimatverlag, Kempten
Druck und Bindung: Clausen & Bosse, Leck
Printed in Germany

Revolution: Bewegung von etwas Beweglichem, das, einen geschlossenen Kreis beschreibend, nacheinander dieselben Punkte berührt. *Dictionnaire Larousse*

I

INVENTAR

Und auf einmal, bei einem jähen Rauschen der sofort wieder ruhigen Luft (so daß sie, mit schon angelegten Flügeln, vollkommen regungslos da war, ohne daß man sie hatte kommen sehen, als ob sie nicht auf den Balkon geflogen, sondern plötzlich erschienen, mit einem Zauberstab zum Vorschein gebracht worden wäre), hatte sich eine von ihnen auf der Steinbrüstung niedergelassen, erstaunlich groß (wahrscheinlich, weil man sie immer nur von weitem sieht), ungewöhnlich plump (wie eine Porzellantaube, dachte er, sich wundernd, wie die Tauben es fertigbrachten, in einer Stadt, wo alle zu wenig zu essen hatten, so fett zu sein, und sich fragend, wie es möglich war, daß man sie nicht einfing und briet), mit ihrem dunkelgrauen, seidigen, gefleckten, am Nacken smaragden und an der Brust kupfrig schimmernden Gefieder, ihren korallenroten Füßen, ihrem kommaförmigen Schnabel und ihrem vorgewölbten Kropf: sie blieb ein paar Sekunden da, mit ihrem stumpfsinnigen runden Auge, den Kopf grundlos nach rechts und links drehend und mit einer Reihe ruckartiger kurzer Bewegungen ihre Haltung immer wieder verändernd, und dann (wahrscheinlich weil einer der im Zimmer Anwesenden sich bewegte oder ein Geräusch machte) flog sie ebenso plötzlich, wie sie sich niedergesetzt hatte, wieder davon.

Und dies: der getäfelte Raum oder vielmehr der Raum, dessen Wände Stuckleisten zierten, die Kaneele zu umranden schienen und in jenem Trianongrau gestrichen waren, das zusammen mit den Hotelpagenkostümen und den litzengeschmückten Portiersuniformen, wie eine Livree, wie eine Art kosmopolitischer, serienmäßig hergestellter Standardputz zu sein scheint, der dazu da ist, den reisenden Milliardären das kostspielige Vorrecht zu gewähren, sich zu horrenden Preisen per Schiff, Flugzeug oder Schlafwagen über Meere und durch oder über ganze Erdteile von einem Appartement zu immer wieder gleichen anderen Appartements befördern lassen zu können, womit sie sich wahrscheinlich über jenen Fluch hinwegtrösten, der sie nötigt, unaufhörlich von einem in eine funkelnde Schneewelt hineingesetzten oder vielmehr auf Menschenrücken dorthingewuchteten Hotelpalast zu einem von Palmen umgebenen anderen Palace zu irren (und wieder mitten in eisigen Einsamkeiten, und wieder unterm spröden Rauschen schwankender Palmen, und das ohne Hoffnung auf ein Ende oder eine Änderung, es sei denn dann und wann – hinsichtlich der im Fenster erscheinenden Landschaft – die Vitrinen eines Juweliers), der Raum also mit den trianongrauen nackten Wänden, wo inmitten einer jeden umrandeten Fläche ein etwas helleres Rechteck die Stelle anzeigte, wo eine jener Gravüren, ebenfalls im Trianon-Stil, gehangen hatte, deren seit jeher französische Legenden *(l'Escarpolette* oder *la Chemise Enlevée)* auf einem Schildchen darunter stehen, das von Rosengirlanden umgeben ist (von den gleichen Blumen, die sich auch um die Seile der Schaukel winden, und in der gleichen Farbe, die auch die Warze einer Frauenbrust tönt), dessen ganzes Mobiliar hinausbefördert worden war (Bett, Sessel, Vorhänge, Teppiche, auch sie in jenem stereotypen, kosmopolitischen, am Vorabend einer Revolution erdachten Stil – als ob, von der Ruhe müder Milliardäre abgesehen, die Grandhotels nur entworfen worden wären, damit sie periodisch von mehr oder weniger provisorischen Regierungen requiriert und ihre Badewannen abwechselnd von epilierten Körpern reicher Argentinierinnen oder von Polizeiakten ausgefüllt würden), ein Mobiliar (Lüster, lackierte Schreibschränkchen und Bergeren), das wahrscheinlich serienweise in der automatischen Fabrik bestellt worden war, einer Fabrik, die nicht aufhörte, Tonnen von maschinell geschnitzten und mit Farbe bespritzten Girlanden, von Ministerschreibtischen, Gravüren überraschter, nackter Schönheiten und mit glänzender Seide bekleideter melancholischer Mandolinenspieler mit Dreispitz auf die Berge, an die Küsten und mitten in die Metropolen zu spucken), Räume also, die restlos geleert (und nicht nur geleert, sondern ausgekratzt, ausgeschabt worden waren) und zwar kraft jenes Gesetzes, wonach jede als bewaffnete Truppe konstituierte menschliche Gruppe sich die systematische Räumung eroberter Häuser zur ersten Aufgabe zu machen hat, als ob Revolver, Gewehre oder Maschinenpistolen nur als zusätzliche hinderliche Last erfunden worden wären, eine Bürde, die schlecht und recht auf dem Rücken bammelt, wobei der Riemen bei jeder Bewegung am Arm entlangrutscht und die Waffe, (der fettige schwarze Stahl) laut mit einer Art boshaften Wut (Revanche oder Rache der Materie, die seit der Nacht der Zeiten im finsteren Schoß der Erde darauf wartet, herausgeholt zu werden, um ihrem gewalttätigen, mörderischen Beruf nachgehen zu können, und die statt dessen schändlicherweise in Domestikenarbeiten verwickelt ist) gegen die Schienbeine der behelmten und gestiefelten Möbeltransporteure stößt, die sich keuchend über die Treppen schleppen, wo die periodischen Wanderungen von Matratzen und Standuhren nach und nach die geheimnisvolle Geschichte und die Geschicke der Welt verwandeln.

Er vermutete jedoch die gleichzeitige Wirkung eines anderen Gesetzes (einer Art Korollarium), das dem Gesetz der kommunizierenden Röhren, wonach das Niveau des Inhalts in den verschiedenen Gefäßen überall gleich hoch ist, nicht unähnlich wäre, und kraft dessen die Geschichte sich nicht auf Grund einfacher Wanderungen, sondern einer Reihe innerer Verwandlungen, molekularer Ortsveränderungen entwickelte (so wie es heißt, daß es beim Schmieden eines Metalls in dessen Innern zu wahren Polonäsen oder besser Quadrillen der Partikel kommt), so daß er glaubte, auf den Treppen zwei fluchende, stolpernde, einander begegnende Reihen von Eroberer-Transporteuren zu sehen (die hinabgehende und die hinaufsteigende), beide unter der doppelten Last ihrer kriegerischen Ausrüstung und (dies gilt für die hinabgehende Reihe) der mit Einlegearbeiten verzierten Nähkästchen, der mit geschnitzten Girlanden geschmückten Frisiertischchen sowie der aufreizenden Darstellungen nackter Frauen, die den (von der anderen, der hinaufsteigenden Reihe getragenen) funktionellen Gegenständen begegneten, welche die Bedürfnisse der Geschichte anstelle jener eleganten Requisiten erforderten, die ersonnen wurden, um dem Heimweh brasilianischer Milliardäre abzuhelfen, also (zwischen den vier getäfelten, taubengrauen Wänden):

erstens: ein großer, ganz gewöhnlicher Holztisch, dessen Platte mit einer an den Kanten heruntergeklappten und unten festgenagelten Zinkfolie (oder Bleifolie?) bedeckt ist, ähnlich jenen Tischen, die in den Eßsälen von Internaten oder jenen karitativen Einrichtungen stehen, wo der Austausch irdischer (von der Anstalt gelieferter) Nahrung gegen geistige Werte (Gebete, Segenssprüche oder Danksagungen, die von dem anderen, dem nehmenden Teil, den Schülern oder Landstreichern, heruntergeleiert oder vielmehr -gekaut werden) stattfindet – ein Tisch also, der aus einem Kloster, einer Schule oder einem Asyl (was in einem Lande, wo die religiösen Orden das Monopol des Unterrichtswesens und der Rettung Gestrandeter innehaben – oder besser wenige Wochen vorher noch innehatten – wahrscheinlich ein und dasselbe war) zu stammen (dort herausgeholt worden zu sein) schien. Es lag jedoch nicht an dem Tisch – es sei denn, man nähme an, daß das häufige Wischen mit zahllosen Lappen über das weißliche Metall (da es ja heißt, daß dieses sich an die erhaltenen Hammerschläge »erinnert« und daß sich nach einer gewissen Anzahl von Schlägen eine Art Sättigung, eine Strukturänderung ergibt, und es daraufhin vielleicht porös geworden war und in unsichtbaren Alveolen der Materie unversiegbare Quellen des Gestanks zu bergen vermochte) auf der so behandelten Fläche feine, parallele, bogenförmige und geperlte Streifen hinterlassend, sie auf die Dauer schließlich mit dem üblen Geruch der Refektorien durchdrungen und so die ekelerregenden darmwarmen Schwaden von Porree, Blumenkohl, Melonen und stagnierendem ranzigem Öl zu den Milliardären gebracht hätte, nicht nur in die pompadourgrauen Schlafzimmer, sondern auch in die Flure und auf die Treppen, die einst von venezolanischen Verschwendern und englischen Lords heimgesucht wurden, wie, so hätte man sagen können, viszerale Ausdünstungen eines Organismus oder pantagruelischer Kutteln, in deren Innern sie nun selber steckten, – bis man, das Fenster öffnend, sich erinnerte, daß nicht das Hotel (diese ihrem ursprünglichen Zweck entfremdete Schwelgerei von Gesimsen, Voluten und versteinerten Wogen) so stank, sondern die ganze Stadt, als ob sie im Begriff sei, gelblich, staubig und fossil geworden, über dem stickigen Labyrinth ihrer Kloaken zu verwesen.

zweitens: zwei Eßzimmerstühle in jenem unechten deutschen Renaissance-Stil, mit hohen Rückenlehnen aus geschnitztem schwarzem Holz, die oben eine Art ovales, leicht vorgewölbtes Wappen trugen, das von Voluten, die aufgeworfene Pergamentbögen darstellten, umrahmt wurde, während die beiden seitlichen Pfosten der Rückenlehne und die Beine die Form gewundener Säulen hatten und die mit verschlissenem granatrotem Plüsch bezogenen Sitzflächen in der Mitte gelblich und fadenscheinig aussahen.

drittens: ein Bürotischchen mit Papierkram und einer schwarzen Schreibmaschine, die Fabrikmarke (Remington) in nur noch halb lesbaren goldenen Lettern.

viertens: ein großes Kanapee (diesmal wahrscheinlich nicht aus einem Kloster hergeschafft, sondern aus einem Luxusbordell, wenn nicht aus einem bischöflichen Palais) aus vergoldetem Holz (kein Blattgold, sondern jene billige mit Bronzestaub gemischte gelbe Farbe – was die Vermutung zugunsten des Bordells beeinflußte), mit einem moiriert schimmernden Bezug aus verschossenem Rot oder besser verschmutztem Rosa, an der Rückenlehne noch recht gut erhalten, aber mit abgenutzter, zu Treppen aus parallelen, haarfeinen Fasern verschleißender Sitzfläche.

fünftens: ein Schaukelstuhl aus lackiertem gelbem Holz, Rückenlehne und Sitzfläche aus gut erhaltenem Rohrgeflecht.

sechstens: ein hölzerner Küchenstuhl mit strohgeflochtenem Sitz.

siebtens: an die Wand geheftet (jedoch nicht genau an der Stelle der heruntergenommenen lasziven Gravüren, so daß die hellen Rechtecke deutlich sichtbar waren) und, auf beiden Seitenwänden, perpendikulär zur Wand mit dem Fenster, einander gegenüber: zwei Glanzpapierfotos gleichen Formats (nicht sehr groß: beinahe so groß wie ein Schreibmaschinenbogen mit einer ungefähr zwei Finger breiten Umrandung), von denen das eine den Kopf eines Mannes mit dem Bart- und Haarwuchs eines biblischen Propheten allerdings im Jackett zeigte, mit vorgewölbter hoher Stirn und welligem Haar, das bis über die Ohren fiel, und das andere einen lächelnden Mann mit quadratischem Gesicht, schwarzem Schnurrbart und einer dunklen Jacke mit Uniformkragen.

auf der Wandfläche links neben dem Fenster (über dem diagonal in die Zimmerecke gestellten Tischchen mit der Schreibmaschine) ein Plan der Stadt mit ihren gelb dargestellten Häuserblocks und ihren sie regelmäßig durchkreuzenden Straßen (›... wie ein Kanalisationsgitter‹, sagte der Amerikaner, ›und wenn man es hochhöbe, würde man darunter eine Kinderleiche entdecken, ein totgeborenes Kind, in alte Zeitungen gewickelt – alte, das heißt einen Monat alte – mit vielversprechenden Schlagzeilen. Das ist es, was so stinkt: nicht der Blumenkohl oder der Porree auf den Treppen der Elendsquartiere und auch nicht die verstopften Klos: nichts anderes als ein Aas, ein Foetus mit zu dickem Kopf in Windeln aus bedrucktem Papier, nichts anderes als ein großköpfiges Wicht, das vorzeitig starb, weil die Ärzte nicht der gleichen Meinung waren, und das in einem Leichentuch aus Wörtern in die Kanalisation geworfen wurde . . .‹, und der Kerl mit dem Schulmeistergesicht, der hinter dem Tischchen auf seinem Stuhl (oder vielmehr auf dem deutschen Bischofsthron aus der Reformationszeit) saß, sah ihn in diesem Moment mit mißbilligender Miene an und sagte: ›Nun hör aber auf!‹, und der Amerikaner, der, mit einer Hinterbacke auf der Kante des langen Refektoriumstisches sitzend, gerade die letzte Patrone in ein Magazin gesteckt hatte, schob dies in den Griff seines riesigen Revolvers und sagte: . . . ›eine stinkende Mumie, umwikkelt und erwürgt von einer Nabelschnur aus kilometerlangen, auf Farbband getippten enthusiastischen Phrasen der begeisterten Armee von Kriegsberichterstattern der liberalen Presse. Opfer der prä-infantilen Krankheit der Revolution: der Patenschaft und Hochschätzung des ehrenwerten Manchester Guardi . .‹, und der Schulmeister: ›Oh, halt' die Klappe‹, worauf der Amerikaner aufstand (indem er seine Hinterbacke wegzog, sich herabrutschen ließ, sich aufrichtete – oder vielmehr sich entfaltete, sich aufklappte –, den Revolver unter den Gürtel seiner Hose zwängte, seine Jacke überm Nabel zuknöpfte, auf das Fenster zuging, sich über den Balkon beugte und, mit dem Rücken zu den Leuten im Zimmer, so als richtete er sich an den Himmel, (aber immerhin spanisch) sagte: ›Na, wie spät soll die Beerdigung sein?‹, worauf der Schulmeister ihm einen Blick zuwarf und dann die Achseln zuckte), ihren parallelen, von Diogonalen durchquerten Avenuen, welche die regelmäßigen, quadratischen Häuserblocks schräg durchschnitten (wobei jedoch die Ecken aller Quadrate gestutzt waren, so daß diese in Wirklichkeit mit allen ihren Abstumpfungen die Form von Oktogonen mit vier langen und vier kurzen Seiten hatten), und der Student glaubte die Stadt genau zu sehen, schmutziggelb am Ufer ihres schmutzigblauen Meeres, verblaßt, in einer Art weißlichem, mit Rauch vermischtem Nebel badend, den der schwache, aber stete Seewind (der die regungslosen Palmenblätter nicht bewegen konnte, wohl aber die Tonnen dicker, schmieriger Luft zu trocknen vermochte) unablässig auf sie wälzte, als erstickende Last auf die Reihen verstaubter Palmen, die Parks mit ihrem staubigen Laub, die düsteren, plumpen Ketten von Wohnhäusern, die gleichmäßig mit jenem gelblichen, unlösbaren Schmutz bedeckt waren, die plumpen Paläste im Zuckerbäkkerstil, die Arenen, die massiven, komplizierten, glitzernden Springbrunnen ohne Kühle, die düstere, erdrückende Aufeinanderfolge von Straßen, Plätzen und Avenuen mit den Namen von Königen, Heiligen, Dogmen und Schlachten: barbarisch und blumengeschmückt, wie ein schrecklicher Katafalk, wie eine Tote auf einem Bett aus Blütenblättern, ein schauerliches Inventar, die schauerliche Litanei einer unbarmherzigen Religion, der unerbittlichen, hochmütigen und geheimnisvollen Geschichte, die mit Eiter, mit stinkenden, unheilbaren Wundmalen bedeckt ist:

Calle de la Cruz
Calle del Sepulcro
Calle de la Sangre
Calle del Rosario
Calle de San Cristobal
Plaza Real

Cuartel de Caballeria
Calle de Floridablanca
Via Augusta
Arenas Monumentales
Calle del Consejo de Ciento
Calle del Concilio de Tarento
Calle del Hospital de Infecciosos

er konnte in grellen Farben – wie auf den Zigarrenkistendeckeln, umrahmt von ovalen, doppelten Medaillons inmitten üppig wuchernder, vergoldeter, sich etwas erhaben anfühlender Voluten und Geflechte – ganze Generationen idiotischer, mit Diademen gekrönter Königinnen und Generationen von Königen mit hochgezwirbelten Schnurrbärten und zu kräftigen Kinnbacken sehen – und hinter ihnen ein Gewimmel von Gouverneuren, Vizekönigen und Generälen mit Pickelhauben und Banditengesichtern, mit Bäuchen wie Fässer, Dickwänste in Uniformen, deren Stoffe in lieblichen Farben (weiß, narzissengelb oder marienblau) leuchteten und die mit Diamanten übersät waren, von Bischöfen mit Nasen wie Sperberschnäbel, von Herzoginnen, Sängerinnen mit Fächern, von bestechlichen Deputierten, Notaren oder Advokaten, die sich mit Brennscheren Locken drehen ließen (und heute kahlköpfig waren, Brillen mit Goldrand und Anzüge trugen, die dunkel und protzig-auffällig zugleich und gestreift wie die Kleidung von Zuhältern waren), von Bankiers, von Bombenwerfern, von Soubretten in faltig geplätteten Schürzen, von Schuhputzern, von Café- oder Barkellnern in abgetragenen Spenzer aus den südlichen Provinzen, wo die Leute traditionsgemäß und friedlich verhungern, mit dreißig von vierzigtausend Huren, die (als Ergänzung der städtischen Reinigungsdienste) für die tägliche Müllabfuhr aus der Stadt, für das gute Funktionieren und die ›Ruhe‹ ihrer niederen Organe unerläßlich waren und als lebendes Halbvieh und sanitäre Einrichtungen importiert worden waren, ebenso wie die ausländischen Könige aus österreichisch-deutschem (durch die Frauen) mit englischem oder französischem Blut bastardiertem Geschlecht, die zur Werbung für Havannazigarren benützt wurden oder als Dekoration auf Konfektschachteln, in denen die Leckereien wie Operettenbataillone in ihren knalligen Farben (grün, gelb, rot, orange) unter ihrem rissigen Zuckerguß in Papiertütchen mit Halskrausen eng aneinandergereiht liegen.

Dann sah er sich, das heißt Jahre später, und ihn, diesen Rest seines Selbst, oder vielmehr diese Spur, diesen Schmutz (diesen Abschaum sozusagen), den er hinterlassen hatte: die lächerliche Figur, die man albern und anmaßend dort hinten, in weiter Ferne, wie durch ein umgedrehtes Opernglas agieren und gestikulieren sieht, und die auf Betreiben der Erinnerung unablässig etwas wiederholt (und selbst ohne ihr Betreiben: indem sie auftritt, ohne überhaupt dazu aufgefordert worden zu sein, wie jene Schauspieler, jene toten, längst vergessenen Kinokomiker, die nur darauf warten, auf der glitzernden Leinwand immer wieder dieselbe stupide Liebhaber- oder Heldenszene zu vergegenwärtigen, indem sie auf ein Zeichen des Regisseurs die Tür öffnen, eintreten, lächeln und die Hand heben – dann von neuem die Vergessenheit, das Nichts, wo sie wahrscheinlich, fix und fertig angezogen und geschminkt, irgendwo bereitstehen, unermüdlich und lüstern nach Applaus, wahrscheinlich hinter der mit ihrem Rahmen frei auf der Bühne aufgebauten Tür, in ängstlicher Erwartung eines Zeichens, das heißt, des Moments, in dem der blasierte Operateur eines Wanderkinos, das alte Filmstreifen unter freiem Himmel, auf Dorfplätzen oder in Scheunen zeigt, seinen Motor einschaltet und ihnen gestattet, zum millionsten Mal die Tür zu öffnen, einzutreten und mit dem immer gleichen glatten, gepuderten, irritierenden, affigen Gesicht zu lächeln und dann die Hand zu heben), die ad infinitum lästig, widerwärtig und aufdringlich dasselbe Stück Leben wiederholen – er konnte sich also mit etwas gereiztem und ungläubigem Staunen sehen und dachte: »Das soll *ich* sein? Das? ...« indem er das winzige, aufgeregte Double seines Selbst betrachtete: es war ungefähr fünfzehn Jahre später, und nun saß oder vielmehr hockte er an einer Bartheke auf einem roten Kunstledersitz mit Lehnen, der wie eine Art Pilz von einem beinahe armdicken Stahlrohr getragen wurde und dessen Fuß am Boden mit Nieten befestigt war, die den Nieten einer Panzerung glichen, als ob die Bar, das ganze Restaurant mit seinem blinkenden Kupfer und Chrom und der pompejanischen Dekoration, den halbnackten, glyzinenumrankten Frauen aus ungenießbarem glasiertem Steingut nach dem Vorbild eines Panzers oder Kreuzers entworfen worden wäre, im Hinblick oder vielmehr in Voraussicht eventueller Angriffe von seiten einer tobsüchtigen, verlausten, ausgehungerten Meute von Freibeutern, die imstande wären, im Handumdrehen alles fortzutragen und zu verschlingen, nicht nur das, was normalerweise eßbar war, sondern sogar das Mobiliar einschließlich Stahl, Kunstleder und Roßhaar — die Nahrung selber (die Schalen voller Krabben, Tintenfische, Salami, Kalmare, Schinkenrollen, Paprika, Melonen- oder Roastbeefscheiben, die gebratenen Hühnchen, Apfelsinen, Bananen und klebrigen Süßigkeiten), die hinter der Theke in jenem prahlerischen, verschwenderischen Überfluß ausgestellt war, dem man nur bei den Armen begegnet, lag geschützt unter Glasplatten und blankgeputztem Metall — das heißt: sichtbar und doch unerreichbar für das Publikum, aber erreichbar für die Bedienung und den Staub — und offenbar unberührt und unberührbar, nicht zum Verspeisen bestimmt — jedenfalls nicht als Speise für die Gäste —, sondern dort ein für allemal hingestellt (die Krabben, Wassermelonen, Hühnchen aus Karton und die buntlackierten Papiermachétörtchen) wie die als Totennahrung in die Gräber getragenen Vorräte, wobei der Wächter (der Barkellner) selber einem Toten glich (oder wenigstens, wie die Hühnchen, aus einer bräunlichen, pappeartigen Masse zu bestehen schien) in seiner weißen, etwas schmuddeligen Jacke, mit dem erdfahlen, hageren Gesicht, den fiebrigen Augen und dem auch unecht aussehenden, in Wellen gelegten, mit Brillantine angeklebten Haar, der sich mit einer ruckartigen, unpersönlichen, scheuen, schaurigen Emsigkeit wie ein Automat, wie ein Soldat beim Exerzieren zu schaffen machte: und genau der gleiche Geruch, der gleiche Gestank nach ranzigem Öl und öffentlichen Toiletten, und hinter der Fensterscheibe genau derselbe Platz, dieselben Lorbeersträucher, dieselben Palmen, die gleichen dickbäuchigen Tauben, die auf dem Rand der Springbrunnenbecken einherstolzierten oder um die Fußgänger herumflatterten, und noch weiter weg, dahinter, oder durch die Fassade hindurch oder trotz der Fassade des Bankhauses, das man an dem Platz errichtet hatte (es hatte schließlich gebrannt, war da stehengeblieben, schauerlich, mit der komplizierten Anatomie seines Innern (nicht mehr die mit Filz belegten und ausgepolsterten Eingeweide, wo müßige Milliardäre lustwandelten, aßen, sich erleichterten, schliefen, heranwuchsen und sich vermehrten, sondern eine Menge einander kreuzender, verkohlter Balken) und seiner Fassade, die von achtzig beiderseits zum Himmel offenen Fenstern durchlöchert war und aus der immer noch in einer regungslosen, wütenden, auflodernden Brunst die versteinerten Schemen riesiger Flammen zu schlagen schienen – so daß es nun zugemauert, eingesperrt zu sein schien, als ob es dort immer noch ungeheuerlich, gähnend, fleckig und unbesiegt emporragte, unmittelbar hinter der babylonischen, rachsüchtigen Mauer aus den Stück für Stück vom grimmen Eifer der habgierigen kleinen Sparer zusammengetragenen Votivsteinen, die von den Bankiers in Empfang genommen, gesammelt und zu fruchtbringenden Zahlenreihen aufgestapelt worden waren), also dahinter (jenseits der hohen schlanken Palmen – und eines der Kinder, das den Tauben Körner hinstreute, hat wohl laufen und sie aufscheuchen müssen, denn sie flogen plötzlich los, wie eine Wolke von Federn, so daß die Luft über dem Platz ein paar Augenblicke lang ganz von einem wehenden, schneeigen Tüpfelschleier verhangen war, den mehrfache Schauer überliefen (da eine Reihe von Tauben sich schon wieder niederließen, während andere sich ihrerseits aufschwangen) und den Gegenströmungen durchzogen (da die Flugbahn einer ansteigenden und dann abfallenden Spirale rund um die Esplanade folgte), wobei die Hunderte von hellen, bebenden Flecken in verschiedenen Ebenen wie Kammzacken übereinandergriffen: die nächsten von links nach rechts und die am weitesten entfernten von rechts nach links), wie ein wehender Vorhang, hinter dem er durch die Glasscheibe der Bar den unzerstört emporragenden barocken, bombastischen Bau zu sehen glaubte, an dem von einem Balkon zum anderen Stoffbänder gespannt waren (wie jene Briefmarkenaufdrucke, die mit einer kurzen Formel sowohl den Sinn als den Wert dessen verändern, was der Graveur durch eine Fülle von Ziffern, Allegorien und guillochierten Verzierungen zu symbolisieren versucht hatte), auf denen sich emphatische und naive Sprüche in roten und schwarzen Lettern über die ganze Breite der Fassade erstreckten, stolze, magische Formeln der Eroberung und Besitzergreifung – und da der wallende, flatternde Taubenschwarm schwankte, sich neigte und schließlich herabsank, erschien wieder die kalte, nackte Mauer des geometrischen, quadratischen Bankgebäudes, von dem sich das bemalte, lächelnde Gesicht abhob, und er fragte sich, wie lange sie schon dort sitzen mochte (nicht auf dem Sitz direkt neben seinem – sie hatte einen freigelassen), sie, deren junger, üppiger Leib unter der schwarzglänzenden Seide wie ein übersprudelndes Geheimnis war, und die ihn mit ihrer zugleich bescheidenen, einladenden, albernen und geschäftstüchtigen Miene anlächelte, bis er sich abwandte und aus seiner Tasche ein Bündel hervorzog (keine Papierscheine, eher dünne, filzige Lappen, und offenbar auch kein Geld, da es nämlich unmöglich war, eine Ziffer darauf zu lesen und etwas anderes als eine Art schmutzigen grünlichen oder braunen Schimmel darauf zu erkennen), und den Kellner rief, ihn hinter der Bartheke fiebrig, abgezehrt und diensteifrig auftauchen sah, während die Hand mit den Peseten auf das leere Glas wies, und er gleichzeitig versuchte, das Alter zu schätzen, das er (der Kellner) haben mochte (und er kam zu dem Schluß: ungefähr das gleiche wie er selbst), und sich dann nicht mehr enthalten konnte, eine Bewegung in Richtung der Esplanade, der babylonischen Bank zu machen und zu sagen: »Das hat man also an seiner Stelle erbaut?«, worauf der Kellner einen kurzen, scheuen, toten, ausdruckslosen Blick durch die Fensterscheibe warf, sich dann abwandte und mit jener unpersönlichen, gehorsamen und tönenden Stimme, mit der er die Bestellungen ankündigte: »Si Señor!« sagte und mit undurchdringlichem, hagerem Gesicht die Geldscheine zählte, indes er seinerseits wieder unwiderstehlich, unaufhaltsam auf ihn einredete, das Datum, das Jahr, die Jahreszahl nannte, die für alle in der Stadt nicht an einen Jahrgang erinnerte, sondern an etwas (keinen Rausch – oder aber viel mehr), das keinerlei Wein, keinerlei Alkohol jemals hervorzurufen vermag (die Jahreszahl, deren bloße Erwähnung vor einem Barkellner und einer Hure etwas Ungebührliches war – aber vielleicht hatte er sie doch nicht genannt, war es ihm gelungen, sich zurückzuhalten – das heißt: seine Zunge, seine Lippen, denn es war augenscheinlich so, als habe er sie genannt), denn der Kellner sagte oder vielmehr brüllte wieder: »Si Señor!« wobei er ihn mit denselben toten, brennenden Augen ansah, und das Mädchen sagte dem Kellner in diesem Moment etwas, das wahrscheinlich ihn betraf, (ihn, mit der Handvoll schmutziger Scheine, ihn, mit seiner bequemen Kleidung und seinen ungebührlichen Äußerungen), aber zu schnell, als daß er es verstehen konnte (er konnte die Zeitungen noch lesen und auch wohl ein paar Worte mitkriegen, wenn man langsam und deutlich sprach, aber sonst nicht: auch das war nun zu weit weg, wie alles andere), zweifellos etwas Abfälliges (nicht weil ich sie an etwas erinnert hatte, was weder das Flittchen noch den Kellner jetzt noch kümmerte, sie hatten in fünfzehn Jahren gelernt, dem, was geschehen war, nicht mehr Beachtung zu schenken als einem Traum, der allzu wild, allzu fern und allzu grell war, als daß man an seine Wirklichkeit glauben könnte, als daß man sich anders daran erinnern könnte als an ein ganz unglaubliches Abenteuer, das man im Schlaf gehabt hat) oder, weniger etwas Abfälliges als etwas Überdrüssiges (und nicht etwa aus Ärger darüber, daß sie als Frau verschmäht oder verkannt wurde, sondern kalt und professionell – in dem Ton, in dem zwei Angestellte miteinander reden, die in zwei kaum verschiedenen Spezialitäten desselben Faches arbeiten), der Kellner schien es nicht zu hören, obgleich etwas Unmerkliches geschah, von ihm auszugehen schien (ohne daß man genau hätte sagen können wie: sein Gesicht blieb undurchdringlich und sein Körper gespannt und dienstbereit), eine Art wütende, lakonische Zustimmung: rund um das erdfahle Handgelenk war der Ärmel des Spenzers zu ungleichen Bärten zerfasert, auch die Manschette des Hemdes war zerfranst; die Hand raffte die drei hingehaltenen Scheine, die drei filzigen, dunkelgrünen Lumpen an sich und hielt inne, als ob sie nicht begriffe, zählte die Banknoten einmal, zweimal und merkte, daß es mehr als das Doppelte des Preises für ein Glas war: aber er tat nicht, was man hätte erwarten können, weder das eine noch das andere, das heißt: die Scheine wortlos einstecken oder aber sagen: »Sie haben sich geirrt«, die unermüdliche und verbrauchte Stimme brüllte nur: »Noch ein Bier?«, und er antwortete: »Nein«, mit gesenktem Kopf, unter den geringschätzigen, mißbilligenden Blicken des Flittchens und des Kellners, als ob es in der Bar in diesem Moment, trotz des Gewirrs von Stimmen, des Geklirrs von Gläsern und des Geklappers von Untertassen nur sie drei gegeben hätte: ihn, das käufliche, süße, aufwallende Fleisch und Blut unter dem glänzenden Witwenkleid und den Kellner, der, so dachte er, mit seiner weißen Weste und seinem dunklen Gesicht das Negativ von jemandem sein könnte, der (mit hellem Gesicht und dunkler Weste) ebenfalls in Trauer wäre (»Aber«, so dachte er weiter, »ist Weiß nicht in gewissen Ländern die Farbe des Todes?«), wie ein Offiziant, der irgendeinen schaurigen Kult zelebriert und über seine den Schatten geweihten Speisen wacht, die wahrscheinlich in den Stunden, während der die Bar geschlossen ist, von Feinschmecker-Skeletten verzehrt werden (so daß er von den in den Schälchen ausgestellten Votivspeisen her – von dem trocken gewordenen Fleisch, den rosigen Krabben, den Muscheln, den weißäugigen Langustinen und den schlaffen Tintenfischen – so etwas wie einen leichten Geruch der See und der Verwesung zu wittern glaubte, ähnlich dem, der am Strand von den gallertartigen, grauen, glänzenden Gebilden ausgeht, die von den Wellen zurückgelassen werden und, umgeben von einem Wirbel von Mücken und Sandflöhen, stinkend im Sonnenschein liegen), und durch das Getöse drang wieder die Stimme des Kellners, der nun lauthals brüllte und die Banknoten so hielt, als wolle er sie ihm um die Ohren schlagen: »Wollen Sie nicht noch ein Bier?«, und dann stand er auf und ging sehr schnell hinaus, wobei das warme Bier wie eine Art unverdaulicher, fauliger Fremdstoff in seinem Magen herumschwappte.

Bierflaschen standen auf der langen, zinkverkleideten Platte des Refektoriumstisches und andere, ohne Kapseln, hatte man unter ihn geschoben; die Bierflaschen waren dunkelgelb, beinahe braun, und trugen die aus dem Glas vorspringenden Namen der Marke und der Brauerei, die ungefähr in halber Höhe des Flaschenkörpers einen Kreis bildeten. Es lagen da auch mehrere weggeworfene Zeitungen herum (und zwar waren es wegen der Knappheit und der Minderwertigkeit des Papiers sowie des Inhalts eigentlich weniger Zeitungen als vielmehr so etwas wie Flugblätter, wie Bekanntmachungen mit knalligen, hochtrabenden Schlagzeilen), und nicht nur mehrere solcher Blätter, sondern zweifellos alle erscheinenden, die alle auf einmal gekauft und sozusagen ebenso gelesen, das heißt in aller Eile von jenem auswählenden Auge überflogen worden waren, das die Fachleute haben und das imstande ist, in wenigen Sekunden in dem Wust von Berichten über Versammlungen und Reden, von Entschließungen und täglichen Siegesmeldungen die zwei oder drei genießbaren Sätze ausfindig zu machen — ein unordentlicher Stapel Zeitungen also, die in der gleichen Zeitspanne, in der ein normaler Mensch sein Frühstück hinunterschlingt, gekauft, auseinandergefaltet, gelesen, verdaut, zusammengefaltet und wieder weggelegt (oder vielmehr weggeworfen) worden waren und die der Amerikaner dem Blick freigab, als er aufstand und den Tisch, auf dem er gesessen hatte, verließ, wobei er den Haufen Blätter verschob, da seine Hinterbacke und dann sein Oberschenkel jene, die sich unter ihm befanden, so mitrissen, daß eines von ihnen (das erste des Stapels) schließlich über die Tischfläche hinausragte und wie ein Tischdeckenzipfel herabhing und die anderen sich von da aus beinahe fächerförmig ausbreiteten, so daß der Student sich später erinnerte, daß er den Kopf hatte neigen müssen, um unwillkürlich wieder einmal (seit dem Vorabend hatte er sie an allen Ecken und Enden wohl tausendmal gelesen) die gleiche fette Schlagzeile, die sich oben über die ganze erste Seite erstreckte und mit geringen Abweichungen die gleiche blutige Frage wiederholte, zu entziffern, indem er auf dem verkehrt herum liegenden ersten Blatt diesmal buchstabierte:

¿QUIEN HA MUERTO A COMMAN?

da das Ende der Schlagzeile von der zweiten Zeitung verdeckt wurde, die es sich übrigens zur Aufgabe gemacht zu haben schien, sie zu beenden, indem sie sie vom letzten Wort an wieder aufgriff, in derselben Weise wie die Stimmen eines

Opernchors, dessen Sänger in verschiedenen Tonlagen das gleiche musikalische Motiv wiederholen:

EL COMANDANTE SANTIAGO GIGANTE
DE LA LUCHA

wobei jetzt die ganze erste Zeile sichtbar war, aber nicht die zweite, von der man nur die oberen Enden der riesigen Lettern erblickte, indes die Zeitung, die sie verdeckte, die Mitteilung von hinten nach vorn machte und damit gewissermaßen die Lösung vor der eigentlichen Nachricht lieferte, als wäre das Geschehnis, das, was sich zugetragen hatte, nur die Illustration, nur eine einfache Episode von einem Tatbestand, den das Geschehnis sozusagen enthielt:

LA QUINTA COLUMNA A LA OBRA:
SANTIAGO ASESINADO

der Amerikaner, der sich nun vom Balkon, an dem er gelehnt hatte, abwandte, sich davon entfernte (und in diesem Moment konnte er zwischen den Steinsäulen eines der sich über die Länge der Fassade erstreckenden Stoffbänder sehen, ein Transparent mit seinen vom Geländer zerstückelten Buchstaben, die er diesmal von innen und verkehrt herum las, wobei das winzige Gewebe des so im Gegenlicht sichtbaren Stoffes wie eine feine Quadrierung erschien, besonders bei den Buchstaben, die dunkler aussahen – so daß er von rechts nach links folgendes lesen (oder besser raten, rekonstruieren) konnte: ein umgekehrtes B, dann ein A, dann ein J, ebenfalls umgekehrt, und ihm klar wurde, daß das Büro (das Schlafzimmer, in dem sich früher reiche, brasilianische Besitzer von Goldbergwerken und ihre Damen bei der Betrachtung halbentkleideter Schäferinnen und hübschhüftiger Nymphen ausgeruht und fortgepflanzt hatten) sich im linken Flügel befand, beinahe am Nordende der Fassade, da sein Balkon ungefähr die Mitte des Wortes TRABAJADORES, des letzten des Spruchbandes trug), der Amerikaner, der mit seinen lässigen, schlaksigen Schritten wieder in die Mitte des Zimmers kam, sagte, auf die ausgebreiteten Zeitungen zeigend:

»Die Fünfte Kolonne! Ein großartiger Einfall, nicht?«, worauf der Mann mit dem Schulmeistergesicht ihn abermals anschaute (und zwar auf seine Weise: ohne den Kopf herumzudrehen, da nur seine Augäpfel sehr schnell waagerecht in seine Richtung glitten und dann in den Augenwinkeln stillstanden) und sagte: »Glaubst du nicht an die Fünfte Kolonne?« — oder vielleicht sagte er nichts, vielleicht hatte auch der andere nichts gesagt, vielleicht war nichts von alledem geschehen, vielleicht hatte dort immer, seit jeher, ein Bankhaus gestanden, vielleicht hatten sie nie wirklich existiert, sie ebensowenig (der Amerikaner, der Schulmeister, der Mann mit dem Gewehr und jener, der eine Offiziersuniform anhatte, es sei denn, daß es eine Polizeiuniform gewesen war — er (der Homunkulus, der Student) konnte sie noch nicht so gut auseinanderhalten — und dachte: »Student! Mein Gott: Student!« mit einer Art Wut, mit der schmerzlichen Entrüstung des Spielers, der viel Geld für einen schlechten Tip bezahlt hat, oder des Mannes, der einer der vielversprechenden Zeitungsannoncen Vertrauen schenkt und für seine Geldüberweisung das ekelerregende, überflüssige Gewäsch mit guten Ratschlägen und guten Rezepten erhält —, und er konnte wie eine flüchtige, höhnische Erscheinung den Stapel Geschichtsbücher, philosophischer oder ökonomischer Abhandlungen wieder vor sich sehen, und jetzt dies:), sie ebensowenig wie dieser Dekor, diese entblößten, nackten Täfelungen, die in seiner Vorstellung wie das staubige Zeug des dicken alten Generals waren, der sich einen Morgen lang mit einer Handvoll tapferer, grausamer, den Tod verachtender Offiziere, die selber die Maschinengewehre bedienten, dort verteidigt hatte — oder vielleicht, so dachte er noch, des alten Portiers —, und dem man die Rangabzeichen und Orden abgerissen hätte, das heißt nicht die offiziellen, verschnörkelten, mineralischen Diamant- oder Goldkreuze, die so ostentativ den safrangelben Waffenrock schmückten, sondern jene, die der General innen trug: die rosigen, entblößten, jugendlichen Leiber, die an das mausgraue Futter genäht waren: die Bilder unsterblicher und trügerischer Jugend, die Bilder lachlustiger und schamloser Mädchen, die über dem vertrockneten Herzen eines Greises herumtollten und schäkerten.

»Aber das ist es eben: der General steckt nicht mehr darin, sie haben ihn getötet (das ist es vielleicht, was irgendwo diesen Gestank verbreitet), oder aber er ist geflohen, wobei er ihnen zusammen mit seinen Klamotten eine Art Fluch, ein vergiftetes Erbe hinterlassen, ja untergeschoben hatte, eine fortwährende Fähigkeit zu Gewalttat und Mord...« dachte er, den Kopf nun ganz zurückgeworfen, wobei er Buchstaben für Buchstaben die fette (diesmal rote) Schlagzeile der verkehrt herum liegenden vorletzten Zeitung entzifferte, die wiederum das gleiche in kaum veränderter Form wiederholte – eine andere Variante, als ob alle Zeitungen sich verabredet, ihre jeweiligen Redakteure sich vereinbarungsgemäß telefonisch vergewissert hätten, um nicht dieselbe Formulierung zu gebrauchen, so daß hier gedruckt stand:

LA MARCA DEL CRIMEN ES INCONFUNDIBLE

und sie (die vier Männer, mit ihm fünf) standen da, aufgetaucht aus dem Nichts, in das sie fast augenblicklich nach einem kurzen, ungestümen, meteorischen Dasein wieder zurückkehren sollten, nach einer Existenz, während der er sie wie Wesen aus Fleisch und Blut hatte handeln und sich verhalten sehen (mit dem Unterschied allenfalls, daß das menschliche Leben – und vor allem ihr eigenes – für sie keinerlei Bedeutung zu haben schien, sei es, weil sie verlernt hatten, es zu lieben, sei es, daß sie nie Gelegenheit gehabt hatten, dies zu lernen, wobei sie wahrscheinlich meinten, daß es jetzt ohnehin zu spät sei und daß es sich nicht mehr lohne): sie standen also da wie seltsame und sogar etwas unglaubwürdige, etwas unwirkliche, etwas altmodische Figuren inmitten der rundlichen Phantome überrumpelter Zimmermädchen und beim Baden überraschter Frauen, als wären sie selber so etwas wie Spukgestalten und bereit, wieder dahin zurückzukehren, woher sie gekommen waren, was sie auch taten: in das unerschöpfliche, unbestimmte Reservat, in dem sich jene befinden, die wir nur ein paar Stunden oder ein paar Tage gesehen haben, die, ohne Vergangenheit und ohne Zukunft, sich jenen verhängnisvollen Knechtschaften entziehen, denen die Menschen gewöhnlich unterworfen sind, das heißt in erster Linie: aufeinanderfolgende Stadien zu durchlaufen (die Kindheit, die Jugend und schließlich die unausweichliche Vergreisung), Gesicht und Kleidung zu wechseln, einen Namen zu tragen (mit Ausnahme von jenem, der einem Schulmeister glich und Alvarez hieß (oder Martinez, oder Sanchez, oder Gonzalez, oder Gomez, er wußte es nicht mehr, er hatte den richtigen Namen nie behalten können), was ebensowenig ein Name war, als wenn man ihm ein Schild mit der Aufschrift ›Spanier‹ um den Hals gehängt hätte) – und später scheint es ihm, als sähe er sie, erstarrt oder wie auf einem Foto festgehalten, in jener steif und gräulich gewordenen Materie, die die Vergangenheit ist, einer Art Gallert, die Dinge und Leute endlos wie in Alkohol konserviert, etwas entstellt zwar, aber unversehrt – oder richtiger in bezug auf sie: nicht ganz unversehrt, weil sie es wahrscheinlich nie gewesen waren: sie waren gewissermaßen schon halb zerstört und atmeten etwas aus, das gefährlich und erbärmlich zugleich war, etwas (so dachte er später) wie zerschlagene Waffen: also (mit ihren allzu ruhigen, heiseren, allzu langsamen, zu verbrauchten, zu bedächtigen Stimmen – von der des Amerikaners abgesehen) nicht etwa Gewalt, sondern ein Konzentrat, eine Kondensierung der Gewalt: der Inbegriff, die reine Idee der Wut und Gewaltsamkeit, wie sie von einem gestoppten Rennwagen, von einem nicht krepierten Geschoß ausgeht, oder vielmehr (bei dem ewig mörderischen und gemarterten — ja sogar gekreuzigten Anblick) von demolierten, mit zerbrochenen Lafetten oder Rädern in Gräben liegengelassenen Kanonen, die schrecklich aussehen und zu drei Vierteln unbrauchbar sind und doch noch schießen können, aber ziellos: nur noch schießen.

Und weiter: irgendwo in einer Ecke (hatte er sie eigentlich dort gesehen oder in einer der reichen, von ihren Besitzern verlassenen Villen, — wie im Sommer, wenn die Villenbesitzer verreisen, um am Meeresstrand oder im Gebirge Kühle zu suchen, bis die drückend heißen Monate vorüber sind, während der die Stadt, die Parks, die nicht enden wollenden leeren Aveniden und die vergitterten Geschäfte den Armen überlassen sind — und es war nichts anderes jetzt, es sei denn, daß die Hitze etwas länger als sonst dauerte und daß die Besitzer üppiger Villen genötigt gewesen waren, welche im Ausland zu mieten, um dort geduldig beim Lesen der Zeitung den Moment abzuwarten, da diese (wie jemandem, der auf Wettervorhersagen gespannt ist) berichten würde, daß sie wieder ihre Koffer packen, in die Stadt zurückkehren und sich von neuem in ihren eleganten Wohnvierteln mit den Rosensträuchern und Bougainvilleablüten, inmitten der Gärten voller Oleander, Kamelien und Magnolien mit glänzenden Blättern, in ihren luxuriösen Wohnhäusern niederlassen könnten, die zwar unbeschädigt aber ihres früheren Inhalts entleert worden waren, der jedoch nicht gestohlen, sondern auf Menschenrücken mühsam mit viel Schweiß von einer Villa in die andere getragen worden war, und dann von der anderen in noch eine andere und wieder weiter und wieder weiter, und zwar solange, bis schließlich die endgültige und gleichmäßige Mischung von Cafétischen, Louis XV-Bergèren, Metallordnern, Kanapees, Schreibmaschinen und aufgeplatzten Ledersesseln erreicht war, diese Mischung, die so etwas wie die unveränderliche, vorschriftsmäßige Ausstattung jener Räumlichkeiten war, die, wie der Hotelpalast, zur Benützung als Schlafsäle, Büros, Waffenlager, Sondergefängnisse (in den Kellergeschossen), Räume für Redaktionen, Verhöre, Verschwörungen und Kriegsgerichte beschlagnahmt worden waren), irgendwo in einer Ecke also, vielleicht unter dem Tisch, wo der Fächer Zeitungen immer noch seine Serie von Variationen ein und derselben bohrenden Frage darbot:

¿QUIEN ASESINO A SANTIAGO?

und ohne mehr Ehrfurcht oder Achtung als vor den leeren Bierflaschen – oder vielmehr in einer Villa: im Keller, versteckt unter dem vom Besitzer hinterlassenen Haufen Kohle, und mit der gleichen Geringschätzung, der gleichen Rücksichtslosigkeit, ja mit weniger Rücksicht behandelt, als wenn es Kohle gewesen wäre: ein paar Briketts, die viel zu schwer waren, um aus Kohle zu sein, und die nur in Zeitungspapier gewickelt waren (wahrscheinlich nur, um ihre Farbe zu verbergen), und die man einpacken und von denen man jeweils zwei in einer Schuhschachtel unterm Arm tragen konnte, allerdings nur, wenn man verhütete, daß jemand versuchte, sie in dem Glauben, sie enthalte Schuhe, aufzuheben, und sie sich auf die Füße fallen ließe (denn man kann sich die Zehen ebenso sicher mit einem Goldbarren wie mit einem Barren Blei zerquetschen, worauf der Kerl, der ihn neben den Koffer oder das Paket, das einem selber gehört, ins Gepäcknetz des Zugabteils oder der Straßenbahn gelegt hat, dieser Kerl in seinem zerknautschten Anzug, mit seinen ausgetretenen Schuhen, seinem stumpfen Blick und dem verwitterten Gesicht unter einer Baskenmütze (und der wahrscheinlich irgendwo einen dicken Revolver versteckt hatte) einen ebenso prompt wie ein Gangster umlegen würde, trotz der Tatsache, daß er gewissermaßen genau das Gegenteil eines Gangsters ist (obgleich das, was er in der Schuhschachtel transportiert, wahrscheinlich von einem mit Waffengewalt verübten Einbruchdiebstahl herrührt) insofern nämlich, als die Waffen für ihn nicht ein Mittel zur Beschaffung von Gold, sondern das Gold ein Mittel zur Beschaffung von Waffen ist) – und der Amerikaner sagte (das heißt vielleicht nicht an jenem Morgen in dem Büro – sondern bei einer anderen Gelegenheit, vielleicht einmal, als er zuviel Bier getrunken hatte (aber er brauchte gar nicht zuviel Bier getrunken zu haben, um sowas zu sagen) und vielleicht auch nicht in Anwesenheit des Schulmeisters, Martinez (oder Alonso) – obwohl es ihm Spaß zu machen schien, sowas ausgerechnet in dessen Gegenwart zu sagen), er sagte also: »Aber weder Kanonen noch Panzer. Nein. Darum kümmert sich die Regierung« (wobei er die letzten Worte zum Schulmeister gewandt sagte, ihn mit der halbleeren Flasche Bier in der Hand und noch ein wenig Schaum an der Oberlippe anschaute und mit einer Art kalter, freudloser Ironie noch einmal »Die Regierung« sagte und dann wartete, da der Schulmeister sich nicht rührte und der Offizier (oder Polizist), der auf dem Kanapee zwischen Fetzen aus rosa Seide saß, seine Mütze lüftete, einen Blick auf den Schulmeister warf und gleichzeitig mit dem kleinen Finger der Hand, die die Mütze hielt, seine Glatze kratzte (die Spur des Schweißleders zeichnete sich deutlich als schmale Furche, als ein blaßrosa Streifen auf dem weißen Schädel überm gebräunten Gesicht ab), dann seine Mütze wieder aufsetzte und den Blick senkte, während der Schulmeister sich immer noch nicht rührte und der Amerikaner, der nun wieder mit einer Hinterbacke auf dem Refektoriumstisch saß, wieder einen Schluck aus der Flasche trank und dann noch einmal in Richtung des Schulmeisters sagte: »Die Regierung kümmert sich doch darum, oder?«

und der Schulmeister: »Ja. Die Regierung« mit ganz neutraler, geduldiger, beflissener Stimme (und in diesem Augenblick sagte sich der Student, daß er doch eher wie ein Bauer als wie ein Schulmeister aussähe – oder aber wie einer jener

Landschullehrer, oder gar wie ein Dorfschulze (oder vielleicht ein Gemeindesekretär – oder nur wie ein Amtsdiener?): er hatte dichtes, leicht ergrautes Haar, ein rundes, runzeliges Gesicht, das kein bestimmtes Alter verriet, der Hemdkragen war krawattenlos, aber sorgfältig zugeknöpft, und der ebenfalls zugeknöpfte Rock gehörte zu einem jener Anzüge aus minderwertigem Tuch mit einem verworrenen, häßlichen Muster, das er sich bestimmt nie angesehen hatte, nicht einmal an dem Tage, an dem er den Anzug gekauft hatte (nur das Etikett, den Preis), seine Füße, die er unter seinen Stuhl geschoben hatte, trugen Leinwandschuhe mit Spartgrassohlen, deren Nasen verschlissen, breitgestoßen waren (die Kordel war zerzaust und bildete am Schuhende so etwas wie einen gelblichgrauen zerdrückten Pfropfen, die zerfaserten Sohlen hatten sich an den Seiten ein wenig nach oben verschoben, wahrscheinlich infolge seiner mangelhaften Haltung beim Stehen, was dazu führte, daß er beim Gehen mit einem Teil des Leinwandblatts auftrat), er saß vorn auf dem Rand des Stuhls, hinter dem Tisch, auf dem die seitlich zurückgeschobene Schreibmaschine stand, seine beiden Ellbogen ruhten auf dem Tisch, eine Hand lag in der anderen: und von seinem erloschenen, toten, meist gesenkten Blick, von seiner Unbeweglichkeit, seiner Gemächlichkeit, von seiner beherrschten, bedächtigen Stimme ging etwas aus, das zugleich bischöflich (vielleicht wegen des Stuhls, des Katheders), schmerzlich und gefährlich war), der Amerikaner lachte laut auf, schlug mit der Hand an die Stelle seines Rocks, wo der riesige Revolver verborgen war und sagte: »Mit Ach und Krach solche Dinger, um auf den Straßen zu schießen. Von einer Straßenecke zur anderen, nicht? Oder in Korridoren wie dem hinter dieser Tür. Von einem Zimmer zum anderen. Von einem Balkon zum anderen, von einem ...«, und der Schulmeister, ohne die Stimme zu erheben: »Oh, halt' die Klappe«, und der Amerikaner: »Von einem Balkon zum anderen. Ha, ha, ha! ... Von einer Straßenecke zur anderen, von einem Dach zum anderen, von einem Zimmer zum ...«, und der immer noch ganz regungslos dasitzende Schulmeister, dessen Hände (eine geballte Faust in einem Handteller) sich nicht bewegt hatten, sagte, den Studenten anschauend: »Er ist verrückt. Alle Amerikaner sind verrückt«, und der Amerikaner, laut lachend: »Ja!« (wobei er sich bückte, um die leere Flasche neben die anderen unter den Tisch zu stellen, und mit dem Ellbogen die schon überhängenden Zeitungen mitriß, so daß ein Teil davon auf den Fußboden fiel, und als der Amerikaner sich mit mehreren Zeitungen in der Hand wieder aufrichtete und sie so, als verteilte er Karten, auf den Tisch schleuderte, lachte er immer noch und sagte in demselben Rhythmus, in dem er eine Zeitung nach der anderen hinwarf:) »¡EL GIGANTE DE LA LUCHA!... ¿QUIEN ASESINO A SANTIAGO? ...¡EL CRIMEN HA SIDO FIRMADO! ... ¿QUIEN A MUERTO EL COMMANDANTE? ... ¿QUIEN ES EL ASESINO DE SANTIAGO? ... Ja! Völlig verrückt! Ha ha! Wer hat das hübsche kleine Rotkehlchen ermordet? Na? Was meinst du wohl?«

der Schulmeister hob diesmal schnell den Blick und schaute ihn fest an, aber als seine Stimme erklang, war sie immer noch gleich bedächtig, gemächlich und kühl: »Hast du nicht gelesen, was in der Zeitung steht? – Die Fünfte Kolonne«, dann sagte er nichts mehr, sah ihn aber weiter scharf an, ohne Zorn und auch ohne jede Ungeduld, er sah ihn nur scharf an, und der Amerikaner sagte: »Ja. Die Fünfte Kolonne. Ich hab' es gelesen. Aber steht nicht auch in der Zeitung, daß alle Waffen an der Front sein müssen, wie?«

der Schulmeister bewegte sich dann zum ersten Mal: er hob seine Unterarme vom Tisch, richtete den Oberkörper auf, schlug die Rockschöße so auseinander, daß man das Hemd über seiner mageren Brust und den Gürtel seiner Hose sehen konnte, senkte den Kopf einen Moment, blickte nach unten rechts und unten links, nur ein einziges Mal, so als musterte er seine beiden Seiten, richtete dann den Kopf wieder auf und sagte nur: »Ich trage keine. Aber wenn du mal in meiner Schublade nachschauen willst?«, knöpfte dann seinen Rock wieder zu, stützte seine Ellbogen wieder auf und legte die Unterarme und die Hände (die zur Faust geballte Linke wieder, wie vorher, in der Rechten) auf die Tischplatte, und als der Amerikaner die Achseln zuckte, sah ihn der Schulmeister erneut mit forschendem (oder überraschtem? oder erstauntem? oder vorwurfsvollem?) Blick an und wartete, in dieser Art friedlichen, geduldigen Erwartung verharrend, die das Unzerstörbare enthält, das von dieser Art Menschen ausgeht, was bedeutet, daß man sie wohl töten kann – man kann es immer –, aber daß alles, was man dann tötet, ihre Stimmen, ihre Wörter sind, aber nicht ihre Körper, weil sie sich nicht in diesem oder jenem Moment an diesem oder jenem bestimmten Ort befinden, sondern immer und überall da sind, da sie unaufhörlich wiederauftauchen (auf Bahnhöfen, wo die Züge halten und sich unerklärlicherweise mitten in der Nacht verspäten, so daß der schlafende Reisende, von der Stille und Regungslosigkeit geweckt, gähnend das Abteil verläßt, auf dem Gang eine Zigarette ansteckt, dann sein Gesicht an die Scheibe drückt, mit den Händen die Augen abschirmt und nach draußen späht, wo der kalte Nachtwind über den verlassenen Bahnsteig fegt und die Lampen hin- und herbewegt, deren gelbliche Lichtkreise auf dem grauen Zement hin- und hergleiten, und zwei Männer sich in aller Ruhe mit ihren Koffern zu schaffen machen, wobei auch ihre Schatten schwanken und sich, grotesken, ineinanderschiebbaren Doppelgängern gleich, verlängern, verkürzen, zusammenziehen und wieder ausstrekken, während sie sich da zu schaffen machen (warum nur? Eine Trennung, nach der jeder von ihnen in eine andere Richtung weiterfahren wird, so daß sie nun wieder aufteilen, was sie im Laufe ihrer Reise, die sie hierher brachte, zusammengelegt hatten? Oder sind sie vielleicht am Ende ihrer Reise und dabei, in Voraussicht eines Fußweges mit Gepäck, ihre Lasten auszugleichen?) um ihre geöffneten Koffer herum – wobei der eine, ein hölzerner Koffer, auf dem Boden steht und die beiden anderen aus Segeltuch mit verstärkten Ecken aus Leder (oder doch wohl eher aus Ledererersatz, da ihre Kanten und Schrammen schon grau und flusig wie Karton aussehen) auf einer Bank liegen, und, da der Deckel des ungestrichenen Holzkoffers, genau dem Waggon gegenüber, so weit zurückgeklappt ist, kann man an seiner Innenseite ein in Längsrichtung, also waagerecht angeklebtes großes Foto (wahrscheinlich das Titelblatt einer Illustrierten) eines sehr jungen Filmstars mit üppigem Busen und einer asymmetrischen, an einer Seite des Gesichts herabfallenden Frisur sehen, und in der anderen Richtung (das heißt senkrecht zum Foto und auf dem Platz zwischen einer seiner Seiten und dem Kofferrand) fünf oder sechs postkartengroße, bunte, fromme Bilder: die Muttergottes mit blaßblauem Kopftuch, ein Ziborium, aus dem eine halbe, von vergoldeten Strahlen umgebene Hostie hervorragt, Christus mit lockigem Haar und hellbraunem Bart, mit den Händen die beiden Seiten eines rosaroten Mantels auseinanderhaltend und mit einem Finger auf sein Leinengewand zeigend, wo ein ebenfalls von Strahlen umgebenes blutendes Herz zu sehen ist, und noch zwei Szenen mit mehreren Figuren (eine Darstellung von Christi Geburt oder eine Kreuzigung?), die von der Höhe des Waggons aus in dem spärlichen Licht der unablässig vom Winde hin- und hergeschaukelten Bahnhofslampen unmöglich zu erkennen sind.

Die beiden Männer dieses mittelländischen Typs, dunkel, schweigsam, geduldig und etwas verhungert (die Spur oder besser die Saat oder besser die braune Pollution oder besser Ejakulation, die von Generationen arabischer Eroberer oder Piraten längs der Küsten verbreitet worden war): der Jüngere von beiden, mit gebräuntem Gesicht, lockigem schwarzem Haar und einem Schnurrbärtchen auf der Oberlippe, trägt ein weißes Hemd ohne Krawatte, eine hellgraue Jacke, eine dunklere, schlottrige, an den Gelenken ausgebeulte Hose, und in seinem Hemdausschnitt ist der obere Rand eines Trikots zu sehen, und das alles wird durch elegante, aber ganz verschlissene gelbe Lederschuhe vervollständigt; der Ältere, klein und stämmig mit einem Nacken wie aus rissiger, ziegelroter Terrakotta, kurzgeschorenem borstigem, grauem Haar und einem Gesicht mit vorspringenden Kiefern trägt ein blau-violett kariertes Hemd und einen gestreiften blauen Anzug, ein Kostüm, das einmal seine Sonntagskleidung gewesen sein muß, da die armen Leute, wenn sie ein wenig Geld haben, immer nur Festtagskleider kaufen können, die sie dann als lächerliche Beweise unsinniger Ambitionen dauernd zu tragen verurteilt sind. Er hat Leinwandschuhe an den Füßen.

Sie halten einen Moment inne, um Zigaretten anzuzünden, die sie dann zwischen Daumen und Zeigefinger klemmen, wobei sie das glimmende Ende in der hohlen Hand verbergen, um es vor dem Wind zu schützen.

Der Ältere rollt in aller Ruhe den Zunder des Feuerzeugs wieder herein.

Der Wind bewegt ihr Haar (läßt es erschauern) wie auf den (maurischen) Totenschädeln, er bläht die zahlreichen Säckchen aus kariertem (rot-weißem, grün-weißem und violett-weißem) Leinen, die in den Koffern neben anderen Habseligkeiten und gefalteter Wäsche eingepackt sind, und läßt sie flattern.

Der Jüngere klappt schließlich den Deckel des Holzkoffers wieder zu, auf dem man dann in schöner Brandmalerei (das heißt braun und etwas ausgehöhlt) den Namen:

Jesus Nicolas Hernandez

lesen kann

und in aller Ruhe schnürt er dann eine dreimal zusammengefaltete, schmutzig-weiße Decke an den Kofferdeckel.

Nachdem die Koffer geschlossen sind, die Decke festgeschnürt ist und die letzten Sachen aufgeräumt sind, bleiben sie noch wortlos, still und sparsam ihre Zigaretten rauchend, nebeneinander stehen und warten wahrscheinlich auf die Abfahrt des Zuges, um zu einem anderen Bahnsteig gehen zu können, oder vielleicht auf einen Anschlußzug, der später einlaufen wird, mit leerem Blick, erschöpften, bedächtigen, passiven Gesichtern...), und der Student denkt: »Aber wo nur? Wo?. .«, und dann erinnerte er sich: die gleichen Blicke, die gleichen unverwüstlichen, undurchschaubaren, austauschbaren, alterslosen Gesichter (Männer, Frauen, Greise, Kinder, das ewige, tausendjährige Gemälde aller Katastrophen und aller Völkerwanderungen) inmitten der wirren Haufen von Paketen, zusammengeschnürten Matratzen und Koffern, und der im Regen glänzende Bahnsteig und das monotone Geräusch der Regentropfen auf dem Waggondach, der schmutzig-grau hereinbrechende Abend, der schmutzig-graue Himmel, der über Gebäude, Tanks, Signalmasten hinweg endlose Massen aufgeweichter Baumwolle heranschob, die vom Wind unaufhörlich weitergeblasen oder aus dem Meer gepumpt wurden und sich unablässig über alles ergossen, alles überschwemmten und auflösten: die glänzenden Gleise, den Schotter, die regungslosen tausendjährigen passiven Silhouetten, die (mit einer Decke, einem Teppich, einem Stück Wachstuch – oder nur mit einem Fetzen Sackleinen überm Kopf) inmitten der Anhäufungen kümmerlicher Gepäckstücke saßen oder standen und die Fahne (oder das, was eine Fahne gewesen war, die, im Triumph eines Tages gehißt, nun dort vergessen worden zu sein schien und lächerlich, ironisch aussah: ein Fetzen, (oder zwei Fetzen grob zusammengenähter Stoffe, die vielleicht farbig (rot – oder rot und schwarz gewesen waren), aber der nun triefend herabhing, weder rot noch schwarz, sondern nur dunkel, durchnäßt aussah und durch das Wasser zu schwer geworden war, um bei den Böen des schlappen, ihn kaum bewegenden Windes zu flattern), dann hörte er auf hinauszublicken, er wurde sich wieder der Stimme bewußt, die zu ihm sprach, und musterte dabei, als sähe er ihn zum ersten Mal, den Italiener im braunen Mechanikeranzug (und offenbar war das mit den Spartgrasschuhen an den Füßen alles, was er am Leibe trug und überhaupt besaß, als ob auch er diese Art äußerster Not, diese totale, katastrophale Bedürftigkeit teilte, die das Los der auf dem Bahnsteig gestrandeten Leute war, mit dem Unterschied allerdings, daß das einzige Gepäck, das er mitzuschleppen sich mühte, ein Gewehr war), der ihm gegenüber auf der anderen Bank des Abteils saß und nun dabei war, ihm zu erzählen, wie er ein paar Jahre früher eines Abends mitten in Paris in ein Restaurant gegangen sei und mit drei Revolverschüssen einen anderen Italiener, den er nie anders als auf Zeitungsfotos gesehen hätte, erschossen habe, ein Mann, der mit einem schwarzen Hemd und einer Art schwarzen Troddel-Mütze bekleidet – oder verkleidet – gewesen sei, und zwar mitten in einer Zeremonie, die selber einer Maskerade geglichen habe, wie er sagte, so daß...

II

DIE GESCHICHTE DES MANNES MIT DEM GEWEHR

... in einer Zeremonie, die selber einer Maskerade geglichen habe, wie er sagte, so daß er eine ganze Weile gebraucht habe, um ihn ohne seine Fastnachtsverkleidung unter den anderen Tischgästen zu erkennen, und er erzählte, daß er lange auf dem Bürgersteig vor dem Restaurantfenster gestanden und versucht habe, etwas durch die Tüllgardine hindurch zu erkennen, hinter der er das sanfte Licht der Lampen sehen konnte: eine Mischung aus Stille, Luxus und guter Nahrung (das heißt einer Nahrung, die keine Nahrung mehr ist) in Form von Licht, sagte er: als ob es nur mit Hilfe von elektrischen Kerzen und rosa Lampenschirmen möglich wäre, einen glauben zu machen, man gehe schon auf drei Zentimeter dicken Teppichen und man habe Austern und Wildbret im Mund, während man mit den Füßen noch auf dem Zement des Bürgersteigs steht und die Kälte einem in die Lippen schneidet (er redete in einer ruhigen Entrüstung, als ob der Skandal, die Ungerechtigkeit, wenn sie dieses Stadium erreicht haben, nichts anderes mehr als so etwas wie abstrakte Wesenheiten wären, die sich den Begriffen des Guten und Bösen wie Krebs oder Tuberkulose entziehen und denen, ebenso wie diesen, nur durch Desinfektionen mit den am schnellsten wirkenden Mitteln, wie Feuer oder Bomben, beizukommen wäre). Zwischen der

Scheibe und der Tüllgardine, die einen hinderte, das Innere deutlich zu sehen, lag, wie er erzählte, in der Mitte der Vitrine nur eine jener schuppigen, gefiederten Früchte (»Ananas«, sagte der Student. Er sah ihn an: »Was?« – »Ananas: etwas, das so ähnlich aussieht wie ein Tannenzapfen mit einer kleinen Palme, die oben hervorsprießt.« – »Ja, so etwas.«) inmitten anderen, pyramidenförmig aufgebauten Obstes – aber das vermutete er nur, er sah die Früchte eigentlich nicht: nur blankgeputzte, glänzende Dinge (»Schüsseln, Schalen?« fragte der Student. Und der Italiener, der ihn wieder anschaute, sagte nun etwas gereizt: »Ja. Ich weiß nicht. Wahrscheinlich.«), und vielleicht noch seltenere und teurere Sachen als die exotischen Früchte: geräucherte Fische, die, dunkelgrau und rissig, wie aus Papiermaché aussahen, ähnlich denen, die in naturkundlichen Museen ausgestellt sind, und etwas in Büchsen mit einem armenischen oder russischen Namen (oder beiden zugleich) als Fabrikmarke – die er las und noch einmal las, wahrscheinlich ohne daß es ihm bewußt wurde, während er in der Kälte stand und unauffällig zitterte (damit er nicht schon am Eingang vom ersten besten Oberkellner, der ihn sähe, oder sogar noch vor dem Eingang von dem betreßten Portier festgehalten würde, hatte der Freund, bei dem er wohnte, ihm einen seiner Anzüge geliehen, der ihm beinahe paßte und in dem er, wie der Student dachte, fast so vertrauenerweckend ausgesehen haben mußte wie ein Zulukaffer, der, um nicht aufzufallen, ein Louis XV-Kostüm mit Stickereien geliehen hätte – aber sie hatten keinen geeigneten Überzieher finden können und hatten darum beschlossen (das heißt der Freund, bei dem er wohnte und der offenbar für ihn dachte – und der Student konnte sich das so genau vorstellen, als ob er selber in dem Geschäft gewesen wäre und den feinen, scharfen Duft eingeatmet hätte, der von den Stoffkupons ausging, die, auf dünne Latten gerollt, sich auf den Regalen stapelten: kein Geschäft, eine Handlung, um Geld zu verdienen, und nicht etwa, um als bloße Fassade, als Deckmantel zu dienen: einfach eröffnet, mit Waren versehen und so geführt, wie man ißt, nicht zum Vergnügen, sondern weil man sich ernähren muß, das heißt, indem man gerade soviel Nahrung zu sich nimmt, wie nötig ist, um keinen Hunger mehr zu haben, oder wie man sich bekleidet, weil man sich gegen die Kälte schützen muß: also einer jener Läden, wie man sie eher in einer kleinen Provinzstadt als in einer Hauptstadt findet, mit einem unattraktiven Schaufenster, und im Innern, hinter der Theke, inmitten der Kupons geblümter Baumwollstoffe und billiger Tuche, ein Mann, der mit einem Kaufmann fast soviel Ähnlichkeit hatte wie ein Adler mit einem Gockel, ein Mann mit dem Kopf eines Marquis oder Renaissance-Podesta, mit narbengleichen Falten, einem scharfen, schnellen Blick und der allzu ruhigen, allzu friedlichen Haltung jener Menschen, bei denen die Verschwörungen, die geheime politische Tätigkeit, die Illegalität und das Risiko eines gewaltsamen Todes so etwas wie eine zweite Natur entstehen ließen (es sei denn, sie wären ganz einfach für Verschwörungen, die Illegalität und das Risiko des gewaltsamen Todes geboren worden), die imstande sind, nicht nur keinerlei Unruhe zu verraten, sondern sich auch nicht anmerken zu lassen, daß sie erkennen, wenn jemand, der ganz offensichtlich in einem Stoffladen nichts zu suchen hat, mehr oder weniger eilig hereinkommt, so daß der Kaufmann mit dem Adlerblick, der gerade einer Kundin Kupons zeigte, nur sagt: »Wenn Sie gestatten, wird meine Frau Sie weiter bedienen...«, ohne den Ton zu ändern und ohne den Blick zu heben, schon um das Thekenende herumgehend, indes die Kundin sich umdreht und gerade noch den Rücken des Besuchers erblickt, der soeben den Hinterladen betritt, während die Frau schon an dem Platz steht, wo wenige Augenblicke früher ihr Mann gestanden hatte, und mit ganz sanfter Stimme sagt: »Suchten Sie etwas Bestimmtes? Was darf ich Ihnen zeigen?...« (auch die Frau etwas eigenartig, ziemlich dick, ja fett, etwas schmierig, in einem schwarzen, schmucklosen Kleid (als habe sie sich, nicht zum Zeichen des Kummers oder der Entsagung, sondern aus Bequemlichkeit, weil es praktischer ist, ein für allemal für Trauerkleidung entschieden, zur Erinnerung an etwas oder im Hinblick auf etwas, das entweder nicht vergessen werden oder nicht geschehen konnte), mit einer Oberlippe, die womöglich von einem leichten Bartflaum beschattet wurde, mit einer noch bernsteinfarbenen Haut und schwarzen, tiefen, sanften Madonnenaugen, während sie die Kupons ausbreitet – auch sie beinahe ebenso wenig interessiert an dem, was sie hier tut, wie vorhin der Mann mit dem Adlerblick, obgleich es ihre Idee gewesen war, dieses Geschäft zu eröffnen, weil eine Frau immer mit Stoffresten umgehen kann, jedenfalls besser als ein Professor der Geschichte oder der Rechtswissenschaften in einem fremden Land), und selbst die Kinder (denn solche Leute haben auch Kinder – Kinder, die wie alle anderen zur Schule gehen, mit dem Unterschied, daß sie in einer fremden Sprache ihre Aufgaben machen und ihre Lektionen auswendig lernen), denen man gar nicht beizubringen brauchte, nie Fragen zu stellen oder sich nie zu wundern oder über das, was sie sehen mochten, nie zu sprechen, die das alles instinktiv wissen (nicht wie die Menschenkinder, deren erste Schritte man lenken muß, indem man diese schwankenden, weichen, sabbernden, tolpatschigen Wesen auf ihren krummen Beinchen festhält, sondern wie das Junge des Adlers, das von Natur aus fliegen kann, oder wie kleine Fische, die von Anfang an im Wasser leben und wie Pfeile durch die Flut schießen), die am Abend gegen fünf, ohne sich aufzuhalten, mit ihren Schulmappen unterm Arm durch den Laden gehen und den womöglich anwesenden Kunden dieselben undurchschaubaren, verschlossenen, geistesabwesenden Erwachsenengesichter zeigen, die, da sie wenigstens etwas Kindliches haben müssen, auch verächtliche Züge aufweisen) ... der Freund, bei dem er wohnte, hatte also beschlossen, daß er als einer durchgehen könnte, der gerade aus seinem Wagen gestiegen sei): er stand also da und versuchte, das ihn unaufhörlich schüttelnde Zittern zu bezwingen, während um ihn herum die rotviolette, von bonbonfarbenen Neonschildern durchlöcherte Nacht der Stadt war (wenn man hinaufblickte, hatte der Himmel über den düsteren Häusern einen rosa Schimmer, das heißt, er sah schmutzig-rosa, schwarz-rosa aus, was von dem verwischten, vermischten Widerschein der Lichter auf der niedrigen Wolkendecke herrührte, da die Neon-Reklamen mit der mechanischen, monotonen Brutalität eines Gebots, einer für Idioten wiederholten Lektion aufleuchteten und erloschen): es war im Februar, erzählte er, und er konnte die Leute im Innern der Cafés sitzen sehen, als wären sie auf die gelben Scheiben gemalt, die Leute oder vielmehr die Oberkörper, die man nie betrachtet, die dort allein oder zu zweit in starren Posituren an Pilztischchen gesetzt worden zu sein schienen und die ebenso unpersönlich, ebenso unmenschlich aussahen wie die Regimenter von Schuhen, die im Schaufenster nebenan in Reihen standen und von dem gleichen künstlichen, anreißerischen Licht berieselt wurden, das wie schwarzes Wasser in verzerrten Spiegelungen über die dunklen, glänzenden Rundungen der Autos zu fließen schien, die langsam hintereinander fuhren und deren Spuren sich kreuzten (so daß dasselbe erleuchtete Rechteck sich zu dehnen, zu krümmen, zu wellen, zu strecken scheint, während es von links nach rechts und dann von rechts nach links gleitet und doch in Wirklichkeit nie seinen Platz, sondern nur seine Spiegelfläche wechselt), auf der Preßluftuhr an der Kreuzung war es neun und der große Zeiger sprang dann plötzlich auf neun Uhr zwei, wodurch er, wie er sagte, gewissermaßen erwachte und sich der Zeit bewußt wurde, die verflossen war, seitdem er da stand, das heißt dieses bizarren und ruckartigen, unstetigen Fortschreitens, dieser Zeit, die offenbar aus einer Aufeinanderfolge von (wie soll man sie nennen?) erstarrten Bruchstükken bestand (da war eine Lichtreklame, erzählte er, deren blauer Pfeil an der Fassade eines Gebäudes entlanglief (das von einem anderen Gebäude an der Straßenecke zum Teil verdeckt wurde, so daß er weder sehen konnte, wo der Lauf endete, noch worauf der Pfeil den Blick lenken sollte), wobei der Pfeil sich in Wirklichkeit nicht fortbewegte, sondern vielmehr die Illusion der Bewegung durch die Tatsache erzeugt wurde, daß mehrere in einer Linie angebrachte, einander berührende Neonpfeile nacheinander aufleuchteten und wieder erloschen, so daß das Auge, das von dem Licht getäuschte, angezogene, mitgerissene Bewußtsein, dem Lauf von etwas, das sich nie bewegte, zu folgen glaubte). Er erzählte das also, wie es ihm gerade einfiel (der Student konnte das Ganze rekonstruieren, indem er es zusammensetzte, wie jene andere Leuchtreklame, an die der Italiener sich ebenfalls erinnerte: sie stellte einen Neger mit blauem Gesicht, rotem Turban und roter Pluderhose dar, einen Neger, der eine grüne Flasche in der Hand hielt, wobei zuerst nur das Gesicht aufleuchtete (die geschlängelte Neonröhre deutete grob ein karikiertes, heiteres Profil an) und erlosch, dann der Turban und das Kostüm, die ihrerseits erloschen, dann die Flasche allein – elektrisches Grün auf der dunklen Fassade –, die ebenfalls erlosch, worauf das Ganze (das blaue Gesicht, der Turban, die rote Hose und die Flasche) auf einmal aufleuchtete, so daß die ganze Figur erschien und dann wieder verschwand, während sich daneben mit großen gelben Lettern das Wort RHUM in die Nacht schrieb, das auch wieder erlosch, worauf dann von neuem alles auf einmal aufleuchtete, der Neger und gleichzeitig die nun vollständige Werbung: RHUM DES ANTILLES): zuerst, wie er auf dem Bürgersteig stand und zu erkennen versuchte, was in dem sanften, warmen Licht hinter der Tüllgardine geschah, wobei er die verschwommenen Formen von Kellnern, Oberkellnern und Frauen mit nackten Schultern erriet, und um sich herum, in der schneidenden Kälte, die aufgeputzten, rücksichtslosen Stadtmenschen, die Neun-Uhr-Schlangen vor den Kinofassaden, wo Hindu-Prinzessinnen, Tiger, mit gemaltem Schlamm befleckte Pappsoldaten oder schöne Frauen mit zwei Meter hohen, knallig kolorierten, leidenschaftlichen Gesichtern Abenteuer oder psychologische Konflikte für Idioten ankündigten, die grell beleuchteten Schaufenster voller Schuhe, Hemden oder Cafégäste, und dann ein zweites Mal die gleichen harten, metallischen Lichter, die von einer Stelle zur anderen sprangen und sich über die lackierten Karosserien der Autos schlängelten, und darüber die aufdringliche, ausdauernde, marktschreierische Reklame, die alle diejenigen, die hinsahen, nötigen sollte, etwas zu trinken oder sich anzuschauen (unter dem Neger war nämlich, wahrscheinlich auf Kosten einer Reiseagentur, eine blaue Palme angebracht, die ebenfalls im Wechsel mit einem Flugzeug, einer Art Kuppelbau und einem Ozeandampfer aufleuchtete und erlosch), das zu trinken oder sich anzuschauen sie nie gewünscht (und nie nötig gehabt) hatten.

Er hatte Durst; er hatte nicht gegessen; die Frau des Freundes, bei dem er wohnte, hatte einen Teller mit kaltem Fleisch vorbereitet, aber er hatte nichts davon essen wollen, das heißt, er hatte es nicht gekonnt, er hatte gekaut und eine Weile ein Stück grauen Fleischs in seinem Munde hin- und hergewendet, bis es beinahe die Konsistenz und den Geschmack von Papiermaché hatte, oder vielmehr bis es, nachdem er es von einer Backentasche in die andere geschoben und es nicht hinunterzuschlucken vermocht hatte, so unangenehm geworden war, daß er es merkte, daß ihm bewußt wurde, daß er zu essen versuchte, wobei er sich auch des Orts, an dem er sich befand, der Küche und der Frau bewußt wurde, die ihn mit ihren Madonnenaugen anschaute, während er doch zum zehnten Mal die Bewegungen ausführte, die er auszuführen hatte: die Tür eines Restaurants aufstoßen, auf einen Tisch zugehen, seinen Revolver ziehen, schießen und weglaufen; er stand also sich entschuldigend auf und ging zum Abfalleimer, um auszuspucken, was er im Mund hatte. Dann begriff er, warum sie so sehr darauf gedrungen hatte: damit er wenigstens für den Fall, daß er verhaftet würde, etwas im Bauch hätte. Es hatte jedoch keiner von ihnen von einer möglichen Verhaftung und ihren Folgen gesprochen, ebensowenig wie sie von der Tat selber, die er begehen würde, gesprochen hatten, alles (seine eventuelle Verhaftung, Verprügelung – oder gar Ermordung durch die Volksmenge –, die Tat (der Mord), der Hunger, den er jetzt ebenso deutlich, aber potentiell in seinem Innern fühlte wie jene Leere, welche die Leute in die Restaurants drängte, sie Platz nehmen, etwas bestellen und es hinunterschlucken ließ) war gewissermaßen abstrakter Art und existierte für ihn als bekannte – angenehme oder unangenehme – Vorstellung ohne jede Wirklichkeit, so daß er ebensowenig Durst litt oder Angst hatte (er spürte sie nur, er fühlte, daß sie da waren, mehr nicht), wie er Unwillen oder Wut empfand, sei es nun angesichts der Preise auf der Speisekarte, die draußen am Restaurant in einer von einem Kupferrahmen umgebenen und durch eine kleine Glühbirne erhellten Nische angebracht war, oder der dekolletierten Frauen mit den verschwommenen Konturen, die drinnen mit gemessenen Bewegungen schrecklich kostspielige Dinge an ihre Lippen führten, oder der nächtlichen, flimmernden Welt, die ihn umgab, oder beim Gedanken an den Menschen, den zu töten er sich anschickte: vielleicht, weil er über Entrüstung und Wut erhaben war, weil die Entrüstung ihn Jahre vorher ein für allemal gepackt, ergriffen hatte (so lange vorher, daß es aufgehört hatte, Entrüstung oder Wut zu sein), woraufhin alles entschieden worden war – wie andere alles von der Idee der Erlösung, des ewigen Heils oder von den organischen Gesetzen aus entscheiden –, vielleicht auch, weil er wahrscheinlich die Fähigkeit jener Menschen besaß, für die die Welt überall und immer dieselbe ist (das heißt: auch ein für allemal grausam und ungastlich), und die so etwas wie das Gegenteil der Fähigkeit zu staunen ist: und dann diese Art wehleidiger, kindlicher Sanftmut, wie eine Art Unschuld, Gnade, die ihm erlaubte, geschniegelt und gebügelt in einem geliehenen Anzug, vor Kälte zitternd, aber unbeirrt auf diesem Bürgersteig zu stehen oder jetzt da auf der Bank dieses Abteils zu sitzen, gräßlich, kindisch (obgleich er – wie der Student schätzte – über dreißig sein mußte), armselig, schmächtig, mit seiner zerknitterten Visage (oder besser Fresse) wie eine Rattenschnauze, so dick wie eine Faust inmitten des Haarwustes, wie man ihn bei Karikaturen von Kapellmeistern oder Klaviervirtuosen zeichnet, und so vollständig ausgerüstet, mit diesem Jäger- oder Trapperzeug, der ebenso wenig von seiner Person zu trennen zu sein schien wie irgendein anderer Teil seines Körpers, in dem spärlichen, bronzefarbenen Licht, das aus der Glühbirne an der Decke des Abteils fiel (das Abteil, der hölzerne Waggon – immer noch dieselben (die wahrscheinlich ursprünglich ockergelb gewesen waren, jetzt jedoch einen kastanienbraunen Anstrich, halb aus Farbe und halb aus Ruß, hatten) und die mindestens ein gutes Dutzend Mal amortisiert worden waren, seitdem man die Strecke in Betrieb genommen hatte, das heißt seitdem siebzig Jahre früher ein Konsortium jüdischer und englischer Bankiers in Verbindung mit der Societas Jesu die Idee gehabt hatte, dort Schienen zu legen (eigentlich nicht, um dort Leute reisen zu lassen, sondern um Erz und andere derartige Dinge zu befördern, die man nur an den Börsen von Paris und London verkaufen darf, und da der Sklavenhandel gesetzlich verboten ist, fand die Personenbeförderung zusätzlich statt, sie wurde zugestanden (sozusagen als unrentable Beifracht), um eine der Lieferungsbedingungen zu erfüllen), Schienen also, da, wo immer nur Maultiere vorübergekommen waren und Leute, die von den Maultieren getragen wurden (Hausierer, beleibte, schlecht rasierte Priester in abgetragenen Kleidern, Tänzerinnen und Huren auf Arbeitssuche, geschwätzige Handelsreisende, Bauern, die Körbe, Säcke sowie an den Beinen zusammengebundene Hühnerpaare mit sich schleppten, die heutzutage unter die Bänke gesteckt werden, wo sie noch empört und schmerzvoll um sich schlagen, mit flatternden Flügeln und lautem Gegacker wild protestieren und dann zuckend und regungslos mit rundem Auge, voller Schrecken und dumm liegenbleiben und zuweilen erneut, von Zuckungen durchschüttelt, mit schmerzhaftem, ohnmächtigem Gegakker aufbegehren), Menschen, die nun das Vorrecht genossen, vom Anfang bis zum Ende der Reise zwischen ihren Beinen auf den Abteilboden zu spucken, anstatt den Kopf herumdrehen zu müssen, um ihren Speichel zur Seite zu rotzen, wie sie es auf ihren Maultieren taten) – und der Student dachte: »Warum erzählt er mir das alles?«, wobei er sich gleichzeitig die Bankiers mit ihren Backenbärten vorstellte, die gerade aus einer Operette von Offenbach gekommen waren und die Idee dieser Eisenbahn gehabt hatten (er sah sie vor sich, mit ihren engen Hosen, ihren Gehröcken, ihren geblümten Westen, ihren Mätressen (Sängerinnen mit hohen Frisuren und Diamantenkolliers) mit ihren gepflegten Bankierhänden, die zwischen zwei Fingern eigens für sie gedrehte Havannazigarren hielten, Zigarren mit einem Papierring, der womöglich ihr Bild trug oder ein Porträt des Königs mit übermäßig großem Kinn), damit hier ein Zug fahren könnte, um sie zu befördern, sie beide, die beinahe allein in der Reihe hin- und herscheppernder Waggons saßen, er und dieser bis an die Zähne bewaffnete Schlaks, und er dachte noch: »Es ist keine Angeberei, da angeben für ihn sicherlich ebenso fremd und sinnlos ist wie, zum Beispiel, Geld zählen, und weil er, wenn er sich je brüsten wollte, zuerst glauben müßte, etwas Außergewöhnliches vollbracht zu haben...«, ihn immer noch reden hörend (wie so Kerle seines Schlags erzählen: mit einer zugleich ungestümen, wilden und klagenden Stimme) und wieder denkend: »Vielleicht tut er es nur, weil er sich langweilt. Oder aus Freundlichkeit. Um die Zeit zu vertreiben, bis wir angekommen sind?...«, und in diesem Moment wühlte der Italiener, der Mann mit dem Gewehr, in einer der Brusttaschen seiner kastanienbraunen Mechanikerkombination herum, die zusammen mit seinen Spartgrasschuhen alles zu sein schien, was er besaß, was er zu besitzen begehrte (zusammen mit den Waffen, die man eigentlich nicht als Besitz bezeichnen konnte, da sie sozusagen zu ihm gehörten) und je als Kleidung und Vermögen besitzen würde, mit dem speckigen, an den Ecken verbogenen Notizbuch und dem etwa anderthalb Zentimeter langen Bleistiftstummel, den er jetzt in der Hand hielt: er wechselte die Bank und setzte sich neben den Studenten, rückte an ihn heran und legte das Notizbuch quer auf seine Knie (das heißt mit der längeren Seite der Blätter senkrecht zur Achse seiner aneinanderliegenden Oberschenkel); er hatte schon den ersten Strich gezeichnet, als er, sich zurücklehnend und den Oberkörper leicht aufrichtend, nicht um die Wirkung zu beurteilen, sondern um, bevor er weiterzeichnete, sozusagen die Ausmaße des Blatts abzuschätzen, wahrscheinlich mehr oder weniger deutlich über seine Knie hinweg auf die Bank sah, die er soeben verlassen hatte und auf der das Gewehr liegengeblieben war: er beugte sich vor, ergriff die Waffe, legte sie rechts neben sich auf die Bank, auf der sie nun beide saßen, nahm seine frühere Haltung wieder ein (während der Ausführung dieser Folge von Bewegungen war sein Blick nicht vom Notizbuchblatt gewichen) und sagte: »Sehen Sie!«, wobei er den Bleistift, der nur ein Zentimeter lang war, an den Mund führte, um seine Mine zu befeuchten, ohne den Studenten anzuschauen, mit gesenktem Kopf, wie in sich selber versunken, ganz auf das konzentriert, was er vorhatte (sei es, sich genau zu erinnern, sei es, das, woran er sich erinnerte, getreulich in Form einer Zeichnung, eines Plans wiederzugeben – wahrscheinlich beides zugleich), wobei der Bleistiftstummel (den er nicht so halten konnte, wie man gewöhnlich einen Bleistift oder Federhalter hält, nämlich so, daß er auf dem Rand der Hand zwischen Daumen und Zeigefinger ruht, sondern ganz zwischen den Enden von Daumen, Zeigefinger und Mittelfinger eingeklemmt, so daß man ihn nicht sah und der Italiener mit seinen Fingernägeln zu zeichnen schien) sich flink über das Blatt schlechten gräulichen karierten Papiers bewegte, das mit gelben, zur Papiermasse gehörenden Pailletten übersät war, die im Widerschein des Lichts wie Glimmerschiefer glitzerten. Doch er bediente sich nicht der Quadrierung, da er, ohne sie zu beachten, vom zuerst gezogenen Strich aus (der schlecht gespitzte, abgestumpfte Bleistift zeichnete etwa einen halben Millimeter dicke, deutliche, ins aufgeweichte Papier wie metallisch graue, glänzende, bleifarbene Furchen eingedrückte Striche) ein Rechteck zeichnete, dessen Seiten nicht ganz gerade waren, sondern etwas gewellt oder besser gebogen, als ob jede von ihnen sich unter der Wirkung eines von der Mitte ausgehenden Drucks ein wenig wölbte, so daß die Figur den Gedanken an ein windgeblähtes ausgebreitetes Segel heraufbeschwor, und der Student sah ihn nun zwei kurze Striche zeichnen (zwei Merkzeichen, die die Basis des Rechtecks in gleichen Abständen von ihrer ungefähren Mitte und beiderseits von ihr durchschnitten), die er zu zwei sich gegenüberliegenden Kreisbögen vergrößerte, die wie zwei Klammern aussahen, und in deren Mitte er einen Punkt machte, und dann zwei sich kreuzende Striche zeichnete – eine Drehtür, dachte der Student – oder er sagte es vielleicht laut, denn der Italiener sagte »Si!«, ohne den Kopf zu heben oder innezuhalten, sondern über der Drehtür, zum Innern des Rechtecks hin eine kurze Wellenlinie zeichnend, wie eine Schlange, eine Sinuslinie, und dann, ohne Erklärung, über dieser und senkrecht (so daß der Bleistift beinahe in der Mitte des Rechtecks war) einen Kreis oder richtiger mehrere Kreise, (oder noch besser: mehrere Ellipsen, da der Bleistift sich nun sehr schnell bewegte) konzentrische, einander überlagernde oder in bezug aufeinander leicht exzentrische Ringe, die, als er die Hand wegnahm, so etwas wie ein Wollknäuel darstellten, neben das er links und rechts noch rasch zwei senkrechte Striche zeichnete, von denen keiner, weder oben noch unten, die waagerechten Seiten des Rechtecks erreichte, das nun in drei Stücke unterteilt war, die er vielleicht gleich groß darzustellen versucht hatte, von denen aber in Wirklichkeit der mittlere Teil (wahrscheinlich weil dieser für ihn der wichtigste war, nämlich der Teil, in dem sich das, mit dessen Erzählung er begonnen hatte, abgespielt hatte – oder von neuem abspielen würde –, und der infolgedessen sein ganzes Interesse polarisierte), in dessen Mitte sich das Wollknäuel befand, allein eine Fläche einnahm, die doppelt so groß wie jede Fläche der beiden anderen Teile war (ungefähr ein Quadrat, das von zwei senkrechten Rechtecken flankiert wurde), und die mit dem Bleistift bewaffnete Hand fuhr weiter hin und her, wobei sie längs des linken senkrechten Strichs, zum Innern des Quadrats hin, in der Mitte drei kleine Rechtecke nebeneinander zeichnete, wonach er sich aufrichtete, seine Zeichnung betrachtete und erklärte: die Schlange (die kurze Wellenlinie) stelle eine spanische Wand dar (einen jener Wandschirme, die aus dünnen, lackierten Holzlättchen bestehen, welche so miteinander verbunden sind, daß jede Seite der Lättchen ein Gelenk bildet, und die man aufstellen kann, indem man ihnen eine beliebig gebogene Form gibt), das Wollknäuel sei ein Möbel, auf dem Dinge stünden, die von den Kellnern dort geholt würden – »Eine Anrichte«, sagte der Student, und er: »Ja. Wahrscheinlich. Denn ich glaube, daß oben Obst stand, so etwas wie ein Tannenzapfen. Ich hatte keine Zeit, es mir genau anzusehen«, (immer noch mit der gleichen ungestümen, jammernden, überzeugten Stimme sprechend – ebenso wie er das Papier bearbeitete und jeden Strich, sowohl infolge seines Eifers als auch kraft seiner starken Konzentration, tief darin einfurchte – mit jener Heftigkeit, die ununterdrückbar in ihm steckte, und seine schwächliche Person erschöpfte und überforderte), und indem er nun auf den senkrechten Strich, links, zeigte, sagte er: »Das hier war die Bank. Das heißt: die Rückenlehne mit den Kupferstangen, hinter denen man Hut und Mantel ablegen kann. Aber auch das konnte ich mir nicht genau ansehen. An diesem Tisch hier saß er. Mit einer Frau und einem anderen«, der nun nur zwischen Zeigefinger und Daumen geklemmte Bleistift klopfte jetzt mehrmals kurz, aber ohne Nachdruck (so daß nur ein paar beieinanderliegende Pünktchen, eine winzige, beinahe unsichtbare Sandinsel entstand) auf das längs des linken Strichs befindliche zweite kleine Rechteck von unten; dann nahm er den Bleistift wieder zwischen die drei Finger (oder vielmehr die drei Fingerspitzen), zeichnete zwei kleine Kreise – zwei Ovale – zwischen dem Rechteck und dem Strich, dann noch ein anderes Oval jenseits des Tisches, und dann zeichnete er sich selber, noch draußen, auf dem Bürgersteig, in Form eines vierten Ovals, das er jedoch schwarz machte (indem er mit der Bleistiftspitze eine Reihe winziger Kreise hineinzeichnete), und dann noch ein anderes Oval, rechts und ein wenig unterhalb des Wollknäuels, dann noch ein anderes zwischen den beiden kleinen Rechtecken (ein Oberkellner und ein Kellner, erklärte er) – und in dem Moment verlangsamte der Zug sein Tempo, die Lokomotive ließ den komischen, klagenden, unheimlichen Pfiff der Wildwestzüge ertönen, die Tannenholzwaggons mit ihren offenen Plattformen vorn und hinten (dieselben Waggons vielleicht, dachte der Student, die für die Einöden der Rocky Mountains geplant worden waren, und vielleicht von denselben Bankiers mit Offenbachbärten) stießen aneinander, und der Zug hielt, das Geräusch des Regens auf dem dünnen Waggondach und an den Scheiben war wieder zu hören, und als der Student den Kopf herumdrehte, um den Namen der Station irgendwo zu lesen, begegnete sein Blick zuerst dem in Düsternis getauchten, finsteren Widerschein seines eigenen Gesichts und dahinter dem des Violinvirtuosen im

Mechanikeranzug, der immer noch über sein Notizbuch gebeugt dasaß, dann sah er (jetzt seine Nase an die Scheibe drückend) die gleiche Fahne, das gleiche durchnäßte Trauertuch, das auf allen Bahnhöfen hing (am Windschutzdach oder, wie hier, an einer Stange), und von dem man wissen mußte, daß es halb rot und halb schwarz war, denn im Moment war das regengetränkte Rot fast genauso dunkel wie das Schwarz, dann sah er den Namen der Station, BANOS DE AGUAS CALDAS (oder AIGUES CALENTES oder AGUAS BUENAS, wobei er sich die älteren, dunkel gekleideten Señoras vorstellen konnte, die in den Parkalleen im fleckigen Schatten von Platanen und dem ein wenig nach faulen Eiern riechenden Dunst des Schwefelwassers langsam spazierengingen oder dort saßen, und vielleicht einen Musikpavillon, in dem eine städtische Kapelle spielte, und Landauer, Mietdroschken, die auch unter den zitternden Platanen warteten und das allgegenwärtige Geräusch des Wasserfalls, der allgegenwärtige fade Verwesungsgeruch, die Landauer mit ihrem leichten, fransenbesetzten Segeltuchdach und die altmodischen Badeeinrichtungen mit kupfernen, schwanenhalsförmigen Wasserhähnen, wo die schamhaft in Bademäntel gehüllten ausgetrockneten Körper älterer Señoras in übelriechendem Wasser trieben) und zwei Männer erschienen im Gang, klopften an die Scheiben, öffneten die Tür und einer von beiden sagte nur »Seguridad«, wobei der erste mit etwas, das als eine grünliche, durch den Regen an den Schultern dunkler aussehende Uniform durchgehen konnte, bekleidet war, und immerhin eine Mütze trug, während der andere nur ein weißes Hemd und eine Hose anhatte, einen Revolver in seinem aus einem Bindfaden bestehenden Gürtel stecken hatte und einen Regenmantel um die Schultern trug, der wie die Sportgrasschuhe an seinen Füßen völlig durchnäßt war, aber beide Männer glichen schon jetzt Berufspolizisten (die gleichen schäbigen, fiesen, unverschämten Mienen, der gleiche blasierte, schmierige, abgestumpfte

Blick), und sie kannten wahrscheinlich den Italiener, denn er machte ein Zeichen, und jener, der nur Hemd und Hose anhatte, sagte »Salud!« und schloß dann wieder die Tür.

Diesmal war niemand auf dem Bahnsteig, es war nichts zu sehen außer den unmerklichen, unvorhersehbaren und unablässigen Veränderungen der Lichtspiegelungen auf dem Asphalt, die von plötzlich auftreffenden Regentropfen punktiert wurden: der Italiener zeichnete nun einige Reihen kurzer Pfeile (Vektoren), von jedem der kleinen Ovale aus, die ihn selber, den Kellner und den Oberkellner darstellten, und diese Reihen entsprachen dem Weg, den er gegangen war, und den Bewegungen der beiden anderen, so daß in dem Maße, wie die kleinen Pfeile erschienen und Zickzacklinien mit manchmal ganz spitzem Winkel bildeten, der Student zu sehen glaubte (wie bei dem Spiel, das zwei faule Schüler, einen kurzsichtigen Lehrer und eine Mauer aus Büchern erfordert und darin besteht, daß man die Schiffe zweier Geschwader auf numerierten Karos fortbewegt, wobei jeder der beiden Faulenzer-Admirale seine Einheiten gemäß den vom Gegner verkündeten Schüssen manövrieren ließ), so daß er also die Rekonstruktion der Tat zu sehen glaubte (die kurze, blitzschnelle, chaotische Aufeinanderfolge oder vielmehr Verdichtung, Überlagerung von Bewegungen und Lärm, Schreien, Schüssen und eiligen Schritten) in Form einer Reihe stehender, erstarrter, unbeweglicher Bilder (wie die verschiedenen leuchtenden Pfeile, die die nacheinander erstrahlende und erlöschende Reklame bildeten), wobei jedes einzelne viel zu verschieden von dem vorhergehenden war, als daß es möglich gewesen wäre, eine Kontinuität zwischen ihnen herzustellen (wie zum Beispiel auf einem Filmstreifen, auf dem sich die Haltung des Arms von einem Bild zum anderen nur unmerklich ändert) – und wieder ließ die Lokomotive ihren klagenden, schauerlichen Pfiff ertönen – als versuchte sie eine finstere Herde wilder Büffel zu zerstreuen (sich einen Weg durch ihr Gedränge zu bahnen), und der Zug fuhr los, während der Student gerade mal eben den Kopf hob und durch den dunklen Abglanz ihrer beiden Gesichter auf der regengetrübten Scheibe die wenigen Lichter vorbeiziehen sah, den rot-schwarzen Lappen, die empörten Phantome rheumakranker, auf Ebenholzstöcke gestützter alter Señoras, und dann, auf dem Bahnsteig, gleichgültig und unempfindlich gegenüber dem nicht aufhörenden Regen, die beiden Polizisten der Seguridad, der schäbig gekleidete und der mit dem einigermaßen militärischen Auftreten (so daß man nicht recht wußte, ob sie da waren, um etwas anderes zu überwachen oder um sich gegenseitig zu überwachen), die die leeren Waggons, deren Lichter nacheinander über ihre Gesichter glitten, an sich vorbeirollen und allmählich in Fahrt kommen sahen.

Also zunächst dies: nicht einen betreßten Portier, sondern einen Groom, das heißt einen jener jungen Burschen, die seit langem nicht nur das Stadium der Pubertät, sondern auch das der Reife hinter sich haben: eine jener zweifelhaften, verwelkten Kreaturen, ein junger Bursche mit einem Greisenkopf oder umgekehrt – er, der Italiener sah dies: die kastanienbraune Livree, eine Art zylindrischer Kappe, die vor Kälte rote Nase, das Gesicht, das vielleicht etwas erstaunt war, weil es ihn auf sich zukommen sah, aber nichtsdestoweniger die Reflexbewegung, das leichte Vorbeugen des Oberkörpers, der ausgestreckte Arm, der einen der verglasten Flügel der Drehtür ein wenig weiterschob, damit er bequem in eines der Viertel der Drehtür hineinschreiten könnte; dann sein eigenes Bild, seine eigene Spukgestalt (die winzige, gräuliche Maske inmitten des Struwwelkopfes, der struppig, ungebärdig und burlesk aus dem Straßenanzug ragte), die ihm entgegenkam, die beiden Hände (für ihn die linke) die einander begegneten, sich aufeinander legten, als versuchten sie (er und sein Doppelgänger) einander zurückzudrängen, wobei er die eiskalte Handfläche der Spukgestalt an der seinen fühlte: aber er siegte, da sein Doppelgänger zuerst inmitten der Spiegelungen der Lichter und

Widerscheine, die waagerecht vorbeizogen, zurückwich, zunächst geradeaus zurück (der Doppelgänger) und dann (in dem Maße, wie er beim Drehen der Flügel vorankam) nach links von ihm glitt und mehr und mehr schräg von vorn zu sehen war (wobei der Abglanz des leuchtenden Pfeils (der jetzt wieder einmal hinter ihm seinem unaufhörlichen, immer gleichen Weg folgte) die Scheibe gerade in seinem ruckartigen Flug – drei Positionswechsel lang – oberhalb seines Kopfes überquerte), und dann endlich das Profil zeigte (aber in dem Moment sah er ihn schon nicht mehr). Er hatte nicht mit der spanischen Wand gerechnet (oder wenn er sie gesehen hatte, hatte er sie wieder vergessen), entdeckte also nun, als er glaubte, ins Licht zu treten, diese dunkle, unüberwindliche Wand, und er erzählte, daß dies der einzige Moment gewesen sei, in dem er so etwas wie eine Panik empfunden habe, der einzige Moment, in dem er das Gefühl, in der Klemme zu stecken, gehabt habe, (aber er war, wie er sich später dachte, nicht mehr und nicht weniger erschrocken gewesen wie jeder andere auch, dem in einer Drehtür beim Geräusch der kreisenden Flügel und der wirbelnden Luft sozusagen schwindelt und der aus Angst, eingesperrt zu sein, taumelt): während eines unendlichen Bruchteils einer Sekunde, da sein Geist sich mit wütender Verzweiflung an dieser Sache stieß, gegen diese Mauer, gegen dieses Hindernis prallte, das er nicht vorhergesehen oder wieder vergessen hatte (wobei er in einer Anwandlung leidenschaftlicher Entrüstung und tiefer Bestürzung dachte: »Was? Was ist denn das?«), hielt er sich für hintergangen, oder für verraten, schon auf lächerliche Weise gefangen, bevor er überhaupt mit der Ausführung dessen hatte beginnen können, weswegen er gekommen war, bis er, den Blick hebend, die gebogene Linie des oberen Randes der Schutzwand erkannte, die er auf seiner Skizze durch einen geschlängelten Strich dargestellt hatte, wo sie doch (er korrigierte) im Grundriß die Form eines liegenden, ungleichmäßigen S haben mußte, so daß eine der Rundungen, und zwar die größere, einen Bogen beschrieb, der beinahe konzentrisch zu dem runden Drehtürenwindfang verlief, während der andere, kürzere Bogen sich in der entgegengesetzten Richtung, zum Innern des Lokals hin, krümmte, jedoch auf der rechten Seite (er sah jedenfalls nur diese Öffnung), wohingegen der Tisch, auf den er sofort nach Verlassen der Tür geradenwegs zugehen wollte, links stand, so daß er, gedrängt vom primären, voreiligen Bedürfnis, der Falle, welche die Drehtür und die Schutzwand darstellten, zu entkommen, und zugleich getrieben von dem ebenso voreiligen Gefühl der Dringlichkeit, der verlorenen Zeit, der Notwendigkeit, schnell zu handeln, auf den freien Durchgang zustrebte und so ins Innere des Lokals drang, freilich nicht im Laufschritt (er hatte immerhin genügend Selbstbeherrschung bewahrt), aber wahrscheinlich etwas zu flott, und dann dies: der Tisch mit seinen drei speisenden Gästen (von denen einer von hinten zu sehen war) war nun durch etwa sieben Meter freien Raum von ihm getrennt, und der Mann, den er töten sollte, hielt in diesem Moment sein Glas in der Hand, er hatte sich leicht der Frau zugebeugt, mit der er sprach, so daß er seinem zu schnellen Hereinkommen nicht die geringste Beachtung geschenkt hatte, wohingegen zu seiner Rechten ein Oberkellner (er sagte nicht »Oberkellner«, sondern »ein Kellner in schwarzem Anzug«) ihn gerade mit einem Gesicht betrachtete, das im Moment mehr Verlegenheit oder Ärger als Beunruhigung verriet, wie er erzählte, und der ihn mit berufstüchtigem und zugleich gewinnsüchtigem, berechnendem und unterwürfigem Blick musterte, während sie beide (er und der Oberkellner) sich ein Momentchen beinahe gegenüberstanden, er (das schwarze Oval) am Ende des S-Bogens der spanischen Wand und der Oberkellner (ein weißes Oval) rechts (von ihm aus gesehen) von jenem Möbel in der Mitte (dem Abstelltisch oder der Anrichte), das mit exotischen Früchten gekrönt war, wonach beide sich gleichzeitig in Bewegung setzten und Wegen folgten, die er durch zwei gebogene Vektoren darstellte, welche sich, wie die Räder eines Getriebes, beinahe berührten, das heißt beide begannen zuerst mit einem schnurgeraden Weg (der Oberkellner, um ihm entgegenzugehen, und er, um sich dem Tisch zu nähern), und sahen sich, je weiter sie fortschritten, immer mehr genötigt, auszuweichen, und zwar der Oberkellner, weil der Gast (oder vielmehr der Eindringling) anstatt zu warten, bis man zu ihm käme, nach links ging (rechts vom Oberkellner), und er, weil der Oberkellner auf seinem Weg an der Anrichte vorbeiging und sich schließlich beinahe auf jener Strecke befand (der geraden Linie zwischen dem Ende des Wandschirms und dem Tisch, den er erreichen wollte), die er gerade eingeschlagen hatte, und somit den Ankömmling abzufangen drohte (noch nicht richtig erschrocken, wahrscheinlich nur in steigendem Maße verärgert, da er schon die Stirn runzelte), so daß er sich gezwungen sah, von seinem Wege noch mehr nach links abzuweichen, indem er hoffte, dem Oberkellner zuvorzukommen und ihn zu umgehen, und dann: zu seiner Rechten das V-förmige, tadellose, glänzende Vorhemd, steif wie ein Brustharnisch, zwischen den beiden schwarzseidenen Revers, geometrisch und paradoxerweise exakt gezeichnet (wahrscheinlich, weil sich seine ganze Aufmerksamkeit im Moment auf ihn konzentrierte) und unerbittlich auf ihn zukommend, wohingegen sein Ziel (der Tisch und die drei speisenden Gäste) ihm verschwommener, wie zerfließende Flecken erschien, und zwar von links nach rechts: ein leuchtender Streifen (ein Stück Tischdecke), auf dem Dinge (Gläser, Karaffen, Flaschen und wahrscheinlich ein Glas rubinroten Weins) standen, die den Widerschein des Lichts auffingen, und dann, genau darüber, die blaßblonde Haut (der Arm und die bloße Schulter) der Frau, wie drei breite, cremefarbene Pinselstriche (drei Farbflecken, die vielmehr jeder für sich mit dem Palettenspatel aufgetragen, aufgespachtelt waren), und zwar beiderseits und über einem anderen, beinahe quadratischen, lavendelblauen Flecken (der Bluse oder dem Oberteil des Kleides), das geschminkte Gesicht selber und ihr Helm aus angeklebtem Haar, nicht deutlicher als das Schimmern verwischter Tupfer greller Farben (rot, braun, rosa), dann, unmittelbar rechts daneben und ganz vorn: ein breites graues Rechteck (der Rücken des dritten Tischgastes), überragt von einem kleineren und beinahe schwarzen Rechteck (sein Kopf, sein Haar), das zum Teil das Gesicht des anderen Mannes, den er umbringen sollte, verdeckte, so daß er von ihm nichts anderes sehen, oder vielmehr erraten konnte als die Augen (das heißt zwei dunkle Flecke), die Stirn, die kahlen Schläfen und das tiefschwarze, glatt nach hinten gekämmte, das Licht widerspiegelnde Haar, während zu seiner Rechten das unerbittliche, korrekt aussehende V (wobei er den Kopf von seiner Zeichnung erhob und sagte: »Woraus bestehen eigentlich diese Oberhemden? Aus weißlackiertem Blech, oder?«) immer näher kam: aber er hatte einen kleinen Vorsprung, er beschleunigte den Schritt (der Oberkellner, das weißlackierte V, verschwand aus seinem Blickfeld, da er nun beinahe hinter ihm war, obgleich auch er sein Tempo beschleunigte: beide rannten also noch nicht, bewegten sich aber, sehr schnell laufend, in einer ganz ungewöhnlichen, an einem solchen Ort höchst befremdenden Gangart voran), kaum vier Meter trennen ihn in dem Moment von dem Tisch, als links von seinem Blickfeld (während er hinter sich immer noch den unsichtbaren, aber drängenden Oberkellner fühlte, der ihn verfolgte, jedoch noch zögerte zu rennen, weil ihn wahrscheinlich etwas daran hinderte, weil ihn irgendein alter, mit seinem Beruf zusammenhängender Reflex, das Gefühl für Anstand, die Furcht vor dem Skandal, davon abhielt, es ihm verbot, aber er vermutete, daß der Oberkellner imstande wäre es zu tun, sobald er selbst es tun würde, so wie er im selben Moment wie er selber und im selben Rhythmus seine Schritte beschleunigt hatte), höher als das Stück

Tischdecke und links davon, ein zweiter weißer Fleck erschien (der Spenzer eines Kellners – jenes, den er auf seinem Plan durch ein kleines Oval zwischen den Rechtecken der beiden Tische dargestellt hatte), der sich nach rechts in Bewegung setzte (vielleicht aus eigenem Antrieb, vielleicht auf einen Wink des Oberkellners), so daß die schwarze Hose sich zwischen den Tisch und ihn schob, was ihn nötigte, schnell seinen Plan zu ändern. Er wollte weder die Frau noch den dritten Tischgast verletzen, hatte also ursprünglich vorgehabt, den Tischrand zu erreichen, um zwischen den beiden hindurch schießen zu können: aber das war nicht mehr möglich, und er mußte jetzt mit drei Hindernissen rechnen: zwei beweglichen, dem Kellner und dem Oberkellner, und einem unbeweglichen, dem dritten Tischgast, den er nun beinahe im Profil sah und den zu umgehen er sich anschickte (nun freiweg laufend, wobei ihm das verworrene Geräusch (lauter klingende Stimmen – aber noch keine Schreie) des Erstaunens (noch nicht des Entsetzens), das sich von den Tischen rund um ihn herum erhob, allmählich bewußt wurde, und bei seinem kurzen, plötzlichen Satz nach rechts sah er folgendes an sich vorbeiziehen:

erstens: den weißen Fleck der Jacke des Kellners (sei es, daß dieser zögerte, daß er stehengeblieben war – sei es, daß er selber jetzt derart schnell lief, daß die Geschwindigkeit des Kellners im Verhältnis zu seiner eigenen gleich null war, was zur Folge hatte, daß dessen Silhouette nun auf die linke Seite seines Blickfelds zurückwich),

zweitens: einen kurzen Moment, die Frau: nicht mehr Flächen sanfter, zerfließender, verschwommener Farben, wie kurz vorher, sondern Einzelheiten, deutliche Details (ein Armband, die perlmuttartige, marmorierte Vertiefung zwischen den Brüsten im Dekolleté, die erhobene Hand, in der sie eine Gabel hielt),

drittens: ein Stück glänzenden roten Kunstleders aus einem etwas krümeligen Material, mit dem die Rückenlehne der

Bank überzogen war, zwischen der Frau und ihrem Nachbarn,

viertens: während eines noch kürzeren Augenblicks (denn er wurde sofort wieder vom Rücken des dritten Tischgastes verdeckt) der Oberkörper des Mannes, den er erschießen sollte, und der wie kurz vorher sein halb mit rubinrotem Wein gefülltes Glas immer noch in der Hand hielt und den Ellbogen auf den Tisch gestützt hatte. Sein Gesicht war nun nicht mehr seiner Nachbarin zugewandt, sondern schaute ihn, den Italiener an, wobei die beiden Augäpfel (die nicht mehr die beiden dunklen Flecken unter den Augenbrauenbögen waren, sondern die er nun, schwarz, glänzend und hart, ganz deutlich über den faltigen Tränensäcken erkennen konnte) ihm folgten, indem sie sich drehten, während

fünftens: der Haarschopf des dritten Tischgastes sich ins Blickfeld schob und die untere Hälfte des Gesichts bis ungefähr zur Nasenwurzel verdeckte – das gepflegte, glänzende Haar, der vom steifen Kragen am Nacken zum Hinterkopf hinaufgeschobene Fettwulst mit der weißen, oder besser gräulichen, mit schwarzen, kurzen, kräftigen Haaren übersäten Haut (wobei Haarwuchs, Nacken, Falten und Rücken sehr schnell von rechts nach links glitten, wie ein Schattenriß aus Karton, oder wie wenn man durch das Fenster eines fahrenden Zuges die Sträucher und Bäume des Vordergrunds schnell vor dem unbeweglichen Horizont vorbeiflitzen sieht, und die so den ganzen Kopf und dann den Oberkörper des Mannes auf der Bank freigaben, der von neuem zu sehen war)

dann hörte er eine Frau schreien (jedoch nicht die neben dem Mann sitzende), und er begriff plötzlich, warum der Kellner langsamer gelaufen, stehengeblieben war, da es ihm bewußt wurde, daß er nun seinen Revolver in der Hand hatte, ohne sich erinnern zu können, in welchem Moment er ihn hervorgezogen hatte, und alles erstarrte dann während einer Zeit, die ihm sehr lang vorkam und in der er, wie er sich erinnerte, auf der Stelle stehengeblieben war, verwundert, daß der Moment schon gekommen war, beinahe überrascht, verwirrt, nicht zaudernd, aber wie vor den Kopf geschlagen, gelähmt, wie ihm schien, wobei er nicht dachte: »Ich kann diesen Mann nicht erschießen«, sondern: »Ich weiß nicht, wie ich es machen soll«, während er, ohne sich bewegen zu können, darauf gefaßt war, daß der Oberkellner, den er nun ganz nahebei, hinter seinem Rücken wähnte, ihn von hinten umklammern und ihm die Handlungsfreiheit nehmen würde, und das alles in nunmehr völliger Stille, so daß es, wie er sagte, in Wirklichkeit gar nicht dazu habe kommen können (zu dieser langen Pause, während der er rechts vom dritten Tischgast und genau gegenüber jenem, den er töten sollte, stand und unfähig war, auch nur die geringste Bewegung zu machen), es sei denn in seinem Geist, denn es war kaum anzunehmen, daß die Frau zu schreien aufgehört hatte (im Gegenteil, und andere hatten nun wahrscheinlich mit ihr geschrien), und es war ebenso unwahrscheinlich, daß der Oberkellner die Verfolgung und den Versuch, ihn zu bändigen, was er kurz darauf tat, eingestellt hatte, nur um ihm Gelegenheit zu geben, sich zusammenzunehmen, sich zu entschließen und seiner Hand den Befehl zu übermitteln. Und dennoch mußte so etwas geschehen sein, erzählte er, da der Tisch jetzt mit dem Klirren zerbrochenen Geschirrs auf ihn zukippte und er sich gegenüber nun den Mann, den er töten sollte, nicht mehr sitzen, sondern stehen sah, das heißt nicht ganz aufrecht: halb aufgerichtet (was bedeutete, daß er Zeit gehabt hatte, folgendes zu tun: seinen Muskeln zu befehlen, und die Muskeln hatten Zeit gehabt, zu gehorchen, den Befehl auszuführen – es sei denn, daß die Beine sich von alleine gestreckt hätten, daß sie selbst die Verantwortung dafür übernommen hätten, ihn zu erheben, als ob er schon tot wäre, wie jene reflexartigen Bewegungen oder Muskelanspannungen, zu denen es noch kommt, wenn kein Gehirn und kein Wille mehr da sind, um etwas zu beschließen und zu befehlen), wobei die Oberschenkel an den Rand des

Tisches stießen, der nach vorn kippte, während das Gewicht seiner Masse, die Beharrungskraft, sich umgekehrt auswirkte und auf den Körper einen Druck in entgegengesetzter Richtung ausübte, so daß er, ehe er sich ganz aufrichten konnte, zurückgestoßen wurde, wobei er mit dem rechten Arm hinter sich an der Rückenlehne der Bank herumtastete, um einen Halt zu finden, und der großkalibrige Revolver zuckte dann auf und versetzte der Hand des Italieners eine Reihe heftiger Schläge, so daß er, der Italiener, begriff, daß er nun wirklich im Begriff war, das zu tun, was er kurz vorher noch glaubte (und, wie er sagte, immer noch glaubte, während dieser Revolver zuckte, gegen das Ende seines erstarrten Arms stieß und schoß — nicht er, sagte er wieder: seine Hand ganz allein, nicht aus der Hüfte wie in Gangsterfilmen, sondern, wie man es ihm geraten hatte, mit nach vorn ausgestrecktem Arm, genau zielend, wobei er den Rockaufschlag ein wenig über dem Visier sah, das bei jedem Schuß plötzlich aufzuckte), also im Begriff war, das zu tun, was er glaubte, nie fertigbringen zu können, das, was seine Hand und sein Auge ausführten, aber nicht er... (der Student dachte wieder: »Warum erzählt er das nur alles?«, indem er das Miniaturgesicht betrachtete, das so aussah wie jene, die angeblich von den Indianern hergestellt werden und die über den Tod hinaus jenen ekstatischen, stummen Ausdruck Hingerichteter bewahren, das schwarze, krause, steife, wirre Haar, und er versuchte, sich den kränklichen Körper unter dem Mechanikeranzug vorzustellen, während er die Stimme hörte, die auch kränklich klang und von dem unwirschen, grimmigen und zugleich weinerlichen Brustton der Überzeugung durchdrungen war, und der Student dachte: »... aber jetzt nicht mehr. Anfangs vielleicht, nur zum Zeitvertreib. Aber seit einer Weile beschäftigt er sich schon mit etwas ganz anderem, oder etwas ganz anderes beschäftigt ihn«, sich fragend, was einen Mann drängen mag, etwas zu erzählen (»Oder sich selbst etwas zu erzählen«, dachte er, »mit dem einzigen Unterschied, daß er es nun laut tut«), das heißt, mittels verbaler Äquivalente etwas zu rekonstruieren, wieder zu vergegenwärtigen, was er getan oder gesehen hat, als könne er nicht dulden, daß das, was er tat oder sah, nicht mehr Spuren als ein Traum hinterlassen hat, und denkend: »Es sei denn, das Gegenteil wäre der Fall, es sei denn, er hofft, daß alles, wenn er es einmal erzählt hat, wenn er es einmal in Worte gekleidet hat, ein Eigenleben beginnt, ohne daß er es noch länger mit sich herumzutragen braucht, das heißt, ohne daß er alledem allein mit seinen schwachen Kräften, mit seinem kränklichen Kuliskelett als Träger zu dienen braucht: als versuchte er, diese Gewaltsamkeit, diese Sache, die sich in ihm eingenistet hat, die sich seiner bedient, herauszureißen, von sich zu weisen – das, weswegen er sagt, es sei nur seine Hand, sein Arm, nicht er – (wie bei jenen Spielen, wo der Verlierer eine Karte zieht, eine fluchbeladene, unheilvolle Figur, die er, koste es, was es wolle, einem anderen zuschieben muß, bevor sie ihn endgültig verdammt), und die ihn beherrscht, ihn verzehrt ...«

Nun standen sie beide unter dem Regendach des Bahnhofs, und nur vier Autos warteten längs des Gehsteigs, aber keine Taxis, und wahrscheinlich zwei zuviel, da, abgesehen von zwei anderen Reisenden mit Filzhüten, Gabardinemänteln, ledernen Aktentaschen und dem Aussehen von Handelsvertretern oder Ministern, sie ungefähr die einzigen gewesen waren, die unter dem riesigen schwarzen Glasdach aus dem Zug gestiegen waren, und der Zug mit den komischen Waggons aus bräunlichem Tannenholz stand da an dem verlassenen Bahnsteig, und es war auch kein Kontrolleur da – jedenfalls sah er keinen –, um die Fahrkarten zu verlangen, aber wieder zwei von jenen müßigen, verbrauchten Kerlen, die bestimmt auch bewaffnet waren, obgleich man es nicht sah (kein auffälliger Höcker unter den Kleidern, kein Waffengehänge), und die offensichtlich auch ebenso bereit waren (oder vielmehr wie dazu geschaffen waren), das, was sie irgendwo versteckt trugen, zu benützen, wie ein Mann das, was er unterm Latz hat, oder eine Frau das, was sie unterm Rock hat (nicht dieselben, die eine Stunde früher durch den Zug gegangen waren, und doch die gleichen: die gleichen müden, blasierten, düsteren Gesichter mit jenem trüben oder richtiger schmutzigen, grauen Blick, der bewirkt, daß man, bevor so ein Kerl den Mund öffnet, um das Wort »Police« oder »Seguridad« zu sagen, es schon erraten hat), und die nicht da waren, um sich um die Fahrkarten zu kümmern, und offensichtlich kannte der Italiener auch sie: er blieb stehen, sprach eine Weile mit ihnen, nicht auf Fragen antwortend oder seine Papiere zeigend, sondern (Haltung, Tonfall, Gesten – der wenige Meter entfernt stehengebliebene Student beobachtete sie) wie Leute, die ein paar Worte über das Wetter wechseln, wenn nichts Besonderes darüber zu sagen ist, oder Neuigkeiten austauschen, wenn es nichts Neues gibt, bevor sie sich nicht mit einem Händedruck, sondern mit einer vagen Armbewegung trennen –, und am Steuer der wartenden Autos (jedenfalls von dem Auto, in das sie stiegen, nachdem der Italiener und der Chauffeur dieselbe vertraute Geste gewechselt hatten, und weiter nichts – das heißt, keine zugerufene Adresse, keine Angaben über den Ort, wohin er fahren sollte) keine Chauffeure mit Lederschirm-Mützen, sondern so ein barhäuptiger Kerl in Hemdsärmeln (wenn es nicht wieder ein Mechanikeranzug oder ein über die Schulter gehängter gräulicher Rock war, aber keine Krawatte) mit einem schwarzen oder rot-schwarzen oder roten Schal oder Taschentuch, das er fest um den Hals gebunden hatte, wie die Tellerwäscher oder Kohlentrimmer, und nun rollte der schwere Wagen über die verlassene Straße (es hatte aufgehört zu regnen – oder vielleicht hatte es hier überhaupt nicht geregnet; aber der Italiener fragte den Chauffeur danach, und der sagte: »Doch, und wie!«, und dann schwieg er wieder, sei es, weil er von Natur aus nicht gesprächig war, sei es, weil der Italiener keinen weiteren Kommentar zu erwarten schien oder weil der Chauffeur in diesem Augenblick ganz mit dem Fahren beschäftigt war, so wie er nun über das Steuer des Wagens gebeugt dasaß, der zwischen der Doppelreihe regungsloser, an schwere Bronzefedern erinnernder Palmen dahinraste, während die ganze verlassene, leere Stadt im verschwenderischen Licht elektrischer Kugellampen badete, so als wäre sie auf einmal als ein Ganzes (Häuser, Palmen, Gehsteige und Fahrbahnen) aus einer Art Lava, aus noch glühendem Metall gegossen worden, der nächtliche Regen war schon verdampft, und der Boden schien ein wenig zu rauchen wie die Hänge der Vulkane, an denen Dünste hinaufklettern, und die Nachtluft selber war glühendheiß, die lange, von Palmen gesäumte Avenida war mit schmutzigem Papier und Unrat übersät, die Reihen einander abwechselnder Palmen und Straßenlaternen stürzten auf den Wagen zu, wichen wieder nach beiden Seiten (der Student drehte sich um und blickte durch die hintere Scheibe) und flohen dahin, senkrechte, erstarrte, schwindelerregende Bäume, die im Nu zusammenschrumpften und die alle dort hinten von der schwülen Bronzenacht angesogen und verschluckt wurden, dieser Nacht, die irgendeinem obskuren Heiligtum glich, irgendeiner unermeßlichen, leeren Krypta, in der ewige, prunkvolle, unnütze Lichter gegen die Finsternis kämpften, Lichter, in deren Schein er sie aufflattern und dann zu Boden sinken sah, wie einen Schwarm aufgescheuchter, lahmer Vögel, und auf einmal schoß einer von ihnen (eine Proklamation, ein Plakat?) empor, erhob sich von unter den Rädern, flog beinahe senkrecht an der Scheibe hinauf, mit den Flügeln schlagend, ungestüm, zerknüllt, glattgestrichen, dann von unsichtbarer, wütender Hand von neuem zerknüllt, nach oben verschwindend, dann wieder erscheinend (einen Meter weiter hinten jetzt), sich einen Moment in gleichem Abstand haltend, schwebend, angesogen vom Vakuumschweif, wie an eine Wand aus schwarzer Luft geklebt, so daß die fetten Lettern gut zu lesen waren:

dann in einen Wirbel hineinschaukelnd, unmerklich zusammenklappend, um bald wieder hinaufzufliegen, während dieselbe, ihn wieder ganz auseinanderfaltende unsichtbare Hand ihn gleichzeitig eine halbe Drehung machen ließ, so daß das ganze Wort für den Bruchteil einer Sekunde bei einer Neigung von etwa fünfundvierzig Grad zu lesen war:

VENCEREMOS

bevor ein neuer Wirbel sich seiner bemächtigte, ihn verdrehte, ihn jetzt heftig nach oben riß, indem er ihn von rechts und von links schüttelte wie eine Schlange, verzerrt, gewunden, dann ganz faltig, dann einen Moment in der Schwebe, während er zusammenschrumpfte und nun ebenfalls in die Tiefe der Nacht zu dem anderen aufgewirbelten Unrat zu sinken schien, der rechts und links in weichen Gleitflügen hinabsegelte. Dann hörte er das Quietschen der Reifen, und als er den Kopf ruckartig nach vorn drehte, sah er eine komplizierte Komposition aus Stein, Marmor und Metall, die mit der Geschwindigkeit einer Lokomotive auf sie zustürzte, nackte Frauen, Tritonen, Schiffsschnäbel, Simse, alles durcheinander: das alles rutschte plötzlich seitwärts, indem es waagerecht von rechts nach links an der Windschutzscheibe entlangzog, und tauchte dann wieder links hinter den Wagenscheiben auf, und der Student rechnete damit, es vorbeigleiten und an der Seite verschwinden zu sehen, während er nun, im Gegenteil, deutlich das gleichmütige, metallische Gesicht einer Meerjungfrau und ein Steinsims erkennen konnte, die immer größer wurden und mit der Geschwindigkeit einer Lokomotive auf sie zustürzten, während der Wagen immer noch im gleichen Tempo weiterraste, nur mit dem Unterschied, daß er sich jetzt wie ein Krebs fortbewegte: nicht nach vorn in Richtung der Kühlerhaube, sondern seitwärts, – das Gequietsche der Reifen zerriß ihm in dem Moment seine Ohren, dann schlug ihn etwas Hartes heftig, nicht links, wie er erwartet hatte, sondern rechts, und dann drückte der Gewehrlauf gegen seine Rippen und der schwächliche Körper des Italieners, der nun wohl eine Tonne schwer war und ihn in die Ecke der Sitzbank preßte, ihn, der nun auch ungefähr eine Tonne wog, dann wieder leicht war und gar keinen Druck mehr von seiten des Italieners spürte, und vorbei war auch das irrsinnige Quietschen der Reifen, das durch das Geräusch des auf höchsten Touren laufenden Motors abgelöst worden war, als der Italiener sich wieder in aller Ruhe auf seinen Platz setzte und sein Gewehr wieder an sich zog und der Rücken des Chauffeurs noch immer über das Lenkrad gebeugt war, als ob er es umarmte, und der Student den Italiener anschaute, von dem er hoffte, daß er etwas zu dem Chauffeur sagen würde, aber nichts, das Auto fuhr nun wieder in rasendem Tempo den mit Platanen bepflanzten Boulevard hinauf, der zum Hafen hinabführte (es hatte eigentlich in keinem Augenblick seine Fahrt verlangsamt: es hatte nur auf einmal um neunzig Grad die Richtung geändert, wobei die Räder schwindelerregend zur Seite rutschten und sich gleichzeitig, so schnell sie konnten, weiterdrehten, während der Motor mit Vollgas lief und der an das Steuer geklammerte Kerl sich damit begnügte, ohne seinen Fuß vom durchgedrückten Gaspedal zu nehmen, seelenruhig darauf zu warten, daß der Wagen gefälligst aufhörte, sich seitwärts fortzubewegen, um wieder vorwärts zu fahren), und der Student dachte: »Das gehört sicher dazu. Auch das. Genausogut wie freie Menschen nicht fortfahren können, den Dreck der anderen von den Straßen zu fegen. Denn, wenn er mit diesem Wagen, den er nicht kennt, nicht mit hundertzwanzig Sachen fahren könnte, ohne sich umzubringen, hätte es sich gar nicht gelohnt, sein Leben aufs Spiel zu setzen, als er in eine Garage eindrang, um ihn zu beschlagnahmen. Also mußte eben auch dies möglich sein. Alles. Auch das Gegenteil der Gesetze der elementaren Physik. Venceremos. Gut«, und dann drehte er sich wieder um und sah nun, wie sich über ihrem Sockel mit allegorischen Figuren, schuppigen Schwänzen, Tritonshörnern und Vorschiffen die hohe, eine Erdkugel tragende Bronzesäule in größter Geschwindigkeit entfernte, und er konnte nun wieder die Stimme des Italieners hören, der nicht etwa, wie er vage gehofft hatte, dabei war, den Chauffeur anzuschnauzen, sondern weitererzähle, wie er sich jenes Oberkellners erwehrt hatte, der womöglich doppelt soviel wie er wog und dem es gelungen war, ihn von hinten zu umklammern – mit derselben ungestümen, überzeugten und jammernden Stimme, die anscheinend für ihn (den Italiener) gar nicht verstummt war und wahrscheinlich irgendwo für sich weitergeredet hatte, während der ganzen Zeit, die sie damit verbracht hatten, aus dem Zug zu steigen, mit den Polizisten zu diskutieren, im Wagen Platz zu nehmen, beinahe gegen das Denkmal zu prallen, und die nun nicht etwa von neuem ertönte, sondern vielmehr wieder an der Oberfläche erschien (wobei der Student nicht mehr auf sie hörte – was den Italiener (oder die Stimme) offenbar nicht kümmerte, da er weiterredete – obgleich er nicht umhin konnte, sie zu vernehmen, so daß er sich später an alles (Bilder und Wörter) erinnern sollte, das sozusagen parallel lief, wie in jenen Filmen, wo eine unsichtbare Stimme einen Text sagt, der in keinem Zusammenhang mit der Folge der vorbeiziehenden Bilder steht:)

ganz oben, der einsame und in der Nacht fast unsichtbare eherne Mann auf seinem Sockel aus Meeren und Kontinenten (die allegorisch durch die Marmor- oder Bronzefiguren am Fuße des Denkmals dargestellt waren und ein zweites Mal, kleiner, auf dem Globus), die er voller Verachtung mit Füßen tritt, ähnlich den, wie heißen sie nur, diesen Heiligen, Eremiten, Styliten oder so, die ihr Leben meditierend oben auf einer Säule, dem Rest einer Tempelruine in der Wüste, verbrachten, auch er in unablässiger Betrachtung dieser öden, bewegten, rätselhaften, von ihm durchquerten Weite, so wie man ihn (mit seinem ehernen Bart, dem kurzen Mantel, seiner Kappe und seinem ehernen Blick) auf den bunten Dosen klebriger kandierter Früchte und den länglichen, gezähnten Briefmarken sehen konnte, wo als Reliefgemälde in verschiedenen Farben (10, 15, 20, 35 centavos jeweils in Sepia, Grün, Zinnoberrot, Schwarzbraun und Lila) die Landungsszene dargestellt ist: der Strand mit seinem Saum üppig wuchernder Palmen und Bananenstauden mit geneigten Stämmen, wo eine Gruppe nackter, wunderbar gewachsener Wilder (die Frauen mit büschelartig zusammengebundenem Haar, gleichförmigen Brüsten, jungfräulichen, griechischen Gesichtern und glatten, wie bei Statuen vorspringenden Schambeinen) auf die Knie sinkt beim Anblick des kleinen Kreuzes, das er in seiner Rechten hochhält und auf das er mit seinem ausgestreckten linken Zeigefinger weist (es sei denn, sie täten es angesichts der Armbrüste, Lanzen und blank gezogenen Degen der geharnischten Soldatengruppe, die ein wenig hinter ihm steht), während Matrosen sich gegen die Bordwand einer Schaluppe stemmen, dieses Boot gerade an Land schieben: die Entdeckung, die Taufe, die Gründung einer Stadt, Hunderter von Städten mit den gleichen Aveniden gebändigter Palmen, den gleichen schwülen Nächten, den gleichen schicksalhaften Säulen, die sich mitten aus einer Anhäufung von allegorischen Figuren erheben und den gleichen Abenteurer tragen, dessen grün gewordene Bronze mit zu weißlichen Krusten verdicktem Taubendreck bedeckt ist:

Santa Cruz de Guanafusto
Santa Cruz de Cayamarca
Santa Cruz de Chapada
Santa Cruz de Madeira
Santa Cruz de Palma
Santa Cruz de la Sierra
Santa Cruz de la Zaraza

Santa Cruz de las Filipinas
Santa Cruz de Mudela
Santa Cruz de Napo
Santa Cruz de Tenerife
Santa Cruz de Rio Pardo
Santa Cruz de las Dos Bocas

beiderseits eines Ozeans (dann über einen ganzen Erdteil und über einen zweiten Ozean) diese Zivilisation (dies Siegel, diese Marke) des Kreuzes verbreitend, die man auf den ersten Blick an den gleichen, monumentalen Kirchen im Zuckerbäkkerstil erkannte, an den gleichen ausgehungerten Dockarbeitern, an dem gleichen allgegenwärtigen, permanenten Gestank fauler Melonen, gebackener Fische, auf den Kais aufgestapelter Johannisbrote und ranzigen Öls, sowie an den auffallenden, aufdringlichen Schildern (»Lavajes – Inyecciones«) von Sanierstuben für Geschlechtskrankheiten, – wobei die gefiederte Kappe oder der bronzene Haarschopf (manchmal ist er barhäuptig mit bis auf die Schultern herabhängendem Prophetenhaar dargestellt) dem verhängnisvollen Tier als Stützpunkt dient (während die Säule selber sozusagen die Achse des unermüdlichen, rauschenden Reigens, des unaufhörlichen Flügelwirbels in der feuchten Luft bildet, der so etwas wie einen unsichtbaren, umgedrehten, auf der Spitze stehenden Kegel zeichnet): eine Taube, der Vogel, der Geist, der sich mit einem Rauschen von Federn und Feuer wie ein Zeichen auf ihm niedergelassen hatte, wie um ihn zu bezeichnen, ihm den Mut zur Verwegenheit einhauchend und das Talent für tausend unbekannte Sprachen, die dem Gezwitscher vielfarbiger, in weiten Wäldern versteckter Vögel glichen, wie um ihn zur Entdekkung unberührter Länder auszusenden, damit er sich dort durch Raub, Überredung oder mit Gewalt des Goldes, der Gewürze, der Seelen und Blattern bemächtigte und sie mitbrächte die eintönige, gekränkte, zähe Stimme, die im gleichen Moment erzählte, was nach dem Mord geschehen war (oder vielmehr, die nun so weit vorgedrungen war – sei es, weil der Student sie während einer ganzen Weile überhaupt nicht mehr vernommen hatte, sei es, daß der Italiener (das heißt, sein Verstand, sein Gedächtnis), während die Stimme verstummt war, den Bericht für sich allein fortgesetzt hatte, oder aber sei es, daß er in seinem Geiste oder Gedächtnis einen Sprung ohne Übergang – wie der Pfeil – von einem Punkt zum anderen gemacht hatte, so daß ein Zwischenglied fehlte –, und die also jetzt bei dem Moment angelangt war, in dem er sich vom Oberkellner befreit hatte (er sagte nicht wie), und in dem alles, was er sah (während an seine durch die Schüsse betäubten Trommelfelle (»Als ob dieser verflixte Revolver immer weiterschösse«, sagte er. »Ich hätte nie gedacht, daß es solchen Krach machen würde!«) nur die Schreie aufgeregter Frauen drangen), nicht die Tür nach draußen war, sondern wieder diese Schutzwand aus hellen, lackierten Holzlättchen, die sich zwischen ihr und ihm befand, und außerdem noch das zusätzliche Hindernis, das der Kellner bildete (das heißt, der weiße Fleck seiner Jacke), der wahrscheinlich während seines Schießens dem Oberkellner zu Hilfe geeilt war und nun, wieder erstarrt (wahrscheinlich, wie kurz vorher, durch den Anblick des Revolvers), hinter dem Stuhl des dritten Tischgastes stand, das heißt genau vor dem Italiener (der nach dem Schießen eine Viertelwendung nach links ausgeführt hatte) und mitten im Durchgang, so daß er sich nur noch, nicht etwa geradewegs auf den Wandschirm zu, sondern in den freien Raum zwischen Kellner und Anrichte stürzen konnte

aber er, der Student, der ihm nicht zuhörte, sah, wie ihm schien, oder richtiger las, als ob er sie vor Augen hätte (das schwere Nachschlagewerk mit grünem Umschlag offen auf den Knien, die von Figurinen (Fischen, Pflanzen, Maschinen, Portraits großer Männer, Schlangen, Bauernpaaren in Nationaltrachten) unterbrochenen Spalten aus winzigen Lettern) die austauschbare Beschreibung: »Seestadt der Provinz gleichen Namens. Ein unfruchtbarer Gebirgskessel umgibt die Stadt, in der es sehr heiß ist. Die in regelmäßigen Blöcken angeordneten Häuser von Santa Cruz sind gut gebaut; die einen sind groß und sehr gut unterhalten, andere waren einst wahre Paläste, die jedoch heute zerfallen. Einige Gärten und Palmen-Aveniden an Stelle der ehemaligen Stadtwälle *(rondas)* spenden ein wenig Schatten. Der Hafen ist eine recht gute, viel angelaufene Reede. Nahe der Mole befindet sich der mit Fliesen belegte Platz der Verfassung mit der Säule, die das von Löwen und allegorischen Figuren umgebene Standbild des berühmten Seefahrers trägt. Exportgüter: Zitrusfrüchte, Weine, Olivenöl, Eisensulfat, Schwefel, Braunkohle. Industrien: Gießereien, Fabrikation von Messern, Dolchen, Tuchen und berühmten Kabeln . . .«, und in diesem Moment sah er sie, das heißt, das, was man nachts im Lichte der Straßenlaternen hinter den im rasenden Tempo vorbeiziehenden Platanenstämmen davon sehen konnte: eine Erscheinung, die im Nu, ebenso urplötzlich, wie sie aufgetaucht war, wieder ins Nichts entrissen wurde: etwas Ornamentales, Widersinniges, Frivoles: die blinde, preziöse Wand mit den zu Diamantformen geschliffenen Steinen, die beiden symmetrischen Nischen mit den enthaupteten Heiligen, das von gewundenen Säulen flankierte, klaffende Portal, das Feuer und Rauch gespuckt hatte (und eher dem Höllenmaul als einem Kirchenportal glich) und nun von einem hohen Rauchstreifen geschwärzt war, der wie die Zunge eines gefräßigen, vollgefressenen, schmutzigen Ungeheuers aussah, aber es war schon verschwunden, und der Student dachte: »Tja. Viele Fieberepidemien. Religionen: Röm. Kath. (fanatisch), Atheisten (fanatisch), amerikanische Filme, Bomben. Andere Industrien: Bordelle, Staub, schlechtes Bier. Hauptvergnügungen: Karfreitagsprozessionen, Fußballspiele, Klosterbrände, Tierkämpfe, Hinrichtungen . . .«

die Stimme des Italieners, der irgendwo erklärte, daß er beim Anblick des zweiten Kellners, der mit ausgebreiteten Armen links vom Wandschirm stand (an der Seite, wo der Schirm sich zu einem S bog und wo er kurz vorher eingedrungen war (aber, so sagte er, es war soviel geschehen, daß vielleicht eine Stunde vergangen war), während des Bruchteils einer Sekunde zauderte: er hätte ihn abknallen können (in der kurzen Zeit vor dem Ringkampf mit dem Oberkellner hatte er nur vier Schüsse abgeben können), aber er sagte, daß er sich seines Revolvers nicht gegen einen Kellner, auch nicht gegen einen idiotischen, bedienen wollte, so daß ihm nichts anderes übrigblieb als die gefährliche Wahl, ihn entweder mit dem Lauf seiner Waffe niederzuschlagen oder ihn umzurennen, wobei er gegen jede Vernunft hoffen mußte, daß er bei ihm ebensoviel Glück haben würde wie beim Oberkellner, das heißt, daß neunzig Kilo gedungenes, wohlgenährtes Fleisch, dessen Hauptarbeit darin bestand, Bettler an die Luft zu setzen und die Hand nach Trinkgeldern auszustrecken, sich durch einen Körper mit dem Gewicht und auch wohl der Größe eines vierzehnjährigen Kindes beiseiteschieben lassen würden, so daß er also weiter geradenwegs auf ihn zustürzte, bis ihm klar wurde (vielleicht lief er dabei einen Meter oder nur einen halben Meter oder noch weniger, denn alles ging sehr schnell und sehr langsam zugleich), was weder der Kellner noch er selber bedacht hatte (der Kellner wahrscheinlich aus Respekt vor der feststehenden Ordnung der Dinge und er, wie er sagte, aus bloßer Dummheit), nämlich, daß der Wandschirm eigentlich nur ein schwaches, lächerliches Hindernis war, auf das er sich, anstatt weiter auf den Kellner zuzulaufen, mit aller Kraft stürzte, wobei er den Arm halb vorgestreckt hielt und die spanische Wand nach links, auf den Kellner zuschob, so daß sie schwankte und mit dem Krach zerbrechender Latten ganz umkippte, und für ihn, in dieser Art zweitem, fernem und von der Wirklichkeit sozusagen gelöstem Universum, in dem er sich bewegte, machte das, wie er sagte, nicht mehr Lärm, als wenn der Inhalt einer Streichholzschachtel auf den Boden fällt, – der Student hörte ihn (er hörte ihm nicht zu, sondern hörte ihn nur) das alles erzählen, während er im Dunkeln neben ihm auf der Bank des Wagens saß, den dieser bekloppte Chauffeur, dieser immer noch regungslos dasitzende Mann steuerte (als ob die Regungslosigkeit, eine verächtliche Kaltblütigkeit, gewissermaßen eine Ergänzung, eine paradoxe und notwendige Komponente der Geschwindigkeit wäre, so daß er zu sehen glaubte, wie nach der Zertrümmerung des Wagens, zu der es ja jeden Augenblick kommen mußte, ihre drei Körper oder vielmehr die Phantome ihrer drei Körper, weiter friedlich, unbekümmert, gleichgültig und auf nichts sitzend, endlos in schreckenerregender Geschwindigkeit durch die verlassene, hell beleuchtete Stadt sausen und den Haufen verbogenen Blechs und ihre zerfetzten Hüllen hinter sich lassen würden), von dem, so als ob sie der Tod selber führe, etwas Unerbittliches und Leichenhaftes ausging, mit dem Profil seiner ausgemergelten Wange, dem hageren, nackten, mit dem Taschentuch umknoteten Nacken, dem gekräuselten schwarzen Haar eines eleganten Tänzers, das sorgfältig frisiert war wie das Haar von Verstorbenen, bei denen man schon die Leichentoilette vorgenommen hat, und das dann durch nichts je wieder in Unordnung gebracht werden kann, mit dem geradegezogenen Scheitel auf der linken Seite, den glattgestrichenen Haaren, von denen keines sich aus dem Ganzen löste, die rechts schwungvoll heraufgekämmt und dann wie ein Leichenhelm zurückgebürstet waren und an dem die Lichtreflexe blitzschnell entlangglitten.

Dann sah er eine andere: ebenso methodisch, ebenso sorgfältig (wie soll man es nur ausdrücken?) desinfiziert, weil sie, wie er glaubte, sich wohl so etwas Ähnliches dabei denken mußten, wenn sie sie in Brand steckten; die Mauer über dem Portal war in derselben Weise auf einer wohl drei Meter hohen und ebenso breiten Fläche geschwärzt, als wäre die dunkle, kurze, übel riechende Rauchwolke bei einem einzigen Blaken daraus emporgelodert, diese Rauchwolke, die traditionsgemäß auf den staubigen Opernbühnen das Verschwinden Mephistos erleichtert, und die die ganze bei leisem Knistern verglühter Kerzen verflüchtigte Gesellschaft von Diakonen, Domherren und Küstern mitgerissen hätte, sie, ihre Frauenkleider, ihre blassen Gesichter, ihre weichen Leiber und ihr wächsernes Eunuchenfett – die Stadt zeigte nun in dem Maße, wie sie sich dem Zentrum näherten, von Platz zu Platz mehr und mehr Spuren von dem, was keine Schlacht gewesen war (da im Gegensatz zu einer eingeschlossenen, durch eine kriegerische Aktion eroberten Stadt, bei der die Vororte, die Randviertel gewöhnlich am meisten betroffen werden, die Schäden – von Splittern durchlöcherte Fassaden, verbrannte Kirchen, geplünderte Geschäfte, von Schüssen zersplitterte Scheiben – hier nämlich in größerer Zahl in ihrem Herzen zu finden waren), was also keine Eroberung, keine Vergewaltigung gewesen war (da sie nicht das Opfer einer Invasion, nicht von draußen überfallen, sondern wie von etwas zerfetzt worden war, das aus ihr selbst entsprungen oder das sie sich selbst entrissen, aus sich herausgeschleudert hatte), sondern eher (Blut und Kot) wie eine Art Entbindung oder vielleicht Abtreibung war, deren Ergebnisse sich auf eine sozusagen zentrifugale Weise verteilten, wie die Bombensplitter, die sich um ihren Explosionspunkt herum zerstreuen und in seiner weiteren Umgebung immer seltener werden, »So daß«, wie er dachte, »man eigentlich nicht sagen kann, daß sie sie eingenommen haben, sondern vielmehr, daß sie sich selbst mit Blut befleckt, selbst mit etwas rot besudelt hat, das von ihren Eingeweiden ausgeschieden worden war, und daß . . .«. Dann bemerkte er das, was ihn mit der aufdringlichen Ausdauer (Beharrlichkeit, Unterwürfigkeit, Geduld, Hartnäckigkeit, Gewaltsamkeit, Forschheit) der Armen anging, wie ein Bettler, von dem man plötzlich gewahr wird, daß er einem schon eine ganze Weile leiernd folgt, oder wie jemand, der, um Einlaß bittend, an eine Tür geklopft hätte, und zwar mit dem gleichen Starrsinn, der gleichen nie verzagenden Passivität und Siegesgewißheit, von der Kinder beim Verlangen einer Lutschstange oder Katzen auf der Lauer zeugen; und dann war sie da, sie nahm plötzlich als eines jener grob gezeichneten, kolorierten Bilder Gestalt an, welche die aufsehenerregenden Titelseiten billiger Zeitschriften illustrieren (die Explosion in einem Bergwerk, der Sturz des Dachdeckers, der Taucher im Kampf mit dem Riesenkraken), die von einem jener auf Alltagssensationen spezialisierten Zeichner dargestellte Szene, die Fixierung, die Verewigung des Tumults, die vor Entsetzen, Bestürzung oder Zorn verzerrten Gesichter, und er selber, in der Mitte, fliehend, mit dem Kopf und Haarschopf eines Zulukaffers, besonders groß und von vorn, über seinem geliehenen, eleganten Anzug, dessen Jackett, gerade in dem Moment, da er sich in die Drehtür stürzen wollte, unordentlich flatterte, wobei der Zeichner seinen Schwung durch eine übertriebene Perspektive angedeutet hatte, das heißt: der Kopf und der Oberkörper waren sehr breit, die Brust war nach vorn geneigt und darunter, oder vielmehr dahinter, stieß sich ein ausgestrecktes Bein vom Boden ab, während das andere halb gekrümmt war (wie bei einem Leichtathleten, der zum 100-Meter-Lauf gestartet ist), der Zeichner hatte, um den Eindruck der Schnelligkeit zu erwecken, die Krawatte (die ihm die Frau seines Freundes mütterlich umgebunden hatte) so dargestellt, als peitschte sie, sich zur Seite und über seine Schulter schlängelnd, die Luft, so daß durch einen kunstvollen perspektivischen Effekt in dem so im Hintergrund umgrenzten Raum der Tisch mit den umgestürzten Gläsern und Karaffen und dem weinbefleckten Tischtuch erschien (dem wein- oder blutbefleckten? denn dieselbe rote Druckertinte hatte gleichmäßig zur Kolorierung des Teppichs, der Krawattenstreifen, der Kunstlederbezüge der Sitzbänke sowie der Flekken auf dem Tischtuch und jenes Fleckens gedient, den der Zeichner auf den Rücken (zwischen den Schultern) des speisenden Gastes gekleckst hatte, dessen Oberkörper nun auf den Tisch gesunken war, wie jene Kasperlefiguren, deren Kopf und Arme über der Bühnenrampe hängen, und dessen Nase zwischen den umgestürzten Gläsern und Gedecken lag, so daß man jetzt seine ein wenig kahle Schädeldecke mit der Tonsur sehen konnte, die vom Haar nicht mehr verdeckt war, und neben ihm die junge Frau, die den Mund zum Schrei geöffnet hatte (aus Bequemlichkeit, oder zur Steigerung des Effekts, hatte der Zeichner den dritten Tischgast, dessen Rükken einen Teil des Schauplatzes verdeckt hätte, ausgelassen), und ihren Oberkörper ein wenig nach vorn beugte, als wendete sie sich in unüberwindlichem Grauen von dem Toten ab, mit Augenbrauen, die einander berührend, beinahe einen Zirkumflex als Zeichen des Kummers, des Schmerzes, des Entsetzens bildeten, und der Student dachte: »Aber das war es nicht. Ich meine, es war nicht sichtbar, denn das, was sich in Wirklichkeit abspielte, war unsichtbar, konnte nicht von einem Zeichner dargestellt oder von einem Fotografen aufgenommen werden, selbst wenn ein Pressefotograf das Glück gehabt hätte, zur Stelle zu sein ...«, während die armselige und sozusagen kränkliche Stimme auch in der Dunkelheit des Wagens weitererzählte, wie er abermals durch die Drehtür gestürzt sei, den Groom umgelaufen habe und dann auf die Straße mitten unter die Passanten gerannt sei, die ihn erstaunt und nur mit dem leichten, mürrischen Vorwurf anschauten, den die Leute jedem machen, der die gewohnte Ordnung der Dinge stört: an dem Bürgersteig, an dem das Restaurant lag, befand sich auch ein Theater, und ihm fiel ein, daß er (während er, noch vorm Hereingehen, spähend hinter den Scheiben gestanden hatte – es war kurz nach neun gewesen) ein Taxi hatte halten sehen, das Zuspätkommende absetzte: ein Mann stieg aus, der dann zwei Frauen in Pelzmänteln beim Aussteigen half, und er, der Italiener, sah sie, ohne sie eigentlich zu sehen, wie das immer geschieht, wenn die Gedanken mit etwas anderem beschäftigt sind, wobei ihm nur auffiel (vielleicht weil er vor Kälte zitterte, oder vielleicht auch, weil man sowas selten in Paris sieht), daß der Mann einen Gehpelz trug, und dann, in dem Moment, als er sich entschloß und auf die Tür zuging, dieses letzte Bild: die beiden auf dem Bürgersteig stehenden Frauen, seitlich von der Beleuchtung des Theatereingangs angestrahlt, die (mit den wie Kannelüren aussehenden Falten ihrer Abendkleider) zwei Säulen glichen, und den beim Zahlen zum Wagenschlag gebeugten Mann; dann verschwanden sie aus dem Blickfeld, sie wurden gleichzeitig von seiner Netzhaut und aus seinem Bewußtsein gewischt und durch sein eigenes Bild ersetzt, das Spiegelbild, auf dem er mit sich selber rang und versuchte, sich in der rauschenden Luft der Drehtür vor sich her zu schieben (wobei der Student es sich vorzustellen versuchte: nicht ihn, wie er sich gegen sein Spiegelbild in einer Drehtür stemmte, sondern diese Schwelle, diesen Moment, diese hauchdünne Haut, diese unsichtbare Scheibe Zeit, die zwei Welten voneinander trennte (nicht die Straße von einem Speiselokal, sondern die vertraute Welt, die vertraute, mütterliche, von Neonröhren und Werbetexten für Schwachsinnige gestreifte Nacht von der Welt des Wagnisses, der Gefahr und der Gewalt) und durch die er nun hindurcheilte, so als beträte er nicht (wie sein Körper es tat) durch einen zu diesem Zweck eingebauten Eingang ein Restaurant, sondern so als dränge er dort sozusagen wie ein Einbrecher ein, als wäre er mit einem Geklirr zerbrechenden Glases durch die Scheiben gesprungen, als hätte er dabei etwas wie die Trennwand zwischen Luft und Wasser durchstoßen (und darum hatte er wahrscheinlich den Eindruck der Stille, der Taubheit, während sein wallendes Blut, hinter dem er, von sehr weit her, die Geräusche vernahm, auf die Trommelfelle drückte, und das Innere des Restaurants bestand nicht so wie in unserer gewöhnlichen Welt aus einer Leere, in der sich hier und da Dinge, Möbel und menschliche Wesen befinden, sondern aus einer Art gleichmäßigen, einzigen, sanft hellbeige leuchtenden Materie, die vage rote (die Sitzbänke), weiße (die Tischtücher) und schwarze (die Anzüge) Knötchen enthielt, einer dichten, widerstandsfähigen Materie, in der er sich mit aller Kraft würde voranbewegen müssen (worauf bei ihm vielleicht auch der Eindruck einer Verlangsamung des Geschehens beruhte, wie in den Träumen, wie bei einem Froschmenschen oder einem Taucher, dessen Bewegungen durch den Wasserwiderstand gehemmt werden), als ob es nicht der Oberkellner und die Kellner wären, die sich ihm zu widersetzen versuchten, sondern hinfort und für alle Zeiten die Luft selber, die erschrocken und durch das unausdenkliche Grauen, den unausdenklichen Fluch, der die Welt beim ersten Mord versteinerte, in Blei verwandelt worden wäre); dann (er war nun wie eine Kanonenkugel aus der Tür hervorgeschossen, rutschte über den Bürgersteig, um sein Gleichgewicht wiederzugewinnen, wobei er chaplinesk, komisch und erschrocken die Arme schwenkte, bevor er sich nach rechts wandte) dasselbe an derselben Stelle stehende Taxi und der Mann mit dem Pelzkragen, der sich gerade mit offenem Mantel wieder aufrichtete und mit einer Hand das Geld in seine Tasche stopfte und dabei auf der Stelle stehenblieb und ihn jetzt etwas skeptisch, gespannt auf sich zurennen sah: er rannte ganz nahe an ihm vorbei, wobei beide einander musterten, da ihre Blicke sich während des Bruchteils einer Sekunde begegneten, und der Italiener dachte: »Aber die Frauen? . . . Das ist nicht möglich. Das ist nicht derselbe . . .«, und, während seine Beine unter ihm wild weiterliefen, suchte er sie mit seinem irren, nun durch einen neuen Aspekt, eine neue Verwirrung erschreckten Blick, und er sah sie dann: gerade jetzt jenseits der Glastür des Theaters, neben der Kasse, wieder regungslos, ganz ähnlich mit ihren Gesichtern, die er sich so schnell nicht genau ansehen konnte, und die infolgedessen in seiner Erinnerung jenen Köpfen aus Stein oder beschädigtem Marmor glichen, mit ihren langen kannelierten Roben wie Säulen, Karyatiden, zwei Statuen heiterer, zeitloser, sibyllinischer Gottheiten, und auch das verschwand, indes sein Körper (seine Beine, sein Herz, seine Lungen) weiterrannte, sozusagen außerhalb von ihm (als ob er ihm den Befehl gegeben hätte, wie jene getreuen Diener, die imstande sind, eine Arbeit bis zur völligen Erschöpfung fortzusetzen, nur weil der vergeßliche Herr ihnen nicht gesagt hat, daß sie aufhören sollen), während sein Verstand ganz ruhig, regungslos feststellte, daß alles, was geschehen war, seitdem er sich durch die Drehtür hineingewagt hatte (diese enorme Serie oder besser Masse oder besser dieses Magma oder besser dieser Mahlstrom von Eindrücken, Erscheinungen, Geräuschen, Gefühlen und gegensätzlichen Impulsen, die sich drängten, sich überstürzten, sich vermengten, einander überlagerten und weder zu kontrollieren noch zu definieren waren, und der den Tod eines Menschen sozusagen mit allem erforderlichen Pomp, Prunk und Gepränge umgeben hatte) in Wirklichkeit nicht länger gedauert hatte oder nicht mehr Zeit ausgefüllt hatte, als nötig ist, um sich die auf einem Zähler angegebene Summe anzusehen, den Pelzmantel aufzuknöpfen, Banknoten aus einer Tasche zu ziehen, zu warten, bis der Chauffeur seine Geldbörse geöffnet, die Münzen gezählt, ihm eine gereicht, sich aufgerichtet und die anderen wieder eingesteckt hat. Plötzlich schwieg er, und der Student schwieg auch, wobei er über den leichenhaften Rücken des Chauffeurs hinweg immerzu Häuser, Bäume und Kreuzungen aus den beleuchteten, verlassenen Finsternissen auftauchen und sich wie eine unerschöpfliche Ladung auf sie stürzen sah, als ob sie sich mit Gewalt von der Dunkelheit, ihrem uralten Beharrungszustand der Dinge losrissen, um auch an dieser Welt der Gewalt, des Mordens teilzunehmen, und nach einer Weile war es das Schweigen, das nun im Innern des Wagens herrschte, das ihn sozusagen weckte, und er drehte den Kopf herum und betrachtete den Italiener (das heißt die flüchtigen Erscheinungen: für kurze Augenblicke durch das Vorbeihuschen der Lichter aus der Dunkelheit hervorgehoben, wobei die Lichtstrahlen ihn scharf umrissen, ihn fahl, erbärmlich erscheinen ließen (mit seinem verhutzelten Gesicht und seinem Haarwust), entsetzlich elend, entsetzlich traurig, ihn, der nie eine Mutter gehabt zu haben, der nicht von einer Frau geboren worden zu sein schien, sondern (zur selben Zeit wie das Gewehr, die Schußwaffen und Sprengstoffe sowie ihre unerläßliche Ergänzung) von der Verzweiflung, der Demütigung und der Wut), und bei jedem jähen Lichteinfall konnte er ihn sehen, wie er brav auf dieser Bank saß, die Hände zu beiden Seiten des Körpers platt auf der Sitzfläche, so daß die Arme wie Verstrebungen zur Stützung seines hinfälligen, kränklichen Oberkörpers aussahen, und wie das Gewehr, das er nach der Kurve, die sie beide, seine Waffe und ihn, gegen den Studenten geschleudert hatte, wieder an sich genommen hatte, nun zwischen seinen gespreizten Beinen stand, wobei der Verschluß am Randwulst der Sitzbank lehnte, so daß der Amerikaner . . .

III

DAS BEGRÄBNIS DES PATROKLOS

. . . wobei der Verschluß am Randwulst der Sitzbank lehnte, so daß der Amerikaner (nun – drei Tage später – befanden sie sich im Schlafzimmer oder richtiger in dem Raum, der ein Schlafzimmer des Luxushotels gewesen war, und der Italiener saß (als hätte man ihn von dem düsteren Sitz hinten im Auto geradewegs hierher gebracht) auf dem komischen Puffkanapee, genau in der gleichen Haltung, wie irgendein lächerliches, gefährliches, armseliges, ausgestopftes, exotisches Tier, das auf einem Kissen aus halb verschlissenem, weichem Stoff in einer Pförtnerwohnung kauert), so daß also der Amerikaner bei seinem Anblick sagte (vielleicht nur, um das Schweigen zu brechen oder um über sein Schweigen hinwegzutäuschen, jedenfalls nicht für seine Ohren, da es etwas war, das er ihm wohl schon zwanzig Mal vorgehalten haben mußte):

»Eines Tages wird ein Schuß von alleine losgehen und dir die Rübe abreißen!« worauf er vor sich hin brummelte, daß man, anstatt den Leuten Waffen in die Hand zu drücken, ihnen lieber erst mal den Gebrauch dieser Waffen beibringen sollte, und bevor man ihnen Schießunterricht erteilte, ihnen wenigstens zeigen sollte, wie man sowas anfaßt, damit die Hospitäler vielleicht einmal Zeit hätten, sich um jene zu kümmern, die wirklich von einem für sie bestimmten Schuß getroffen worden waren, worauf alle Blicke (der Blick des Schulmeisters, der immer noch regungslos und in derselben Haltung, die er sofort nach dem Zuknöpfen seines Rocks wieder angenommen hatte, hinter seinem Tisch saß, der Blick des Kahlköpfigen in seiner Polizei- oder Soldatenuniform und der des Studenten) alle Blicke zugleich sich dem mitten auf dem Bischofssofa thronenden Italiener zuwandten und auf das Gewehr starrten, dessen fettiger Verschluß auf dem Randwulst der Sitzfläche (die schmutzig-rosafarbene, zerfaserte Seide, an der der Gewehrverschluß lehnte) einen runden, graugelben, öligen Fleck gemacht hatte, der, obgleich das Auge die langsame Ausdehnung nicht wahrnehmen konnte, immer breiter wurde und, wie von Löschpapier angesogen, auf den Italiener übergriff, der sich nicht rührte und seinerseits etwas murmelte, das auch er wahrscheinlich schon zwanzigmal geantwortet, aber ebensowenig wie der Amerikaner je bewußt gehört hatte, und zwar nicht nur das nicht, was der andere sagte, sondern auch die von ihren eigenen Lippen gesprochenen Worte nicht, weil die möglichen Todesgefahren wirklich das Letzte waren, was die beiden kümmerte, und weil sie sich für das, was man darüber sagen mochte, noch viel weniger interessierten. Und etwas später: nur noch das Gewehr, der Fleck auf dem weichen, luxuriösen Gewebe, das fadenscheinig geworden war (stellenweise sah man nur noch ein hauchdünnes Netz aus rosa Fäden), da die sanften käuflichen Hintern von Generationen von Huren, ihre gepuderten Körper inmitten episkopaler Vergoldungen und Brokate feilbietend, darüber gerutscht waren, – der Fleck also, der sich noch mehr ausgebreitet und nun etwa die Größe eines Fünf-Francs-Stücks angenommen hatte, den aber niemand bemerkte, da das Fenster – oder besser die breite Öffnung – zum Balkon ganz von ihren aneinandergedrängten Rücken versperrt war: das, was sie nun vier Stockwerke tiefer, links unten, betrachteten, war etwas noch Undeutliches, Unbestimmtes,

Dunkles, das die Avenida von einer Seite zur anderen ausfüllte und in dessen Mitte, oder besser über dem etwas sich nicht voranbewegte, sondern auf der Stelle unverrückbar und bebend zu schwanken schien: eine Art Pyramide in Schwarz, Silber und Rot. Später sollten sie es klarer erkennen: zuerst die Musikkapelle in Uniform, dann eine Lücke, dann die vier schwarz ausstaffierten Rappen mit schwarzen, feuchten, purpurunterlaufenen Augen, deren lange schwarze Wimpern mitten aus den mit einer Silbertresse umrandeten beiden runden Löchern der Kapuze hervorragten, und den Leichenwagen (oder richtiger, in Anbetracht seiner Größe und Höhe: den Katafalk) selber, und einen Augenblick nur dies: die sechzehn stampfenden, feinen schwarzen Beine, das Klappern von sechzehn Hufen auf dem Pflaster und das langsame, feierliche, schauerliche Knirschen der Räder in der Stille. Aber im Moment schien der Katafalk ziellos zu schwanken, oder richtiger, sich der Schwerkraft enthebend, schwülstig, düster und burlesk über den Köpfen zu schweben, wie jene Luftballontrauben, die Verkäufer auf Volksfesten an einem langen Stock mit sich herumtragen, so daß es aussah, als ob die Menge sich daran klammerte, nicht um ihn zu stützen, um ihn auf Männerrücken zu tragen, wie es zunächst schien, sondern damit er nicht davonflöge, als fürchteten sie, daß alles (die schwarzen Straußenfedern, die blutroten Blumensträuße, der Kutscher und die vier apokalyptischen Pferde) sich in schauerlich-zauberhafter Apotheose zum Himmel erheben, einen Moment immer kleiner werdend über der Stadt schweben und verschwinden würde – (nicht von seinen stampfenden, galoppierenden und befiederten Rossen fortgerissen, sondern während Gespann und Wagen völlig stillstünden und stocksteif und lächerlich wie Kinderspielzeug aussähen). Und da sie nicht voranzukommen schienen (was, wie man allerdings einsehen mußte, nur eine vorübergehende optische Täuschung sein konnte, da die Avenida kurz vorher noch menschenleer gewesen war) konnte man sich auch nicht vorstellen, wohin, wann und zu was sie (das heißt jene, die die Menschenmenge bildeten) ihn begleiteten, und auch nicht, ob sie je die Absicht gehabt, den Plan gefaßt hatten, ihn an irgendeinen Ort zu bringen, denn es schien undenkbar, daß es einer der Friedhöfe der staubigen, rußigen Stadtrandzone sein konnte (derselben Bannmeile womöglich, wo man ihn zwei Tage vorher morgens gefunden hatte: nicht eine jener Leichen mit schmutzigen, in Spartgrasschuhen steckenden Füßen, die an der Mauer einer Fabrik oder eines Bauernhofes liegen und dort, im fleckigen Platanenschatten, friedlich und ebenso unempfindlich gegen die über ihre Augen kriechenden Sonnenstrahlen wie gegen die Mükkenschwärme, zu schlafen scheinen, bis man beim Nähertreten merkt, daß sie, in grauenhafter Regungslosigkeit und von getrocknetem Blut entstellt, wie zu einer Zählung nebeneinanderliegen – sondern eine Leiche im Pyjama (oder vielleicht in seiner Majorsuniform), und säuberlich mit einem einzigen Schuß oder höchstens zwei Schüssen in den Rücken oder Nacken abgeknallt wie jemand, den man höflich aufgefordert hat, aus dem Wagen zu steigen, damit er sich die Beine vertreten könne, und dann die beiden Schüsse in der Nacht und noch ein dritter Knall (das Zuklappen des Wagenschlags), und das leiser werdende Brummen des Motors, und dann nichts anderes mehr unter den gleichgültigen Sternen als das gleichgültige, eintönige Grillengezirp), es war also undenkbar, daß sie auf dem Weg zu einem jener Vorstadtfriedhöfe waren, wo man ihn unter einer Urne oder einer Grabsäule – nicht unter einem Kreuz – bestatten würde, unter ein paar Töpfen staubiger Chrysanthemen und unter langsam verrostenden, sich nacheinander lösenden und mit dem leisen Scheppern billigen Blechs auf die Erde fallenden vergoldeten Buchstaben, die vom gierigen Boden sofort verschluckt zu werden scheinen (da man dort nie welche liegen sieht), unter jenen goldenen Lettern leidvoller Aufschriften, die sich zwischen den Blumen aus lila Perlen einherwinden, als widere sie ihr billiges Pathos an, und die dem Besucher schließlich nur noch ein rätselhaftes Sprachskelett bieten, an dem stellenweise noch die verschrumpelten, verdorrten Fleischfetzen von Vokalen und Diphthongen haften – und man durfte sich fragen, ob es nicht vielleicht doch ihre bewußte oder unbewußte Absicht war, ihn feierlich herumzuführen, und zwar ohne Ende (es sei denn bis zu dem Moment, in dem er unerträglich zu stinken begönne), an ihn geklammert und ihn festhaltend, damit er sich nicht in die Lüfte erhöbe, und dabei einer nicht enden wollenden, komplizierten, in das quadratische Netz der langen Aveniden eingezeichneten Strecke folgend. Von da aus, wo sie sich befanden, konnten sie (die fünf auf dem Balkon aneinandergedrängten Männer – und rechts und links und unter und über ihnen und gegenüber auf allen Balkonen der anderen Gebäude war die gleiche weiße Traube (die meisten waren in Hemdsärmeln) von aneinanderklebenden, vornübergebeugten, schweigenden Gestalten zu sehen) konnten sie noch nicht (jedenfalls in diesem Moment noch nicht) lesen, was auf dem Transparent stand: es schien ebenfalls ein wenig hinter dem Leichenwagen und etwas zur Seite geschoben dort zu schweben, von den Strömungen getrieben, sich verdrehend, sich entspannend, schlaff herunterhängend, sich wieder straffend, schwankend, und haltlos wie die Parole, die wahrscheinlich darauf geschrieben stand und die nicht mehr Dichte und Gewicht hatte, als die Losung auf dem Spruchband: eine Proklamation oder Drohung oder Entgegnung, die sich gleich den als geschlängelte Zeilen aus dem Mund von Comics-Figuren kommenden Äußerungen, ungegliedert, protoplasmatisch zu winden schien (von hier aus waren die beiden Stangen, die das Transparent ausgebreitet an den beiden Enden hielten – bald zusammen –, bald auseinanderstrebend und es, dem Gang der Träger gemäß, wieder aufrichtend, – noch nicht zu sehen) wie eine weißliche, unbeschwichtigte und nicht zu beschwichtigende Leiche, wie die drohende, betrogene, spukhafte Erscheinung eines Schreis, wie der gespenstische Geist der Empörung und Entrüstung. Die Fahnen hingegen, die von weitem schon ungestüm und schwülstig aussahen, konnten sie sehen. Nicht das Panier, das strenge, überladene Emblem am Schaft aus Ebenholz, das weiße Handschuhe erfordert und von einer bewaffneten, steifen, im Gleichschritt marschierenden Wache flankiert werden muß, wobei alles (Wache und Flagge) wie aus weißlackiertem Zink geschnitten aussieht, sondern an einfache Latten genagelte einfache Stücke Stoff, und das Gegenteil von Strenge und Steifheit: sie flatterten, verwickelten, kreuzten, verneigten und erhoben sich wieder, als wären sie zu schwer für ihre Träger, wie ein Schwarm verwundeter Vögel, wie ohnmächtiges Flügelschlagen über einem Meer von Köpfen, als ob sie aus der unbestimmten, stummen Masse, welche die Straße von einer Seite zur anderen ausfüllte, emporragten, als elementare Zeichen geschwenkt, und in Ermangelung eines Besseren offen gezeigt wurden, wobei sie weniger einen Willen, einen Tatendrang ausdrückten, als vielmehr (ähnlich wie der lächerliche Fetzen Stoff, den der breitbeinig, fest und unerschütterlich dastehende Streckenwärter wild hin- und herschwenkt, da er verzweifelt an die Wirkung, an die geheimnisvolle Macht seines roten Stofflappens glaubt, bis die monströse Lokomotive, die mit höllischem Getöse auf ihn zukommt, keuchend und fauchend vor ihm stehenbleibt, die Stahlpuffer seine schwächliche Brust berühren und der schreckenerregende eiserne Organismus noch einen letzten, langen Seufzer aushaucht) äußerste Bedrängnis. Und noch etwas anderes. Nicht nur das Fehlen der weißen Handschuhe, der Achselschnüre und des Trios leicht ergrauter, ordengeschmückter Unteroffiziere: das Klima, die Luft, der Breitengrad. Etwas, das zu messen war (das zu allen Zeiten gemessen worden war) in Graden, in Breitenkreisen, mit der Quecksilbersäule, und das sozusagen organisch die traditionelle

Allianz (oder Kohabitation oder Koexistenz) der drei traditionellen Farben ausschloß, der unauslöschlichen, frischen und zugleich verwaschenen Farben (wahrscheinlich, weil sie auch den Wäschereien als Kennzeichen dienen), die vor dem Hintergrund üppigen grünen Laubwerks, grüner Weideflächen oder grüner Ozeane knattern: das Blau, das Rot, das Weiß, von denen jedes ursprünglich für sich, alleinherrschend, gefräßig und sogar blutgierig war, die aber diesseits und jenseits kalter Meere und durch lange Folgen von Wechselfällen (Auseinandersetzungen, Konzile, Philosophen, enthauptete Königinnen, Beutezüge, geheime Druckereien, Anwälte, Exkommunikationen, Charten, Meuchelmorde, Reformationen, Profanierungen, Dragonaden, Schmähschriften, Traktate, Lieder, Abgeordnetenhäuser und Handelskammern) wohl oder übel gezwungen worden waren, sozusagen einen Waffenstillstand, ein Protokoll, ein Gentleman's Agreement, einen Modus vivendi, der gern oder ungern akzeptiert und respektiert wurde, zu unterschreiben (und wenn kein Gleichgewicht erreicht wurde, so doch seine Anerkennung, und wenn nicht seine Verwirklichung, so doch die gute Absicht, das Als-ob (was schon ein Anfang ist), das Ungefähr, selbst dann, wenn sie an den Giebeln von Aktiengesellschaften wehen, selbst wenn die Nationen und Völker, die sich diese Farben gewählt haben, sie ins Feld führen und sie durch die schicksalhaften Dreieinigkeiten von geschniegelten und gebügelten, wie Esel und Analphabeten herausgeputzten Sergeanten bewachen lassen). Hier hatten die Fahnen nur eine einzige Farbe, höchstens zwei (und dabei gab es keine Koexistenz, keinen Waffenstillstand, sondern so etwas wie eine natürliche Verwandtschaft, eine Blutsverwandtschaft: die Trauer, den Tod, das Blut, das Gold, Erbschaften eines Wappens, das ein barbarischer, schnurriger König gezeichnet hatte, der am Abend einer Schlacht lässig vier Finger in die Wunde eines sterbenden Barons getaucht und sie an dessen Schild abgeputzt hatte, eines Barons, der sich als Metall für seine Waffen nie etwas anderes als Gold, als Losung kein anderes Wort als Stolz und als Gesetz keine andere Regel als Gewalt ausgedacht hatte und der an Ländereien, wie sein König, nur die gelben, versengten, staubigen, glühenden, unfruchtbaren Weiten besaß) – und der Amerikaner (der einen Kopf größer als die vier anderen war und nicht an der Brüstung lehnte – er hätte sich zu tief bükken müssen –, sondern lässig, mit leicht vorgebeugtem Körper dastand, wobei die Balkonbrüstung ihm kaum bis an die Leistengegend reichte) sagte, daß es noch zuviel Fahnen seien, noch zuviel verschiedene Farben, daß er sowas nicht liebe: zuviel Klageweiber hinter dem Sarg: wie bei Shakespeare, wenn der junge Thronerbe, der kindliche König mit der Pagenfrisur, trotz des heftigen Gekläffs eines kleinen Spaniels, der das Nahen der Mörder hörte, erwürgt worden ist, und die sieben Onkel, die bei Gott, dem Heiligen Öl und dem ganzen heiligen Klumpatsch geschworen hatten, ihn zu beschützen und zu behüten, von neuem alle zusammen den Schwur leisten, das Opfer zu rächen und den Meuchelmörder (die Schlange, das Kriechtier) zu züchtigen, wobei sie alle Flüche des Himmels und der Erde auf ihn herabrufen, indes die sieben rechten Hände zu einem unlösbaren Knoten vereint sind, um das neue heilige Bündnis zu schließen, die sieben Augenpaare einander verstohlen betrachten und die sieben linken Hände in weiser Voraussicht hinter den Rücken auf den kunstvoll verzierten Griffen von sieben italienischen Dolchen ruhen. »Und darunter befinden sich freilich der gute und der böse Onkel, aber wer ist hier der gute?«, und der Mann namens Alonso hob unmerklich den Kopf und schaute ihn einen Moment an (mit nicht ganz ihm zugewandtem Gesicht, ein wenig von der Seite und nicht gerade mit entrüsteter oder schockierter, sondern vielmehr überraschter, gespannter Miene, die gar nicht so argwöhnisch oder drohend, sondern eigentlich besonnen, besorgt wirkte, und er sagte schließlich (wobei die vor allem aus Zahnlauten bestehende Klanggestalt der beiden zusammengesetzten Wörter ihn so sprechen ließ, daß er den Mund kaum zu öffnen brauchte und sich keine Miene in seinem Gesicht verzog) leise, aber bestimmt, ja sogar geduldig, wie man ein Kind tadelt, aber unerschütterlich: »Nosostros«. Wir hier. Aber der Amerikaner, der unter dem prüfenden Blick nicht mit der Wimper gezuckt hatte, rührte sich nicht, sondern betrachtete, vier Stockwerke tiefer, weiter die langsame, unaufhaltsame Flut, die, obgleich sie immer noch unbeweglich zu sein schien, nähergekommen war, da man jetzt die Schrift auf dem Transparent erkennen konnte, was bedeutete, daß dieses ebenfalls nähergekommen war, obgleich man bei der Betrachtung des Spruchbands doch nichts entziffern konnte, weil es auf der Stelle immerzu von wellenartigen, schwachen, inneren Konvulsionen überlaufen wurde: immerhin war jeder einzelne Buchstabe zu sehen – sie waren es nur nie alle zugleich, tauchten jedoch oft genug wieder auf, so daß der Verstand die ganze Aufschrift erfassen konnte, wenn es überhaupt nötig war (selbst für die ungebildeten Bauern oder Arbeiter, die Halbanalphabeten, die den größten Teil der Menge bildeten) sie Wort für Wort zu buchstabieren, nachdem man das erste und letzte gelesen hatte (die beiden, die meistens sichtbar waren, weil sie den Stangen am nächsten, das heißt dort zu sehen waren, wo der Stoff stets beinahe straff und senkrecht ausgebreitet blieb, während die Mitte des Transparents schlaff herabhing, Falten warf oder manchmal durch eine Drehung (wie ein Band) wieder waagerecht schwebte: es war tatsächlich dieselbe Frage (oder dieselbe darin enthaltene Anklage), die schon als Leitmotiv von den Schlagzeilen jener Zeitungen wiederholt worden war, die immer noch herumlagen (Zeitungen, die auf dem langen Refektoriumstisch vergessen, zurückgelassen worden waren wie das Gewehr an der Kante des Kanapees oder die Schreibmaschine auf dem Schreibtisch – und alle – das Gewehr, die

Schlagzeilen, die Schreibmaschine — in der gleichen Unbeweglichkeit, der gleichen Passivität, der gleichen Verfügbarkeit lebloser Dinge — alle gleich schreckenerregend, gleich gefährlich), und niemand hatte auch nur daran gedacht, sich die Mühe zu geben, den Satz zu entziffern, den man nun auswendig kannte, da er sich ganz von selbst wieder in den Köpfen bildete, sobald sich auf der Netzhaut der weiße Fleck des Spruchbands einprägte, das zwanzig Meter breit wie ein Nebelstreif, eine Verdichtung, wie die als Wolke sichtbare Verstofflichung einer irrsinnigen, zählebigen, unauflösbaren Zwangsvorstellung über den Köpfen schwebte:

¿ QUIEN HA MUERTO A SANTIAGO?

das Trippeln der Hufe und das Knirschen der Räder (hatte man die Fahrbahn vielleicht mit Sand bestreut) wurde lauter oder machte vielmehr die Stille spürbarer, die nun selber sozusagen sichtbar geworden war, und der Student erkannte jetzt zwei Trambahnwagen (wappengeschmückte, heraldische Trambahnwagen, deren Seiten halb mit rotem und halb mit schwarzem Blech vernietet waren, und deren Dächer unter einem wirren Knäuel Neugieriger verschwanden, so daß sie wie Emporen, wie mittelalterliche Tribünen aussahen), die an der Mündung der vom Hafen heraufführenden Avenida standen, und dann wurde ihm klar, daß es überall dasselbe war (die Trambahnen, die als Verkehrspfropfen stillstehenden Wagen), dasselbe am Ende aller Straßen und Aveniden, die aus allen Richtungen kommend auf den Platz mündeten (nur auf dieser Avenida nicht, die einerseits menschenleer und andererseits von dem Leichenzug ausgefüllt war), und ringsherum und weiter weg war die Luft voll vom wirren Atem, vom Lärm der Stadt, der jedoch an einer unsichtbaren, von der Peripherie des Platzes gebildeten Sperre verstummte, am Rand dieses Platzes, auf dem man vom Balkon aus das Zusammenlaufen, die Ansammlung (wie Eisenfeilspäne im magnetischen Feld) von Partikeln der Stille (wahrscheinlich weil die meisten Spartgrasschuhe anhatten) sehen konnte, die sich kondensierten (wobei einige sich beeilten, rannten, ohne daß dies mehr Lärm machte, ohne daß ihre Bewegung diese Art von Stumpfsinn störte), die sich nun längs des Randes der Esplanade gegenüber dem Hotelpalast festsetzten und da sozusagen eine Zone bildeten, in der die Stille sich noch mehr zu verdichten, undurchsichtig zu werden und einen schwarzen Schimmer zu bekommen schien (der Student erinnerte sich nun erst an den verrückten Chauffeur mit der dank Pomade auf Hochglanz gebrachten Rabenflügelfrisur, als ob neben ihren Uniformen, Monteuranzügen, Kitteln (oder nur Hemden mit aufgekrempelten Ärmeln) und ihrer tragbaren Artillerie die mit Brillantine festgelegte Frisur, in Ermangelung eines Helms und wegen ihrer Ähnlichkeit mit dem öligen, düsteren und undurchdringlichen Aussehen von Metall auch eines der unantastbaren Bestandteile ihres Kampfanzuges wäre), so daß er mit Hilfe eines sechsten Sinnes (nicht des Gehörs) etwas wahrnehmen konnte, das nicht von der Stille herrührte, sondern sie sozusagen umhüllte, sie bildete, und das nichts von alledem glich, was gewöhnlich von einer Menge auszugehen pflegt (Ehrfurcht, Schmerz, Zorn, Andacht), die sich bei Vorbeimärschen, Trauerzügen, Kundgebungen oder Unruhen ansammelt.

Dann wurde ihm endlich klar, was es war. Selbst vom vierten Stockwerk aus konnte man es sehen: man hätte sie für Blinde halten können, dachte er später, für Leute, die in einem Zimmer versammelt sind und es vermeiden, sich anzusehen. Diese Volksmenge hatte nämlich im Gegensatz zu dem, was Menschen zusammenruft und sie gewöhnlich in Bewegung setzt, keinerlei äußeres, fremdes Ziel, (oder keinen bestimmten, nennbaren, einfachen, sichtbaren Feind), auf das sich ihre Wut hätte richten können (oder an dem sie ihrem Ärger hätte Luft machen können, denn die Schilder, die diese Leute mit sich trugen (oder die Spruchbänder – es war nicht nur eins:

hinter dem ersten folgten andere – fast ebenso viele, wie Zeitungen auf dem Refektoriumstisch lagen) wiederholten alle (mit den gleichen Varianten wie die Schlagzeilen) nicht etwa eine Anklage, sondern dieselbe bohrende Frage ohne Antwort, wie das unerbittliche, unwiderrufliche, eintönige Bimmeln einer Totenglocke:

¿QUIEN A MUERTO? ¿QUIEN A MUERTO?
¿QUIEN A MUERTO?

wobei das Personalpronomen wie aus einer Art Feingefühl, Behutsamkeit oder Vorsicht gebraucht wurde (wie jene wohlgemeinten Umschreibungen, mit denen man der Familie eine schmerzliche, erschreckende Nachricht übermittelt, die der Verstand oder die Vernunft womöglich nicht ertragen), so daß die wahre Übersetzung (das heißt: das, was jeder in Wirklichkeit las) nicht »Wer hat gemordet?« war, sondern »Was hat gemordet?«, als fragten sie sich bestürzt nach dem Namen, nach der Art einer Infektion, eines Leidens: nicht die unbarmherzige, kalte und väterliche Ahndung durch den fernen Areopag pergamenthäutiger oder dickbäuchiger alter Generäle und Bischöfe, die mit ihren blanken Stiefeln und ihren (bei den Generälen) himmelblau oder (bei den Bischöfen) scharlachrot umgürteten Fettwänsten und ihren hochnäsigen, grausamen, fratzenhaften Gesichtern in einem unwirklichen Empyreum zu Gericht saßen, sondern etwas, das sie (die Menge) selber sekretiert hätte: eine Epidemie, eine jener schreckenerregenden, mörderischen und ekelhaften Krankheiten, die immer ein Erbteil der Armen sind, wie der Schorf, der Haarausfall oder verstopfte Latrinen, und die nun, stumpfsinnig und blindwütig, hier und da in der unterm schweren Deckel aus Gestank und im übelriechenden Dunst der Abwässer, der faulen Melonen und des ranzigen Öls erstickten Stadt mordete – die Spitze des Leichenzuges war jetzt ganz nahebei, obgleich man sie in keinem Augenblick hatte näherkommen sehen: es war vielmehr so wie mehrere Momentaufnahmen hintereinander, sozusagen bei verschiedenen Wasserstandswerten der die Avenida füllenden Menschenflut, bis die Gesichter und Augen von denen, die in der ersten Reihe unmittelbar hinter dem Katafalk gingen, zu erkennen waren, nämlich von den Vertretern der Organisation oder der Gruppe oder des Kompromisses, der sich Regierung nannte und in Wirklichkeit nichts regierte, das heißt etwa zwanzig Männer, die selber rund zehn Parteien, Komitees und Gewerkschaften vertraten, die wiederum Hunderte von Hunderten von Ausschüssen und Räten (ungefähr ebenso viele, wie es Städte und Dörfer – oder sogar Weiler, oder sogar Fabriken, oder sogar Gehöfte – im ganzen Lande gab) zu vertreten behaupteten, die sich selber als ebenso viele Regierungen betrachteten – diese circa zwanzig Männer also, die sich damit begnügten, (ebenfalls in Monteuranzügen oder Hemdsärmeln) an einem langen gotischen Tisch Platz zu nehmen, um sich unter der mit gotischen Stalaktiten geschmückten Decke des früheren Palasts eines Gouverneurs fotografieren zu lassen, der ebenfalls seit Menschengedenken nicht etwa regiert, sondern nur geraubt hatte (was er Steuern erheben nannte) und jene hatte aufhängen lassen, die sich nicht berauben lassen wollten, so daß die circa zwanzig machtlosen, verkrampften Männer, die vor den Fotografen in lässigen Haltungen rund um den gotischen Tisch posierten, nicht das Problem des Regierungswechsels zu lösen hatten, sondern es zunächst fertigbringen mußten (und zwar durch das bloße Wunder, die bloße Erfindung, die bloße Überzeugungskraft der Gelatine und Silbersalze), den mit allen möglichen Waffen behängten Leuten einen Begriff einzutrichtern, der für sie ebenso abstrakt und ebenso sinnlos wie der Begriff Regierung war – der Präsident (sie hatten sogar einen Präsidenten gewählt) marschierte in der Mitte, in einer Reihe mit den anderen (trotz der Hitze und vielleicht wegen des niedrigen grauen Himmels trug er einen Gabardinemantel; er war auch der einzige mit Hut; er hielt ihn in der Hand), mit dem gleichen erloschenen, starren, nachtwandlerischen Blick, dem gleichen blassen, weichlichen Gesicht (wahrscheinlich, weil er sich dauernd drinnen, an dem berühmten Tisch den Fotografen zur Verfügung hielt), mit der gleichen leeren, erschöpften Miene (die weder traurig noch niedergeschlagen noch erschrocken war — obgleich der Tote (der, dessen Leiche man mit zwei Kugeln im Nacken auf einem freien Vorstadtgelände gefunden hatte) sein Freund und persönlicher Ratgeber gewesen war, von dem er sich auf Verlangen mehrerer dieser neunzehn anderen, die sich die Regierung nannten, hätte trennen sollen, was er jedoch abgelehnt hatte und was nun, wenn auch nicht auf legale Weise, so doch endgültig geschehen war, so daß er sozusagen das Privileg hatte, jetzt seinem eigenen Leichenzug zu folgen, was nicht jedem gegeben ist — und doch trug keiner der neunzehn anderen (welche die Liquidierung des Beraters verlangt, dann gefordert und schließlich — wie die Zeremonie bewies — erreicht hatten) eine befriedigte, siegesbewußte — aber auch nicht zerknirschte — Miene zur Schau, auch ihre Gesichter sahen — ebenso wie das des Präsidenten — schlafwandlerisch, einfach erschöpft aus), und das Knirschen der Räder war nun sehr laut und klang in der schrecklichen Stille wie Donnergepolter, als der Leichenwagen unter dem Balkon vorbeirollte: die vier schaurigen, mittelalterlichen Rappen mit ihrem Trauerputz und den Trauerkapuzen, die sechzehn schwarzen, schlanken, eleganten, auf die Fahrbahn trampelnden Beine, dann der Wagen selber unter dem Berg blutroter Blumengebinde, seine bebenden Straußenfedern, sein unsichtbarer und mörderischer Toter (»Die Beerdigungen!« hatte der Amerikaner gesagt. »Die ewige Attraktion, von der man nie genug bekommt, die nie versagende Mausefalle für alte Leute, die herbeilaufen, ganz voll, ja, übersprudelnd von seniler, kaum verhohlener, schwatzhafter Schadenfreude, die sie empfinden, wenn sie sich ansehen, wie einer der Ihren oder einer, der jünger war als sie, beerdigt wird – darum lesen sie auch jeden Morgen mit der gleichen Ungeduld, mit der gleichen fröhlichen, blöden Gier die Todesanzeigen in der Zeitung – wobei sie jeden Tod als einen persönlichen Sieg feiern, alle Vorsicht vergessen, Pantoffeln, Wolldecken und das warme Plätzchen am Ofen verlassen, voller Boshaftigkeit unter den eisigen Gewölben und in der kalten Zugluft der Friedhöfe zittern, wo sie sich dann die verhängnisvolle Lungenentzündung holen, die sie selber in der folgenden Woche, mit den Füßen voran, ebenfalls dorthin befördern wird ... Das hygienische, feierliche Verscharren eines Kadavers, diese Zeremonie, das immer wieder gebotene, kostenlose Schauspiel, diese höchste, letzte Ergötzung der Trottel und alten Knacker. Gibt es nicht ein französisches Sprichwort dafür, eine juristische Formel? ... ›Le mort saisit le vif‹, nicht? Ha, ha! ... ›Der Tote packt den Lebenden!‹ Ha, ha, ha! ...«, der Italiener und der Offizier (oder Polizist) sahen mit etwas ungläubiger, etwas verdutzter Miene (die auch etwas verstört wirkte, dachte der Student später: wie bei jenen, die hinter dem Leichenwagen gingen. Ja, das war's: erstaunt, verstört und erschöpft), die beiden also sahen den Amerikaner lachen, und der ruhige, undurchschaubare Schulmeister sagte mit einem Gesichtsausdruck, der bei ihm soviel wie ein Lächeln sein mußte: »Du sprichst gut«, und der Amerikaner: »Ja. Sehr gut. Mehrere Sprachen. Ich hab' was gelernt. Findest du diesen Witz zu gesalzen?« der Schulmeister schaute ihn immer noch mit dem eigenartigen Lächeln in seinem faltigen, regungslosen Gesicht an, das starr wie eine jener chinesischen Theatermasken aussah, und der Amerikaner lachte wieder und sagte: »Zu gesalzen, was? Ha, ha ... Ich habe in allen Sprachen zu würzen gelernt. Ich habe gelernt, was in einer Menge Sprachen *asesinado* ist! Ha, ha, ha ...«, und der Schulmeister lächelte immer noch, starrte ihn an und sagte, ohne die Stimme zu erheben: »Du redest zuviel«, und der Amerikaner: »Ich weiß. Aber es ist doch lustig, oder?« und der Schulmeister: »Ja. Komisch«), der unsichtbare, gefährliche Tote also, mit seinem Geleit, bestehend aus zwei parallelen Reihen Soldaten (das heißt echten – nicht den ausgehungerten, schmächtigen Kerlen mit ihrem brillantineglänzenden Haar, ihren durchgescheuerten Hosen und ihren Spartgrasschuhen, nicht den Kerlen, die mit Waffen überladen waren, oder besser: die vor Waffen starrten – oder vielleicht waren es doch falsche, die eher, da sie so sauber, so geschniegelt und gebügelt aussahen, aus den Kulissen einer Operettenbühne zu kommen schienen, mit dem komischen, lackierten Zweispitz, ihrer Maßuniform, ihrem schlichten Karabiner, ihren automatischen Bewegungen wie bei den Statisten von Ausstattungsrevuen) die beiderseits des Leichenwagens marschierten, mit zu Boden gerichtetem Gewehrlauf, wie eine Doppelreihe von Spukgestalten, obgleich sie keine Spartgrasschuhe, sondern Nagelstiefel trugen, aber das fürchterliche Knirschen der Räder übertäubte alle anderen Geräusche, und die Stimme des Amerikaners sagte ganz in der Nähe (aber war es am Abend (oder am Tag vorher, oder am Morgen?): in diesem Moment saßen der Student und er zusammen auf der Esplanade zwischen den rosa Lorbeerbüschen, den ambulanten Fotografen, den Greisen, den schrillen Schreien von Kindern, die im Staub miteinander spielten und hintereinander herliefen), der Amerikaner sagte also, daß sie alle nur Spukgestalten seien, wie jene Höhlenmenschen, die schließlich ihre von der niedrigen Sonne geworfenen, maßlosen, langgestreckten, gigantischen, wankenden Schatten für die Wirklichkeit gehalten hätten, und daß sie mit einer Art Staunen und etwas erschrocken, etwas verblüfft, ihre nicht sehr sicheren, linkischen, durch den verzerrenden Lichtschein maßlos vergrößerten Gesten betrachteten, die wie die gestörten Bewegungen an Ataxie leidender Kranker wirkten, aber daß dies alles ebenso unwirklich, ebenso unseriös, ebenso unglaubwürdig sei wie Schattenfiguren, wie Theaterstatisten, die

Pappflügel auf dem Rücken haben und an Drähten in der Luft schweben . . ., und der Student: »Aber du bist doch auch hier«, worauf der Amerikaner wieder in eine Art freudloses Lachen ausbrach, das weder gezwungen noch unangenehm noch höhnisch klang, sondern nur freudlos war, und der Student dachte daran, wie der Schulmeister den Amerikaner betrachtete, und er hatte das Wort auf der Zunge, schluckte es aber rechtzeitig herunter, oder er sagte es vielleicht doch, aber der Amerikaner hatte es womöglich gehört, ohne daß er es überhaupt hatte auszusprechen brauchen, so daß er sich nicht einmal auf die Lippen zu beißen brauchte, denn er sagte nun: »Ja. Gefährlich. Ich kann dir sagen! Aber vielleicht willst du lieber ein paar Jahre dranhängen? Tage- und wochen- und jahrelang warten, um zu merken, daß es das ist, was dir am Ende blüht, um dich allmählich bei kleiner Flamme krepieren zu sehen, ein Organ nach dem anderen, oder alle zugleich, um dich langsam verfaulen zu sehen und jeden Tag herzukommen – das heißt: herzukriechen, schau' sie dir an: sie sind gezwungen, ihre Beine, die sie tragen sollten, herzuschleppen – um in irgendeinem Park zu sitzen und die Mädchen vorbeigehen zu sehen, die du nicht einmal küssen kannst, die du nie mehr küssen kannst, Scheiße!« – aber vielleicht war es Jahre später: es waren jedoch die gleichen Kinder, die gleichen Greise, es war der gleiche sich ruckartig fortbewegende Taubenschleier, das gleiche Karussell kreischender Trambahnen (die aber nicht mehr die beiden strengen Dreiecke, nicht mehr das rote und schwarze Siegel trugen, sie waren nun vielmehr buntscheckig mit den Farben der Apéritif- oder Waschpulvermarken bemalt, mit auffälligen, knalligen, marktschreierischen Farben, die keinen anderen Zweck haben, als den Blick anzuziehen, wie die Aufmachung oder Bemalungen der Huren: nur knallige, nur grelle Töne) mit den gleichen Trauben schmächtiger Männer mit brillantineglattem Haar und verschlissenen Hosen (aber sie hatten jetzt auch Jacketts, und einige von ihnen, die in Hemdsärmeln waren, trugen ihr Jackett sorgfältig zusammengefaltet überm Arm, und um den Hals eine Krawatte, die zwar auch verschlissen, aber eben doch eine Krawatte war) den gleichen Menschenknäueln, die an den Trittbrettern hingen – und sie hatten etwas Undefinierbares an sich; wie Amputierte, Einarmige, mit ihren harten, scharfen, ausweichenden Adlerblicken, ihren braunen, abgezehrten Gesichtern und ihren Adlerstimmen, wenn man so sagen darf, die nicht tief, sondern rauh, barsch, rasch klangen – zu rauh, zu rasch für die Themen, über die man sie nun sprechen hören konnte: Fußballspiele, Radrennen, Filme, und alle hatten sie diesen beleidigten Gesichtsausdruck unaufhörlicher Entrüstung und unaufhörlicher, unheilbarer Frustration, wie bei Männern, die eine unsichtbare, geheime Verletzung verbergen, bei denen man etwas Wesentliches amputiert hätte, etwas, dessen Verlust kein Mann ertragen kann: »Wie Eunuchen«, dachte er; dann dachte er: »Ich weiß: die Waffen«: da war auch ein mit Heftzwecken an eine der trianongrauen Bürowände gepinntes Plakat, auf dem der bloße Oberkörper eines Mannes dargestellt war, und zwar bis kurz unterhalb des Nabels, wo der Torso am unteren Rand des Rechtecks endete: ein Bauch wie der eines mageren Hundes, hohl, Rippen wie vorspringende Ringe, erhobene Arme, erhobenes Gesicht, zurückgeworfener Kopf, zum Schrei geöffneter Mund, um jedes der beiden Handgelenke einen Eisenring, an dem noch ein Stück von der Kette hängt, die beide Handschellen verband und die nun zersprengt ist, die kurzen Kettenenden peitschen wie Schlangen die Luft, eine Hand, die rechte, schwenkt ein Gewehr, und der abgemagerte muskulöse Oberkörper hebt sich schwarzbraun vom gelben Hintergrund ab, da der Zeichner die Magerkeit und Muskulatur des Körpers durch tiefe, harte Schatteneffekte übertrieben hat, und das Plakat trägt als Aufschrift auf einem weißen Streifen unten am Rechteck, unter dem hohlen Bauch, nur das eine Wort in großen, schwarzen Lettern, und er, der Student, – oder der ehemalige Student – glaubte den Zukurzgekommenen immer noch pathetisch brüllen zu sehen, während er zwischen den gleichen rosa Lorbeerbüschen, den Greisen und schreienden Kindern saß (aber jetzt waren da auch Kindermädchen – nicht Schulmädchen oder junge Mütter, sondern Kindermädchen: wie eine Art Geflügel, in himmelblau und weiß gestreiften Kleidern, Trägerschürzen und in Röhrenfalten gelegten, gesteiften, wie Federbüschel, wie Flügel flatternden Rüschen – und die ebenfalls aus dem Süden gekommen waren, ebenso wie die Huren, aber sie waren mit Marienfarben geschmückt und hatten jede ihren Bräutigam, und die Verlobten holten ihre Mädchen am Sonntagnachmittag ab, es waren dunkelhaarige, schmächtige Burschen mit brillantineglänzenden Rabenflügelfrisuren, mit zwar sorgfältig gebügelten, aber ausgefransten Jacken und Hosen, mit schiefgetretenen, blankgeputzten Schuhen, scheue, schweigsame, stolze, gekränkte und grüblerische Burschen) – während er also immer noch zwischen den schreienden, im Staub hintereinander herlaufenden Kindern, den Tauben, den unbefleckten Kindermädchen und den rosa Lorbeerbüschen saß, inmitten des monotonen Karussells der Trambahnen, deren Seiten mit Reklame für Rasierklingen, Abführmittel oder Kognakersatz bedeckt waren (eine von ihnen erschien gerade, schleppte sich langsam unter dem Platanenschatten dahin, während die Sonnenflecken über ihr weißes Dach glitten, bog oben aus der Avenida, fuhr noch langsamer, schwankte, hielt an, worauf der Oberkörper des Tramführers am Vorderfenster sichtbar wurde, sich bückte und die mit einer langen Metallstange bewaffneten Arme tastend die Schraubenmutter der Weiche suchten – er richtete sich dann wieder auf, hängte die Stange wieder auf, verschwand, und Triebwagen und Anhänger setzten sich kurz darauf wie von selber in Bewegung und fuhren mit unaufhörlichem Kreischen auf die Kreisbahn, wobei sie sich nach und nach (nicht infolge einer ununterbrochenen Bewegung, sondern nach einer Reihe geringer, scheppernder, brüsker Veränderungen der Ebenen) mehr und mehr von der Seite zeigte, so daß der Student (der ehemalige Student) zweimal in grünen, rotumrandeten Buchstaben auf weißem Grund lesen konnte:

FOSFORO FERRERO

und dann, darunter, in kleineren Buchstaben:

RECONSTITUYE Y ALIMENTA

und darüber, längs des Daches, auf einer Reihe auswechselbarer Metallschilder:

JOAQUIN COSTA – REINA DONA – GERMANA – PEDRO III EL GRANDE – RUZAFA – COLON – GLORIETA – PAZ – PLAZA DE LA REINA – CAMPANÉROS – PLAZA DE LA VIRGEN – PUENTE DE SERRANOS – SAGUNTO

und die Reklame, die rot-grünen Buchstaben wurden plötzlich durch einen gelben Streifen verdeckt, abgelöst, der sich waagerecht in die entgegengesetzte Richtung schob, das heißt von links nach rechts, und diesmal folgende Aufschrift in großen schwarzen Lettern trug:

AGUA OXIGENADA PERBORATO
FORET

und dessen Schilder längs des Daches auch andere waren:

SAGUNTO – TORRES DE SERRANOS – CALLE DE SERRANOS – CABALLEROS – PLAZA DE LA VIRGEN – PLAZA DE LA REINA – SAN VICENTE – ESTACION DEL NORTE – JATIVA – GUILLEM DE CASTRO – JESUS – MERCADO DE ABASTOS und die rot-grün-weiße Reklame erschien wieder links, die beiden bemalten Streifen trennten sich, entfernten sich voneinander, der Raum zwischen ihnen wurde immer größer, die erste Trambahn erreichte die Nordostecke des Platzes, bog diesmal ohne anzuhalten herum, da die Weiche für sie wahrscheinlich richtig stand, wohingegen die Tram mit der gelben Reklame an der Mündung der vom Hafen heraufführenden Avenida hielt, der Fahrer seinerseits mit der Stange hantierte und Triebwagen mit Anhänger wieder losfuhren, aber geradeaus, das heißt: quer zur Mündung der Avenida, indes die erste Trambahn mit der auf ihre Seite gemalten rot-grün-weißen Reklame bis zur Nordwestecke des Platzes gelangt und dort stehengeblieben war, um eine rechts von ihr kommende, senkrecht zu ihrer Strecke nahende Tram vorbeizulassen, die an der Seite eine blau-weiße Reklame (wahrscheinlich für eine Waschpulvermarke) trug und die nun ihr Tempo beschleunigte und schnell (und in derselben Richtung, längs desselben Weges wie der Leichenzug) am Fuße des Gebäudes vorbeiglitt, das jetzt ein Bankhaus war, mit seiner Grundmauer aus Marmor, seinem Marmorperistyl, seinen Säulen aus kaltem Marmor zwischen den vergitterten Nischen, und in diesem Moment erschien eine andere Tram an derselben Stelle wie die erste, unter den Bäumen der vom Hafen heraufführenden Avenida, und die Sonnenflecken glitten genauso über ihr Dach und ihre Seiten, an deren Fenstern die gleichen Oberkörper regungslos dasitzender Leute zu sehen waren und an deren Trittbrettern die gleichen Menschenknäuel hingen, aber der Trambahnführer hielt nicht an, um die Weiche zu verstellen, so daß die Bahn geradeaus in der Verlängerung der Avenida an der Südseite des Platzes entlangfuhr, und pausenlos begegneten die kleinen rot, gelb, blau, weiß und grün bemalten, Spielzeug gleichenden Trambahnen einander und rollten auf den um den Platz herumführenden Gleisen hinauf und hinunter.

Die brennende Nachmittagssonne stand noch hoch am beinahe weißen Himmel.

An der trianongrauen Wand hing immer noch das mit Heftzwecken befestigte Bild des mageren, pathetischen und verwundbaren Rumpfs mit den vorspringenden, sich senkenden und hebenden Rippen, den gesprengten Ketten, dem gezückten Schwert, wie einer jener beispielhaften Helden, einer jener großen Männer der Geschichte oder Legende, die vor langer, langer Zeit bei einem Kampf, einem Sühneopfer umgekommen sind, und zwar nicht, um den Ansturm von Eindringlingen abzuwehren, um einen Engpaß zu bewachen oder um irgendein Vaterland oder irgendeine Stadt zu retten, von denen heute niemand mehr den Namen oder die geographische Lage kennt (und die überdies höchstens die Ausmaße einer kleinen Gemeinde oder eines Dorfes hatte, und deren Geschichte, deren Streit, deren Invasion in Wirklichkeit eine Auseinandersetzung zwischen Schafshirten oder böswilligen Nachbarn, eine Landvermessungs-, Ehebruchs- oder Verführungsaffäre gewesen war [und in Wirklichkeit deren Ausmaße gehabt hatte]), aber wahrscheinlich nur deshalb umgekommen sind, um Jahrhunderte später dargestellt zu werden, und das nicht einmal naturgetreu (denn wer kennt die Gesichter toter Helden?): nur die Erinnerung an sie, die geheimnisvollen, glatten Glieder junger, dem Tode geweihter Menschen, mit ihren herunterhängenden, bloßen männlichen Geschlechtsteilen, ihren schmalen Bäuchen und den langen, nackten Oberschenkeln, die sich rüsten, den Eid leisten, einander ermutigen, ihre Waffen umhängen, in einem Wald von Feldzeichen, unter beflügelten, trompetenblasenden Ruhmesgöttinnen, im Getöse kriegerischen Kupfers, das zwischen rotbraunen Pappfelsen in der staubigen Stille der Museen widerhallt, wo alte Invaliden in Mützen mit Lackschirmen und marineblauen Uniformen vor sich hindösen.

Er dachte: »Und auch ich sitze hier wie ein Museumswärter,

der jedoch nicht einmal invalide ist, was letztlich auch das Tragen einer unsichtbaren Mütze und einer unsichtbaren Uniform rechtfertigen könnte, und noch nicht wie ein Greis, aber beruhige dich, das kommt noch . . .« und konnte sich mitten in dieser Stadt sehen, die aus Ruinen zu bestehen schien (und doch, abgesehen von dem Palasthotel, den in Brand gesteckten Kirchen und einigen Häusern, die der Olymp der Generäle und Bischöfe hatte bombardieren lassen – nicht so sehr aus Haß oder Wut, als wahrscheinlich routinemäßig, aus Gewohnheit, als Formalität, weil dieser alte Erd- und Wasserball, damit er nicht aufhört sich zu drehen, offenbar in bestimmten Zeitabständen seine Ration durch Balken zerschmetterter Kinder und mit verkrampften Händen aus dem Schutt kriechender, sich die Brüste zerkratzender Frauen mit zerzaustem Haar braucht, damit die Jahreszeiten beinahe regelmäßig wiederkehren und Sonne, Regen, Wind und Frost sich die Zeit in erträglicher Weise teilen). Und doch schien sie in Trümmern zu liegen. So wie auch die Männer mit den verschlissenen Anzügen irgend etwas Unsagbares an sich hatten, das Amputierten und Gebrechlichen eigen ist. Nicht den theatralischen, ruhmreichen, mit Orden geschmückten Amputierten, die, von einer Schar ordengeschmückter, vollbusiger, ruhmreicher Krankenschwestern in Wägelchen geschoben an Vorbeimärschen teilnehmen und vor denen sich die mit Orden behängten Fahnen verneigen, aber jenen Leuten, deren Kleider, deren Ärmel versuchen, eine Prothese zu verbergen, während der Stoff (bevor man überhaupt die in einem Lederhandschuh steckende, stets halb geöffnete, starre Hand mit ihrem unbeweglichen Daumen, ihren steifen Fingern, ihrem eleganten, unheimlichen, an Schaltiere erinnernden Aussehen erblickt hat – keine Hand, obgleich sie ihr zu gleichen versucht, sondern eine Zange) sich auf eine besondere, sozusagen leblose Weise faltet – und die ganze Stadt mit ihren überfüllten Trambahnen, ihren Bars, ihrem Hafen, ihren Fabriken, ihren gelben Taxis, ihren Bordellen, ihren Geschäften, ihrem Reitklub mit den schweigsamen, weiße Handschuhe tragenden Lakaien, ihren Taubenschwärmen, ihrer Oper, ihren Hotels, ihren von Menschen wimmelnden Straßen war auch gewissermaßen eine leblose Stadt: »Etwas wie Gebein...« dachte er – und er auf seiner Bank war vielleicht auch so etwas wie ein Haufen Knochen: vielleicht hatte man ihn hier vergessen, zurückgelassen, wo er langsam vertrocknete und sein Fleisch dann nach und nach zu Staub zerfallen würde, ohne daß es jemand merkte, wahrscheinlich, weil auch er anständig gekleidet war, anständige, und sogar bequeme Kleidung trug (wobei er dachte: »Einen bequemen, eine Prothese verhüllenden Anzug...«), und sein Gesicht wahrscheinlich auch ganz anständig aussah, da niemand bei seinem Anblick wegschaute (oder sich nach ihm umschaute) ungeachtet der Tatsache, daß ein Barkellner und eine Hure ihn gerade auf eine schlimmere Art verjagt hatten, als es ein professioneller Rausschmeißer vermocht hätte (aber wahrscheinlich wissen Barkellner und Huren über solche Dinge mehr als jeder andere, sogar mehr als die Polizisten, die seinen Paß geprüft hatten), und dabei konnte er neben sich das Lachen des Amerikaners hören: dieselbe Sitzbank, dieselben Lorbeerbüsche, der gleiche geäugte Taubenteppich – wohingegen der graue Septemberhimmel unablässig über den Dächern mit Rokoko-Konturen die unerschöpflichen Massen schmutziger Wolle vom Meer heraufwälzte, und nicht die plaudernden, jungen Kindermädchen mit ihren steifen Häubchen, sondern die allgegenwärtigen kleinen, dunkelhaarigen, mageren Männer mit den scharf geschnittenen Gesichtern, die mit ganzen Waffensammlungen ausgerüsteten Männer (in Wirklichkeit waren sie gar nicht so klein, nicht so schmächtig und nicht so schwarzhaarig: sie erweckten nur den Eindruck, als ob das Ungestüm, das diese düsteren, scheuen, entrüsteten und gutgläubigen Leute verkörperten, sie alle wie liliputanerhafte, abgezehrte Christusfiguren aussehen ließ), die in der drückenden Schwüle offenbar ohne Ziel umherirrten (die zu zweit oder zu dritt vor den ambulanten Fotografen posierten, auf Kaffeeterrassen herumlungerten, durch die Straßen streiften, in jener rauhen, aufbrausenden, gutturalen, eiligen Sprache miteinander quatschten, die die authentische Sprache der Entrüsteten, der Beleidigten, der Frustrierten zu sein schien, oder die in überfüllten Autos mit hundert Sachen hin- und herrasten), aber immer mit der zugleich gewichtigen, geschäftigen, ungestümen, unruhigen Miene (»Als ob sie etwas suchten«, dachte er. »Etwas, vor dem sie sich fürchteten, das in der Stadt versteckt wäre und dessen Natur und Namen ihnen unbekannt wären (die verwesende, stinkende Leiche des alten Generals, hatte der Amerikaner gesagt), von dem sie nur wußten, daß es eben da war, und daß es immer noch da sein würde, selbst wenn es ihnen gelänge, alle Generäle und alle Küster zu erschießen, und daß es schrecklich gefährlich war, und daß sie es nie finden würden . . .«), die das Tragen einer Waffe einem Menschen verleiht, und auf einmal sah er die Leute auf dem Bürgersteig weglaufen, ausweichen, während etwas Kastanienbraunes, Dunkles aus dem fünften Stockwerk eines Hauses ins Leere kippte, immer schneller herunterfiel und sich dabei langsam drehte, so daß sich ein ungewöhnlicher Kontrast zwischen dieser majestätischen, feierlichen Drehung und der schreckenerregenden Geschwindigkeit ergab, in der die Balkone nacheinander hinter ihm vorbeizogen, bis es mit dem kaum hörbaren Geräusch zerbrechender Streichhölzer auf dem Bürgersteig zerplatzte, und andere Dinge (er konnte sie nun erkennen: Betstühle, Gipsfiguren, Monstranzen, das Harmonium, den pseudogotischen, spitzigen Ramsch, den frommen Plunder, den man versteckt hatte – so wie gewisse Leute in ihrem Wohnraum eine Bar oder einen privaten Filmsaal oder eine Bibliothek haben), die ihrerseits hinabkippten und nacheinander auf dem Bürgersteig zerschmetterten, dann ein

Moment nichts, und danach (wie der alles übertreffende letzte Knalleffekt eines Feuerwerks) sah es so aus, als ob man ein Federkissen zerrissen hätte: ein kurzes Auffliegen von zerfetzten, mit vollen Händen fortgeschleuderten Papieren, die der Wind, die Luft eine Weile wirbelnd in Höhe des Daches hielt, wo das Ganze regungslos zu schweben schien und sozusagen von innen aufgebläht wurde (das heißt: einige Fetzen wurden emporgerissen, während andere zu sinken begannen), und sich dann zerstreute; es war nun keine Wolke mehr, es flatterte vielmehr hier und da herum, ohne Überzeugung und ohne Zusammenhalt, stieg aufwärts, schwankte und fiel dann in sich zusammen (der Student und der Amerikaner betrachteten mit zurückgeworfenem Kopf, den Nacken auf der Rükkenlehne der Bank, die Papierfetzen, die sich über ihnen dunkel vom grauen Himmel abhoben, die schaukelten und sich im Kreise drehten), und schließlich kam eines der Papierchen in einem langen Gleitflug auf sie zu und landete beinahe zu ihren Füßen, so daß sie das von einem goldenen Strahlenkranz umgebene blonde, sanftmütige und bärtige Gesicht sehen konnten, das makellose Leinengewand, den rosa Mantel, die Hand mit dem ausgestreckten Zeigefinger, der auf das blutende Herz in seiner lodernden Aureole aus roten und gelben Flammen wies, durch die sich (es war von ihr nur die obere Hälfte zu sehen) ein krummer Riß zog, der auf dem ziemlich dicken Glanzpapier einen gezackten, weißlichen, fusseligen Rand bildete, während zwei große Autos und ein Lastwagen, auf dessen Seite in weißen Buchstaben die Aufschrift COLUMNA DE FERRO gepinselt war, am Bürgersteig vor dem Haus parkten, und eine Reihe von Männern in Monteuranzügen und Hemdsärmeln kamen nun nacheinander aus der Haustür, überquerten den Bürgersteig, ohne die herumliegenden Trümmer überhaupt zu beachten, wichtigtuerisch, entrüstet, überzeugt, mittelalterlich (einer von ihnen trug einen kurzen Bart und einen runden, tief bis in den Nacken reichenden

Helm. Man hätte ihn für einen Landsknecht halten können. In der Hand hatte er eine Waffe, die der Student noch nie gesehen hatte. Der Lauf war mit einem durchlöcherten Mantel umgeben), drängten sich in die Autos und den Lastwagen und fuhren los, indes der Amerikaner abermals laut auflachte, und der Student nun seine eigene Stimme aus seinem Munde hervordringen hören konnte (mit jener immer wieder neuen Art von Bestürzung oder Entsetzen, wie wenn jemand anderes, irgendein Idiot, Stotterer oder blöder Papagei uns jedesmal, wenn wir den Mund öffnen, zuvorkommt und sich unserer Kehle, unserer Lippen bediente, um an Stelle der Sprache eine Reihe von abgehackten, holprigen Tönen, abgehackten, schrillen, undeutlichen Worten hervorzubringen, die sich zu dem, was wir sagen wollten, ebenso verhalten wie das verhängnisvolle, ohnmächtige »Quaaak« des jungen Trompeters zu dem glorreichen, seraphischen Klang des reinen Metalls), denn er sagte:

»Und sonst nichts? Sonst nichts? Nur Flügel aus Karton? Mehr nicht?«

und der Amerikaner lachte wieder und sagte:

»Ist das nicht genug?«

und der Student:

»Sonst nichts?«

und der Amerikaner:

»Findest du, das sei nicht genug?«

und der Student:

»Sonst nichts!«

und der Amerikaner:

»Was denn nur? Es ist nun mal so, wie es ist, oder? Was willst du mehr? Was sonst? Was denn ›anderes‹?« und er lachte nicht mehr, sondern war nun beinahe wütend: er musterte ihn einen Moment, starrte ihn mit seinen grauen Augen an (die jedoch nicht von Natur aus grau waren, hätte man gesagt: als wären sie (die vielleicht blau gewesen waren – oder grün?)

unter dem Einfluß von irgend etwas grau geworden (obgleich er die Vierzig kaum überschritten, vielleicht noch gar nicht erreicht hatte), so wie es heißt, daß Haare in kurzer Zeit, manchmal in wenigen Stunden grau oder weiß werden können), die auch hart, scharfsichtig, ironisch und sozusagen staubig waren (›Eher wie Asche‹, dachte der Student. ›Nicht wie Staub. Weil auch er sich wahrscheinlich verzehrt hat, weil auch er verbrannte. Aber das ist lange her. Er ist jedoch kein Italiener. Er wird es nicht erzählen‹), die Schirmgriffen gleichenden winzigen Taubenköpfchen hoben und senkten sich schnell und pickten Körner, als würden sie von unsichtbaren Fäden gezogen, die Futterverkäuferin saß im Schatten ihres Sonnenschirms vor ihrem Stand, die braunen Säckchen lagen in Reihen auf dem Klapptisch, die Tauben hatten ihre Engelflügel auf dem Rücken gefaltet –, graue Flügel mit schwarzen Sprenkeln oder sandfarbene Flügel mit weißen Sprenkeln, – und ihre Brüste mit dem kupfrigen, moirierten, lila oder grünen Schimmer funkelten in der Sonne, die unverdrossenen, kreischenden, unermüdlichen kleinen Trambahnen mit den auffälligen, marktschreierischen Farben (»*FOSFORO* – RECONSTITUYE Y ALIMENTA«, »AGUA OXIGENADA«, »CERVEZA SAN MANUEL *MUNDIAL* – LA MEJOR«) hörten nicht auf, einander zu begegnen und zwischen den Autos und gelben Taxis hintereinander herzufahren, indem sie unablässig dieselbe Strecke zurücklegend hin: »SAGUNTO – TORRES DE SERRANOS – CALLE DE SERRANOS – CABALLEROS – PLAZA DE LA VIRGEN – PLAZA DE LA REINA – SAN VICENTE – ESTACION DEL NORTE – JATIVA – GUILLEM DE CASTRO – JESUS – MERCADO DE ABASTOS.«, dann zurück: »MERCADO DE ABASTOS – JESUS – GUILLEM DE CASTRO – JATIVA – ESTACION DEL NORTE – SAN VICENTE – PLAZA DE LA REINA – PLAZA DE LA VIRGEN – CABALLEROS – CALLE DE SERRANOS – TORRES DE SERRA-

NOS – SAGUNTO«, und der magere Greis in seinen braunkarierten Pantoffeln mit dem Kind an der Hand vor dem Futterstand, ließ die Kinderhand los, hängte den Stock an seinen Arm, um in die Tasche zu greifen und das Portemonnaie herauszuziehen, und zahlte, ergriff eines der Säckchen, nahm das Kind, das mit erhobenem Köpfchen gerade bis an die Höhe der Tischplatte reichte, wieder an die Hand, entfernte sich ein paar Schritte von der Taubenfutterverkäuferin (sehr kurze Schritte, wobei die Füße in den karierten Pantoffeln, ohne sich zu heben, nur dahinschlurften), und blieb wieder stehen, ließ die Hand des Kindes wieder los, öffnete das Säckchen, bückte sich zum Kind, und das Kind griff mit der kleinen Hand in das Säckchen, zog das volle Fäustchen wieder daraus hervor, machte eine linkische Bewegung mit dem Arm, und die Tauben ließen sich flatternd rund um die beiden herum nieder, drängten sich und stolzierten einher, während das Kind von neuem die Hand in das Säckchen steckte, dann den Arm brüsk bewegte, so daß die erschrockenen Tauben davonflogen, worauf der Greis sich aufrichtete, selber mit seiner ausgetrockneten Hand in das Säckchen griff und den sich wieder heranwagenden Tauben Körner hinstreute, indes die Sonne das letzte Drittel ihrer Bahn begann und, immer noch gleich heiß, sich anschickte zu sinken, während der Himmel allenfalls etwas weniger weiß war und sich langsam verfärbte und die ironische (ja sogar scharfe, sogar verärgerte) Stimme des Amerikaners sagte: »Es ist nun mal so, wie es ist, oder? Reicht dir das nicht?«

Aber wie war es, wie war es? Wahrscheinlich war da etwas, das er nicht hatte erkennen können, das ihm entgangen war, und so könnte vielleicht auch er sich einschleichen, einnisten, sich einen Platz auf dem brauchbaren, optimistischen, tangentialen Seitentrieb der Metaphysik erschnorren, den man Karpfen oder die Geschichte genannt hatte und mittels dessen, so man sich seiner zu bedienen verstand, es anscheinend möglich war, selbst auf eine, wenn auch nicht angenehme oder kohärente, so doch wenigstens befriedigende Weise mistige, Rhetorik genannte Ableger der Vernunft, wie es jener abzutreiben zeigte, und das konnte letzten Endes nicht so schwierig sein, da es so vielen Leuten gelang, die, wichtig, bedächtig und würdevoll aussehend wie 1. Klasse-Reisende, bequem im Abteil sitzend durchs Fenster mit einem Ausdruck barmherzigen Ekels die herumirrenden Emigrantenfamilien betrachten, die von dröhnenden, komischen, zyklopischen Befehlen aus dem Lautsprecher von einem Bahnsteig zum anderen geschickt werden, wobei ihre Gesichter (die der reichen 1. Klasse-Reisenden) voll der verächtlichen Selbstsicherheit jener sind, die nicht nur die Mittel haben, ihre Fahrkarten zu bezahlen, sondern auch wissen, wohin der Zug fährt und wann er ankommt. Da mußte es doch einen Trick geben. Man mußte eben den richtigen Moment wählen und flink sein, und natürlich in der Fahrtrichtung einsteigen, wie die Schilder überall empfehlen (es sei denn, daß es für das Aussteigen gilt) – aber wie war es nur, wie war es? ...

Der feuchte, weiche Wind, der vom Meer heranwehte, bewegte kaum die träge schwankenden, hohen Palmen, alles war schlapp, dumpfig, grau, abgestumpft, die Räder des Leichenwagens knirschten in der feuchten Stille, in der Schwüle, als ob von den Tausenden von Zuschauern, die dicht gedrängt an den Fenstern und auf den Bürgersteigen standen, auf den Dächern der Trambahnen saßen und auf die Laternenpfähle geklettert waren, etwas Undurchdringliches, Peinliches ausginge, das penetranter, schrecklicher wäre als Schreie, die Männer (die mageren Hunde) der Wache, die das Portal des Hotelpalastes bewachten (gewöhnlich dösten sie unter den käferflügelförmigen Markisen vor sich hin, wobei die beiden Ranghöchsten (das heißt jene, deren Funktionen – da sie ja Ränge ablehnten – denen eines Unteroffiziers oder Gefreiten entsprechen mußten) in zwei Korbsesseln beiderseits der

Freitreppe saßen und der Wachtposten an einem der Cafétische lehnte, an einem jener Pilztische mit kupferumrandeter, runder Tischplatte aus weiß geädertem, schmutzig-rosa Marmor mit schwerem, hellgrün gestrichenem, gußeisernem Fuß (an dem das Reliefornament, von dem der Anstrich abgeblättert war, rostbraune Blumen und Astragale erkennen ließ), die als Hindernisse rund um das schwere Maschinengewehr mit seinem Stahlschild und dem eingeführten Patronengurt aufgestellt waren, diesem MG, das grimmig wie ein ausgehungerter, bissiger, blöder Mopsbastard aussah, neben dem der Schütze 1 und Schütze 2 halb ausgestreckt lagen, mit einer Hinterbacke auf der untersten Stufe und mit den Ellbogen zwei Stufen höher, während die anderen Wachsoldaten ebenfalls auf den Stufen saßen und rauchten oder in den Sesseln der Hotelhalle schliefen) standen nun schlecht und recht ausgerichtet in einer Reihe und jene, die Gewehre hatten, hielten sie in beiden Händen (eine Hand ungefähr in der Mitte des Laufs, die andere um den sich etwas verjüngenden Teil oben am Kolben geklammert) beinahe wie Kerzen vor sich (was eine Art Gruß sein mußte), und die anderen (der Unteroffizier, der Gefreite, der Schütze 1 und Schütze 2), die nur einen Revolver oder gar nichts hatten, grüßten mit der Faust, wobei der senkrechte Unterarm einen rechten Winkel mit dem von der Schulter aus waagerecht gestreckten Oberarm bildete und die geballte Faust sich ungefähr in Höhe der Schädeldecke befand, und als auch der Präsident vorbeikam (er war groß, schlank, sorgfältig gekleidet und sah, obgleich er seit langem Berufspolitiker war, wie ein Rechtsanwalt oder Arzt aus), drehte er ihnen sein ausdrucksloses Gesicht zu (und blickte dann zu denen hinauf, die sich an den Fenstern der oberen Stockwerke drängten), seinen ausdruckslosen, leeren Blick, in dem nur noch Müdigkeit, Überdruß (nicht einmal mehr Furcht — oder mehr als das — Mißtrauen, und nicht einmal Resignation: nur Überdruß) lag, und er zögerte einen

Moment, in dem er den Hut in seiner Hand betrachtete, und dann hob er ihn schließlich, hielt ihn einen Moment in Höhe seines Kopfes, wandte wieder den Blick ab und ließ den Arm sinken, während die Mitglieder der Regierung (oder von dem, was sich Regierung nannte) in keiner bestimmten Ordnung links und rechts von ihm (und hinter ihm) marschierten, und einige von ihnen trugen ebenfalls Monteuranzüge und andere wieder steckten in echten Uniformen, hatten flache Mützen auf und trugen Handschuhe sowie schwarzes Lederzeug, und wieder andere hatten nur einen einfachen Herrenanzug an, trugen aber weder Hut noch Krawatte (einer von ihnen rauchte), und auch sie betrachteten, als sie vorbeizogen, die bunt zusammengewürfelte Wache und die über die Balkonbrüstungen gebeugten Leute, aber alle (und obgleich einige von ihnen kurz vorher den Palast verlassen hatten, wo sie auch ein Büro hatten – es sei denn, daß ihr richtiges Büro im Palast war und daß sie noch ein zweites Büro an einem Ministerium oder Kommissariat oder so ähnlich genanntem Ort hatten) schauten mit dem gleichen leeren oder besser entleerten Blick, der weder feindselig, noch erschrocken, noch freundlich und nicht einmal besorgt aussah: nur abgespannt, müde oder vielmehr erschöpft, und der Amerikaner betrachtete immer noch unter sich (der Leichenwagen war nun am Hotel vorbeigezogen und befand sich ganz zu seiner Rechten, das Knirschen der Räder wurde schwächer und wich allmählich dem leisen, wirren Geräusch der vielen Schritte, die es zu übertäuben und immer mehr zu überschwemmen schienen, je weiter sich der Trauerzug wie eine unheimliche Flut voranwälzte) die klumpige, vor schwankenden Fahnen strotzende Masse, die sich voranbewegte: und (ohne den Blick von der Menge abzuwenden) zog er einen schwarzen Zigarillo aus der Tasche und steckte ihn zwischen die Lippen – wobei der Student sich fragte, wie er es wohl fertigbrachte, jeden Tag und schon morgens früh so auszusehen, als habe er sich seit dem Vortage nicht mehr rasiert (seit dem Vortage, aber nie länger als zwei Tage nicht – ebenso wie er auch dauernd so aussah, als habe er seit zwei Tagen, aber nie länger, weder geschlafen noch sein Hemd gewechselt – so daß er sich doch wohl irgendwann mal rasieren, mal ausschlafen und umziehen mußte, aber wann?), und die kleine braune Zigarre steckte jetzt ganz gerade, waagerecht zwischen seinen Lippen, die fest zusammengepreßt waren, (was so aussah, als habe er sie verschluckt, wodurch seine Lippenwinkel sich zu einem starren, freudlosen Lächeln nach oben verzogen hatten), so daß der Zigarillo in einen einfachen Hautschlitz gezwängt zu sein schien, in einen Riß dieser Haut, die mit diesem gräulichen Bart – oder besser Schimmel – bedeckt war (ja, das war's: schimmelig. Als ob seine ganze schlaksige Figur, seine ausgemergelten Wangen, sein spindeldürrer, knochiger, zu großer Körper, der leicht gekrümmt in seiner Kleidung steckte: in dem schlaff von seinen Schultern herabhängenden Rock, in der Hose, die auch schlotterte und von der man nicht wußte, wie sie von den mageren Hüften und dem Bauch gehalten wurde, von diesem Bauch, der so flach war, daß der riesige, schwarze Revolver, den er zwischen Gürtel und Hemd gezwängt hatte, sich kaum abhob – ein Revolver, der sowohl wegen seines gewaltigen, anstößigen, grotesken Kalibers als auch wegen der müßigen (ja sogar gelangweilten) Lässigkeit, mit der er ihn herumschleppte, so etwas wie ein überdrüssiges Zugeständnis an einen Sachverhalt zu sein schien, der das unbequeme Tragen von Krawatten durch das noch unbequemere Tragen von Revolvern ersetzt hatte, er, der wahrscheinlich sein ganzes Leben lang eine Krawatte um seinen Hals gebunden hatte, ohne sich um deren Farbe oder Knoten zu kümmern – und der womöglich sogar jener Kategorie von Männern angehörte, die eine Krawatte ein für allemal knoten, sich abends damit begnügen, die Schlinge so zu erweitern, daß sie sie über den Kopf streifen können, und die sie am Morgen wieder um den Hals legen und den Knoten wieder hinaufschieben, und das ist alles), als ob er sich ganz, samt seinen eisengrauen Augen, seinem seidigen, wahrscheinlich früher blonden oder wenigstens hellbraunen Haar, das jetzt keine bestimmte Farbe mehr hatte (noch nicht grau aber auch nicht mehr blond oder braun war) und den gräulichen Barthaaren an seinen Wangen, mit einer Art parasitären, farblosen Vegetation bedeckte, verhüllte (»Die Tatsache, nicht mehr ganz sicher zu sein«, sagte er einmal, »aber dennoch weiterzumachen. Wie der Marmeladentopf, auf dem sich eine dünne Schicht, wie ein Nebel, zu bilden beginnt. Und wenn man die Oberfläche abkratzt, ist die Konfitüre darunter noch gut. Ich meine genießbar. Es ist eben nur diese verflixte Schicht darauf. Und bald stinkt der ganze Topf ...«), während seine wie schimmeliges Eisen aussehenden Augäpfel immer noch starr vor sich hin blickten (es war nun wie eine dunkle, von langsamen Strudeln aufgewühlte Flut, einige drehten den Kopf herum, wenn sie am Hotel vorbeizogen (»Einer der sieben Onkel«, hatte er gerade gesagt, »aber welcher ist der gute?«), blickten zu denen hinauf, die sich an den Fenstern drängten (so daß die Menge, diese Art Magma, diese klumpige grau-schwarze Lava, hier und da Flecken bekam, fleischfarbene Ovale, wie Blasen, wie flach auf ihre Oberfläche gelegte Masken, die langsam ein paar Augenblicke lang dahintrieben, von der unmerklichen Strömung mitgerissen wurden und dann nach vorn kippten und verschwanden), betrachteten dann die Wache vor dem Portal, das Maschinengewehr hinter seinem Schutzschild, die Sperre aus Cafétischchen und die Korbmöbel, und drehten den Kopf schließlich wieder herum, nachdem sie während der ganzen Zeit völlig ausdruckslos dreingeschaut hatten), seine Augäpfel waren also immer noch starr auf das gerichtet, was sich unten abspielte—die Hand kam mit einem schon brennenden Streichholz aus der Tasche, näherte die Flamme dem Ende des Zigarillos, zündete ihn an (immer noch unter den wachsamen, bedachtsamen Augen des Schulmeisters), er blies den Rauch durch die Nase, warf das Streichholz über die Balkonbrüstung, führte die Hand wieder ans Gesicht, nahm den Zigarillo aus dem Mund (wobei die Lippen wieder ihre normale Form annahmen: die untere war nun dick, die Mundwinkel waren nun leicht nach unten gebogen), und sagte endlich (der Student merkte jetzt, daß nur ein Moment vergangen war, daß vielleicht nur ein paar Sekunden vergangen waren, seitdem der Schulmeister gesprochen hatte, nachdem der Amerikaner die Geschichte von den sieben Onkeln erzählt hatte, die Geschichte der sieben Dolche, der sieben vereinten Hände und der sieben hinter den Rücken auf die Griffe der sieben Dolche gelegten linken Hände):

»Nosotros?«

der Schulmeister starrte ihn immer noch an, und der Amerikaner tat so, als ob er es nicht merkte, indem er wieder den Zigarillo an seine Lippen hob, daran zog, wobei die mageren Wangen noch hohler wurden, noch einmal den Rauch ausblies, während der Schulmeister ihn immer noch beobachtete, und dann ohne seinen Blick von dem Trauerzug unter ihm abzuwenden sagte: »Gewiß. Nosostros. Wir hier. Ich hatte es vergessen. Wer sonst?«

und etwas lauter (mit einer weder ironischen noch spöttischen noch zornigen Stimme: nur etwas zur Seite, nur etwas lauter als nötig): »Der gute alte Onkel! Das heißt: unsere gute alte Tante! Diese verfluchte, teure, gute alte Tante mit dem Bart, die alles vorhergesehen hat!« Die ganze Welt war grau, trüb, drückend, feucht ...

IV

IN DER NACHT

Die ganze Welt war farblos, drückend, feucht: es würde wieder einer jener schwülen Septembertage werden. Wenn man sich morgens anzog, war es, als ob der Schweiß vom Vortage noch in den Falten der Wäsche klebte, es sei denn, daß es ihr eigener Schweiß wäre, den man zusammen mit der Hülle, dem Hemd, anzöge, was zur Folge hätte, daß man nur den Schweiß wechselte, indem man vom Nachtschweiß in den Tagesschweiß schlüpfte, wobei der einzige Unterschied darin bestünde, daß der Tagesschweiß weiß oder vielmehr grau wäre und einem noch enger an der Haut klebte. Und abgesehen davon hatte sich nichts geändert, aber es war doch wohl der nächste Tag, da er (der Student) noch nicht hinausgegangen war und sich auch noch nicht rasiert hatte, was ihm klar wurde, als er die Zeitung erblickte, die er zusammengefaltet den ganzen vergangenen Tag lang in der Tasche mit sich herumgeschleppt hatte (und die er nicht einmal gelesen, sondern deren Schlagzeile und Untertitel er nur gedankenlos überflogen hatte, ja, er hatte das Blatt sogar gedankenlos gekauft, da er an der Auslage des Zeitungskiosks nicht nur diese Schlagzeile schon hatte lesen können, sondern sie auch in zahlreichen Abwandlungen schon auf den anderen Zeitungen gesehen hatte, die er in aller Ruhe im Laufe des Tages hier und da würde lesen können) und wahrscheinlich herausgezogen und zusammen mit dem Inhalt seiner anderen Taschen vorm Schlafen auf den Tisch geworfen hatte, das schmutzige, durch die Feuchtigkeit aufgeweichte, schon fusselige Papier, mit den durch kleine Einrisse gezackten Rändern und Ecken, die wie verwelkte, verschrumpelte Blütenblätter aussahen und auch die dickgedruckte Schlagzeile (das heißt, das, was er davon sehen konnte: nur die erste Hälfte: ¿ QUIEN HA MUER) sozusagen verwelkt, oder besser veraltet, glanz- und klanglos verblüht, nicht nur, weil sie immer wieder gelesen worden war, so daß sie nun nichts anderes mehr als eine Folge wahllos aus dem Alphabet herausgegriffener, sinnloser Buchstaben zu sein schien, sondern die auch, als der Sinn wieder zu erkennen war . . . (aber der Vorhang des Fensters gegenüber war noch immer geschlossen, er war nun auch schlicht grün-grau, verschossen, während er ihm in der Nacht olivgrün vorgekommen war, wahrscheinlich wegen des Lichts, das als geschwungene, sich schlängelnde Silhouette die Konturen des erhobenen Arms, der Brust, der Hüfte und des Oberschenkels darauf projiziert hatte, ein Schattenbild, das sich auf dem plötzlich zugezogenen, die Luft peitschenden Stoff wellte, streckte und dehnte, so daß auf dem sich einen Moment bauchig aufwerfenden Vorhang die Taille noch tiefer eingeschnitten zu sein und die Hüfte noch mehr zu verschwinden schien, während die Brust, deren Spitze wahrscheinlich beinahe das Gewebe berührte, — soviel dunkler war der Schatten dort, — sich übermäßig ausdehnte, und dann (als die Gleitringe am Ende der Gardinenstange anlangten) schienen alle Vorhangfalten sich links zu versammeln und sich zusammenzudrängen, so daß der Schatten in diesem Moment einen Augenblick gestrichelt, oder vielmehr gefältelt aussah, worauf der untere Teil des Vorhangs durch eine schwingende Bewegung, eine Gegenströmung, die ihn bis zur halben Höhe mitriß, nach rechts flog, so daß er nach und nach die Beine von unten nach oben, die beiden Knie, das einen Moment sichtbare schwarze Dreieck krausen Haars entblößte, und dann schwang der Vorhang ein drittes Mal, weniger ungestüm, nach rechts, wobei der Schatten sich nochmals ein wenig wellte, während seine Rundungen nacheinander zunahmen oder abnahmen, und dann zum Stillstand kam, so daß sein Umriß ungefähr mit dem Umriß des Körpers selber übereinstimmte und wie durchgepaust aussah, und dann war das Licht ausgegangen – und es gab nun keine sonderbaren Geräusche mehr im Hotel, es sei denn das gewohnte, banale Gurgeln der Abflüsse und Wasserspülungen: er entfernte sich vom Fenster, beugte sich über das Waschbecken und ließ kaltes Wasser über seinen Nacken laufen; nach einer Weile fühlte er sich besser, drehte den Hahn zu und kehrte, sich mit dem Handtuch den Kopf reibend, zum Tisch zurück: während er mit der einen Hand weiter sein Haar trocknete, griff die andere nach einer Ecke der Zeitung, hob sie auf, hielt sie so lange in der Luft, bis sie sich entfaltet oder richtiger halb geöffnet hatte, wie ein Buch, legte sie dann auf den Tisch, wo sie einen Moment wie ein umgekehrtes V, wie ein Dach lag, bis die Hand sie flachstrich, so daß die ganze Schlagzeile jetzt zu lesen war – und nicht mehr nur eine unbegreifliche Reihe gedruckter Majuskeln, sondern Wörter, und die Wörter bildeten einen Satz, und der Satz war ein Äquivalent oder eine mittels gebräuchlicher Zeichen gebotene Übersetzung oder Darstellung einer Tatsache, eines Geschehens – das Papier war nun dunkelgrau gefleckt (an der oberen linken Ecke) dort, wo die nassen Finger es gehalten und dann berührt hatten, um es auszubreiten: fünf oder sechs hellere, unregelmäßig angeordnete Flecken, die schnell verschwanden, während die mit mehr Wasser getränkte Ecke dunkel blieb) ... als der Sinn der großen Buchstaben wieder zu erkennen war, hatte die Neuigkeit selber schon jeden Wert verloren, sie war überholt, belanglos, wie die Berichte einer alten Zeitung, in die der Lebensmittelhändler ein Bund Porree eingewickelt hatte: nichts als schlechte, schon verblaßte Druckerschwärze auf einem Stück schlechten, halb zerrissenen Papiers, die Hülle, der saftlose, fade Rest, die kraftlose, schale Leichenrede auf tote Geschehnisse, und im Mund hatte er einen bitteren Geschmack, wie nach einer durchzechten Nacht, so daß er die Zeitung schließlich wieder zusammenfaltete, wobei er darauf achtete, daß die Schlagzeile diesmal nach innen geriet, und dann einen Papierkorb suchte, um sie hineinzuwerfen. Es war jedoch keiner da. Er schmiß sie also auf den Tisch und beobachtete sie einen Moment hinter sich, indem er in den Spiegel schielte, während er sich einzuseifen begann, aber, sei es, daß sie zu lange anders zusammengefaltet gewesen war, sei es, daß sie zu dick war, um so gefaltet zu bleiben, ohne in einer Tasche zu stecken oder von irgend etwas gehalten zu werden, das obere Blatt begann sich gähnend zu heben, indem es sich langsam, unmerklich, aber ununterbrochen wie eine Klappe um ein Scharnier drehte: er ging wieder zum Tisch, stellte den Aschenbecher darauf und beobachtete sie einen Moment. Sie rührte sich nicht mehr. Aber er hatte immer noch den bitteren, ekelhaften Geschmack im Mund (es sei denn, daß es nur das verfluchte ranzige Öl war, mit dem sie hier alles kochten, als ob dies das einzige bekannte Verfahren zur Zubereitung von Speisen wäre, da Fische, Gemüse oder Fleisch ohne Unterschied in denselben Kessel geworfen wurden, in dieselbe schwarze, rauchende Flüssigkeit, von der der Amerikaner sagte, daß sie das Getriebe eines Lastwagens hätte zerfressen können, wenn ein Lastwagen sich überhaupt je so etwas hätte einflößen lassen), was zur Folge hatte, daß er, einmal unten, zuerst eine Flasche Mineralwasser bestellte, in der Hoffnung, das Räderwerk seines Gehirns damit blankzuätzen und wieder in Gang zu setzen, während er auf der Terrasse der Hotelbar an demselben Tisch saß, an dem sie alle vier am Vorabend gesessen hatten, mit dem einzigen Unterschied, daß nun Tag war und daß, obgleich die Sonne nicht schien, die Markise heruntergelassen war, so daß er auf dem herunterhängenden, transparenten Segeltuchstreifen von hinten in Spiegelschrift lesen konnte:

BAR AMERICANO

und parallel dazu, ein wenig tiefer, aber auf der anderen Seite des kleinen Platzes, von vorne:

RELOJERIA – BISUTERIA – OPTICA

Der eiserne Vorhang (auf sein Wellblech war täuschend ähnlich eine riesige goldene Uhr gemalt, die auf der einen Seite von einem Ring flankiert wurde, der vierzigmal größer als in Wirklichkeit war und eine fächerartige, strahlenförmige Aureole hatte, und auf der anderen Seite von einem ebenfalls goldenen und ebenfalls von Strahlen umgebenen Fernglas) war noch ganz heruntergelassen. Das Geschäft würde wahrscheinlich erst später geöffnet werden. Alles begann hier spät, sogar während der Revolution (so daß es, wenn der Amerikaner »morgen früh« zu ihm gesagt hatte, ebensogut neun Uhr wie zwölf Uhr bedeuten konnte, aber da er ihm gesagt hatte, daß er auf ihn warten solle, würde er ihn ebensogut hier finden wie in seinem Zimmer), und er hielt es für wahrscheinlicher, daß der Laden geplündert worden war, und es war sicher schon eine ganze Weile her, daß der eiserne Vorhang nicht mehr hinaufgedreht worden war, denn die Apotheke war geöffnet, es sei denn, man nähme an, daß die Apotheker sich an besondere Öffnungszeiten zu halten hätten, da sie dienstverpflichtet oder so was ähnliches wären, denn er konnte den Apotheker im weißen Kittel im Innern der Apotheke, hinter der Scheibe, unter dem Schild kommen und gehen sehen, das sich über die ganze Hausfront erstreckte und auf dem in wassergrünen Buchstaben auf schwarzem Grund stand:

ANALISIS
ORINA — ESPUTOS — SANGRE

was, grob genommen, einen ganz hübschen Wahlspruch für die Stadt abgegeben hätte, hatte der Amerikaner gesagt, und sogar für das ganze Land, wobei er wiederholt hatte: »Ha, ha, ha! Urin, Spucke und Blut! Ha, ha, ha! ›Sie haben in mein Gesicht gepißt und haben all meine Knochen bespuckt‹, ist es nicht so?«

der Mann in der Polizei- oder Offiziersuniform schaute ihn mit seinem pausbäckigen, vom Blutandrang geröteten Gesicht zweifelnd und noch eine Spur röter werdend an, blickte dann zu dem Italiener, der regungslos, still und schweigsam, mit unterm Sessel gekreuzten Schuhen neben ihm saß und zwischen den gespreizten Knien den Lauf seines mit dem Kolben auf dem Boden stehenden Gewehrs, dieses ständigen Begleiters, hielt, dann zu dem Studenten (aber nicht lange: seine Augen verweilten während des Bruchteils einer Sekunde auf ihm, suchten des anderen Blick und wandten sich sofort wieder ab), und dann (wieder schnell) das Leuchtschild, dessen grüne Neonröhren regelmäßig aufleuchteten und wieder erloschen:

ORINA – ESPUTOS – SANGRE

und das fette, weiche Gesicht des Uniformierten schien unter der Sonnenbräune noch mehr zu erröten, er schaute schließlich den Amerikaner wieder scharf an, öffnete den Mund, begann einen Satz, mußte jedoch innehalten, um sich zu räuspern, und sagte schließlich mit einer Stimme, die ihnen allen eigen und mit der Sprache verschmolzen zu sein schien, einer rauhen, raschen, gurgelnden, beleidigten Stimme:

»Du meinst wohl, daß es vorher ein schöner Wahlspruch gewesen wäre?« Er sprach, ohne die Stimme zu erheben, während das Licht aus dem Innern der Bar von vorne auf ihn fiel, die schwarzen Gestalten der vier anderen scharf umriß und das Gesicht des Amerikaners unsichtbar, im Dunkeln ließ: manchmal, wenn er den Kopf bewegte (er drehte sich ein wenig zum Innern der Bar, hob sein leeres Glas, um es dem Kellner zu zeigen, während an seiner Oberlippe noch ein Streifen glänzenden Schaums haftete, den seine Zunge schnell abwischte und nach dem die Unterlippe dann nochmal schnappte), ließ das Licht seinen Nasenrücken, die Augenbrauenwölbung und eine Mundhälfte gelb erscheinen, aber die Augen selber blieben unsichtbar, und der Mann in der Uniform wiederholte: »Du meinst: vorher?«, worauf der Amerikaner den Kopf wieder abwandte, so daß das ganze Gesicht mit Ausnahme des roten Punkts des zwischen seinen Lippen steckenden Zigarillos dunkel war: als er den Rauch wieder ausstieß, drang er nicht sofort, sondern in einem gewissen Abstand von seinem Gesicht in die Lichtzone, so daß er nicht durch die Lippen geblasen zu sein schien, sondern durch etwas vor ihm, da seine Stimme sich auch sozusagen vor seinem Mund, von ihm getrennt, wie schwebend im wirbelnden Rauch versteckt hielt:

»Vorher?«

»Ja: früher«, und der Amerikaner wandte sich wieder ab, sagte schnell zu dem neben ihm stehenden Kellner: »Bring' mir noch eins«, musterte dann in Ruhe das weiche Gesicht, den kahlen, allzu weißen Schädel, und machte schließlich mit der Hand, die der Kellner gerade vom Glas befreit hatte, eine vage Geste, ließ sie sodann zur Tasche hinabsinken, um ein Taschentuch herauszuholen, mit dem er sich noch einmal über die Oberlippe und die schweißbedeckte Stirn wischte: selbst nachts hörte die Stadt nicht auf zu schwitzen, mit dem Unterschied, daß man es dann beinahe durch die (oder unter der) nächtlichen Stille hören konnte (ein feines, unmerkliches, unablässiges Rinnen, etwas, das Tropfen für Tropfen aus ihr in die Finsternis quoll, heimlich, sie leerend, unaufhaltsam, durch alle ihre Poren unaufhörlich hervorsprudelnd), die Stille, die nicht nur Leere, nicht nur das Fehlen, das Verstummen von Geräuschen, sondern die sozusagen aktiv, dicht war: als ob während des Tages diese ganze Unruhe (der Lärm, das Waffengeklirr, das Geschwätz, das Motorengeknatter) keinen anderen Grund hätte, als sich zu betäuben, sich zu betrügen, mit dem Krach und dem Betrieb über den leisen, tückischen, zischenden Abfluß, über diese Art unsichtbaren, fortwährenden Verblutens hinwegzutäuschen. Es hörte abends plötzlich auf, so plötzlich wie das betäubende Spatzenkonzert im Laub der Platanen, unter denen die schwätzende Menge ziellos dahinschlenderte, zwischen Zeitungskiosken, Blumenständen und Verkaufstischen, die mit allerlei Krimskrams, Abzeichen, Halstüchern, erzieherischen Broschüren, Revolvertaschen und Phantasie-Koppelzeug, Wimpeln, Makronen, Gipsbüsten und schwarz-weißen oder bunten Porträts bärtiger, ernster, kurzsichtiger und nachdenklicher Propheten beladen waren, lauter Dingen, die von den Straßenhändlern allabendlich in der Dämmerung zusammengepackt wurden, jeden Abend etwas früher (die Tage wurden nun sehr schnell immer kürzer — die rötliche feuchte Dämmerung, die ersten Straßenlaternen strahlten ein unbestimmtes, nebliges Licht aus, die Stadt nahm nach und nach die Konsistenz von Bronze an (der Student dachte dabei an gewisse Bilder Poussins, gewisse Tuschzeichnungen, auf denen umgestürzte Statuen verstümmelt unter schwülen Himmeln aus flüssigem Metall liegen und Menschen, das Gesicht verhüllend, in alle Richtungen rennen, fliehen, zwischen den feierlichen Palästen, den feierlichen Reihen von Giebeln und Kolonnaden, den feierlichen mit Steinplatten belegten, leeren Perspektiven, wo zahllose, gefräßige, rasche Ratten über den Boden huschen), und sah weit, öd, sonderbar beleuchtet, der Leere, der blendenden Finsternis überlassen aus), die Nacht brach jeden Abend etwas früher herein, als schlösse sich die Umklammerung, als verstärkte sich der Druck des Dunkels, der Jahreszeit der Trauer und Tränen nach und nach und Tag für Tag mehr: man hätte die Stadt für ein Vogelhaus halten können (das Volk für eine Vogelschar, die abends zum Schweigen gebracht wurde, indem man den Käfig zudeckte), bei dem der schrille Lärm einer bestürzten, gespannten Betäubung wich (aber nicht den Kanonen lauschten sie – noch nicht, es war zu weit weg, obgleich es beinahe so schien, als könnte man sie hören, es war aber eine Täuschung, denn auch dies Geräusch hörte abends auf, verstummte, die Stille sank auch dort herab, auf die steinigen Hochebenen, die kahlen Hügel und die zerstörten Dörfer, wo die Stäbe der alten, trägen Generäle nach getaner Arbeit am Ende des Tages einschliefen – und wahrscheinlich auch hörten, was erschrekkend ins Dunkel sickerte, und das erschreckende, leise, feine Trippeln der Ratten), und das lästige Leuchtschild

ORINA – ESPUTOS – SANGRE

diese unermüdliche Maschine, ging immer wieder an und aus, und die vier saßen immer noch da und schwätzten und tranken wie vier ruhige Gäste auf einer Caféterrasse an einem zu heißen Abend, aber in der ganzen Stadt saßen um diese Zeit auf den Caféterrassen hier und da nur andere Männer wie sie, das heißt: Männer mit Waffen, mit geladenen Waffen, und der Kahlköpfige (sein zu fettes, triefendes Gesicht glänzte, aber das schien ihn nicht zu stören, er dachte nicht daran, sich den Schweiß abzuwischen) sagte mit leicht vorgebeugtem Oberkörper, die Unterarme auf die Sessellehnen gestützt, zu steif, zu stramm, und unverwandt den Amerikaner anstarrend:

»Sollte es in Amerika keine Apotheken geben?«

Der Amerikaner sah, wie der Kellner ein neues Glas Bier vor ihn hinstellte, rührte es aber nicht an, während sein Gesicht wieder von der Seite durch die Barbeleuchtung angestrahlt wurde, so daß man seinen wie zu einem Lächeln etwas verzogenen Mundwinkel sehen konnte und seine erheiterte Stimme sagen hörte:

»O ja. Natürlich. Viele Apotheken. Und auch Leute, die Eiter pissen und spucken. Massenhaft. Es ist nämlich überall dasselbe. Du solltest mal reisen.«

Der Kahlköpfige zuckte nicht mit der Wimper, die Lider waren halb über die regungslosen Augen gesunken, mit denen er das noch volle Glas Bier, das der Kellner gerade hingestellt hatte, anstarrte, und dann verzog er den Mund, ohne die Lider zu heben, und nichts bewegte sich außer seinen Lippen, und sein Blick blieb dabei neutral und starr, als spräche er zu dem Glas Bier:

»Und Säufer, gibt es dort viele Säufer?«

Und dann das Lachen des Amerikaners, als er seine Hand ausstreckte und das Glas ergriff:

»Auch Trinker. Alles. Es fehlen nur die Leute, die sich in den Prozessionen geißeln lassen, bis sie Blut pissen, und die dabei fromme Lieder singen.«

Das allzu feiste Gesicht ihm gegenüber schien noch mehr zu schwitzen und die noch rauher, schroffer, unwirscher schnarrende Stimme sagte:

»Das war früher.«

»Freilich. Jetzt ist es besser. Moderner.«

»Wovon sprichst du?«

»Vom Verbluten. Eine Frage des Fortschritts.«

Der Italiener bewegte sich in diesem Moment auf seinem Stuhl: mit zwei Fingern fummelte er in der Brusttasche seines Monteuranzugs herum und zog eine ganz verdrehte Zigarette daraus hervor, beugte sich plötzlich dem Amerikaner zu und sagte: »Hast du Feuer?« worauf der Amerikaner ihm seinen Zigarillo hinhielt und der Italiener, der den Lauf seines Gewehrs mit Bedacht zur Seite hatte gleiten lassen, sich noch etwas weiter vorbeugte, so daß das Licht zwei schwarze Schatten in seine Wangen grub, während er an seiner Zigarette zog, um sie anzuzünden, und die Stimme des Kahlköpfigen sagte: »Welchen Fortschritt meinst du?«, und der Italiener, der seine Zigarette aus dem Mund nahm und sich ihm zuwandte, sagte: »Hör mal, es langt jetzt, oder?« und der Kahlköpfige verharrte immer noch regungslos, ebenso plump, ebenso unbeweglich wie ein Felsblock, (er hatte nur ein wenig den Kopf herumgedreht, da er wieder den Amerikaner betrachtete) und er wiederholte: »Welchen Fortschritt?« – »Verfluchter Scheißdreck«, sagte der Italiener. »Los, wir gehn schlafen!« und der Uniformierte: »Er sagte, es sei ein Fortschritt. Was für ein Fortschritt?«, und nun lehnte der Amerikaner sich in seinem Sessel ganz zurück, streckte die Beine aus, legte einen Fuß auf den andern, vertrieb mit einer Handbewegung den Rauch vor seinem Gesicht und sagte: »Ich weiß nicht. Ich frage mich, womit sie diesen Kerl abgemurkst haben?« – »Welchen Kerl?«, das Gesicht des Amerikaners war nun ganz im Dunkeln, ganz unsichtbar, und seine Stimme befand sich wieder ein wenig vor seinem Mund: »Ich glaubte, du wärst im Bilde. Ich glaubte, du wärst mit uns auf dem Balkon gewesen. Ich glaubte, du hättest seinen Leichenzug vorbeikommen sehen. Es war sehr ergreifend. Man las überall seinen Namen. War es nicht sowas wie Santiago?«, und der Italiener bewegte sich wieder, legte sein Gewehr auf die andere Seite (oder richtiger: er änderte seine Haltung in bezug auf das Gewehr, als wäre er schließlich selber nur noch eine Waffe, ja sogar ein Waffenzubehör, wie jene wie hießen früher noch die Leute (waren es nicht die Schwertträger?), deren einzige Aufgabe es war, Diener, oder gewissermaßen Träger der Gewalt, des Todes zu sein), beugte sich wieder dem Amerikaner zu, hielt seine Zigarette neben dessen Mund und sagte: »Sie ist ausgegangen . . .«, und der Amerikaner hielt ihm seinen Zigarillo diesmal ohne ihn anzusehen, mit ausgestrecktem Arm hin, während die beiden ruhigen Stimmen (die des Amerikaners und die des Kahlköpfigen) sich abwechselten, einander in der nächtlichen Stille des kleinen Platzes antworteten, ohne lauter zu werden, kaum lauter als das Geräusch der klappernden Untertassen, die der Kellner hinter seiner Theke in der leeren Bar spülte, und der Student (das heißt der ehemalige Student) konnte sie hören (das heißt, wenn ein Mensch, wie man behauptet, aus der

Summe seiner Erfahrungen besteht, so konnte er jenen Teil seines Selbst hören, der die Gestalt eines schlaksigen Amerikaners hatte (zu groß, grau oder vielmehr gräulich, mit einem zu grauen Blick auch, und von dem er weiter nichts wußte, als daß er für sein Alter zuviel Falten im Gesicht und eine allzu verbrauchte, allzu müde Stimme hatte) und ein Zwiegespräch mit dem anderen Teil seines Selbst führte, der die Gestalt eines Kahlköpfigen hatte, etwas Uniformähnliches trug und auch müde war, und diese beiden befanden sich in jenem Teil seines Selbst, der die Form eines kleinen Platzes der Altstadt hatte und an einer Seite von der dunklen Fassade einer Kirche begrenzt wurde (einer wahrscheinlich ausgebrannten Kirche, obgleich es zu dunkel war, um die Rauchspuren erkennen zu können: aber man hatte die Gewölbebögen zwischen den pseudokorinthischen Säulen des Peristyls mit Brettern verschlagen, die mit übereinandergeklebten, zerfetzten Propagandaplakaten bedeckt waren, und auf einem der Plakate konnte er von seinem Sitz aus links und ein wenig über dem Kahlkopf ein Flugzeug mit dunklen Flügeln erkennen, zu dem ein Kind sein erschrockenes, tränenüberströmtes Gesicht erhob), und an einer der anderen Seiten war die noch beleuchtete Bar des beschlagnahmten Hotels, wo sie (der Amerikaner, der Italiener und der Student – oder richtiger diese drei Teile, diese drei Bruchstücke seines Selbst, die ein Amerikaner, ein Mann mit Gewehr und ein junger Schnösel waren) schliefen, und gegenüber ein Juweliergeschäft mit heruntergelassenem Eisengitter und eine Apotheke mit Untersuchungslabor (aber jetzt – es mußte wohl schon sehr spät sein – hatte das Neonschild aufgehört, immer wieder an- und auszugehen):

»Aber vielleicht hat er gar nicht geblutet. Vielleicht hat es gar keine Flecken gemacht. Vielleicht war er ein Radieschen.«

»Ein Radieschen?«

»Hast du noch nie von Radieschen sprechen hören? Draußen rot und drinnen weiß. Kennst du das nicht?«

»Doch.«

»Umso besser. Wäre komisch gewesen, wenn du es nicht gekannt hättest.«

»Warum?«

»Weil das jeder kennt. Es gibt wer weiß wie viele davon. Vielleicht bist du auch eins.«

»Vielleicht. Vielleicht auch du.«

»Vielleicht auch ich. Wie soll man es wissen? Aber vielleicht bist du eins.«

»Ja. Wie soll man es wissen?«

»Vielleicht indem man ein Loch macht und mal reinschaut? Was hältst du davon?«

»Vielleicht.«

»Darum braucht man Waffen. Darum braucht man hier soviel Waffen.«

»Was willst du damit sagen?«

»Alle Waffen an die Front. Alle Waffen für die Front. Das steht doch in allen Zeitungen, oder?«

»Was willst du damit sagen?«

»Aber es steht auch in allen Zeitungen, daß die Etappe voll von Radieschen ist.«

»Warum sagst du mir das?«

»Ist doch Scheiße. Kommt. Wir geh'n schlafen!« Der Italiener war aufgestanden. Der Amerikaner und der Kahlköpfige schauten beide den Italiener an, der wiederholte:

»Wir geh'n schlafen. Kommt mit rauf.«

Aber er konnte dann nicht schlafen, obgleich er sich bemühte, vollkommen regungslos liegenzubleiben, in der Hoffnung, nicht mehr zu schwitzen, aber er schwitzte doch, obgleich er nicht einmal ein Laken über sich hatte (das untere war bald genauso feucht wie das Hemd, das er tagsüber getragen hatte, und – obgleich er überzeugt war, sich kein einziges Mal bewegt zu haben – ebenso zerknittert, als hätte er auf einem Seilknäuel gelegen) – aber es war nicht sein Schweiß, den er langsam in das Dunkel, in die Stille quellen und rinnen zu hören glaubte, indes er dem geheimnisvollen Sickern irgendwo rings um ihn herum lauschte, während die Stadt von Finsternis bedeckt war, von der (ebenso wie von dem störrischen, drückenden Schweigen, das die über den Käfig geworfene Decke erzeugt) der Hauch einer unmerklichen, gewaltigen Atmung auszugehen schien (das unmerkliche, unsichtbare, geheimnisvolle Rauschen von Flügeln, die unhörbaren, klagenden Seufzer, die ihren Vogelschlaf, ihre von Nachtmahren durchzuckten Vogelträume störten), und es gab auch nichts zu lesen (außer der zusammengefaltet in seiner Tasche stekkenden Zeitung – aber er kannte, ohne sie überhaupt gelesen zu haben, ihren ganzen Inhalt auswendig), als er begriff, daß er die Hoffnung auf Schlaf aufgeben mußte, da er nun seit wer weiß wie langer Zeit in der erstickenden Finsternis, in der rätselhaften, drohenden Stille lag (als ob es nicht einfach die Nacht und die Dunkelheit gewesen wären, die den Tag abgelöst hatten, sondern eine Art Flut, eine warme, undurchsichtige Lava, die sich langsam in den Straßen und Aveniden ausgebreitet hätte, sich allmählich wie das Wasser in einem Schleusenbecken vom Boden erhebend, die Fassaden in dem Maße, wie das Licht sich zurückzog, erkletternd und sie schließlich ganz überschwemmend, alles verstopfend, sogar der Luft den Weg versperrend, da er jetzt nicht einmal mehr das gelegentliche Knirschen der Wetterfahne irgendwo auf einem nahen Dach hören konnte, als ob die unerschütterliche weiche, vom Meer kommende Brise selber aufgehört hätte, ihrerseits entmutigt worden wäre und darauf verzichtete, sich einzuschleichen, so daß er sich schließlich erhob (sein Körper erhob sich) in der Hoffnung (das war jedenfalls die offizielle Begründung, die sein Körper ihm angab und die sein Geist gelten ließ, obgleich er nicht daran glaubte) am Fenster Gelegenheit zu haben, seine Lungen mit etwas anderem als mit wassergetränkter Watte zu füllen, aber jenseits des Hofs war das Fenster des Amerikaners beleuchtet, so daß er sofort in seine Hose schlüpfte, und, im Begriff, das Hemd anzuziehen, hielt er inne und dachte (das heißt: der Teil seines Selbst, der sich bemühte, den anderen zu bluffen, sagte:) »Verfluchtes Land, in dem selbst die Fliesen unter den nackten Füßen nicht kühler sein können als ein Bett oder richtiger ein Bündel nasser Wäsche. Man kann sich nicht einmal auf den Boden legen!«, während der andere Teil seines Selbst überlegte, ob es klug oder gefährlich oder unangebracht oder, im Gegenteil, angebracht oder lächerlich sei, auf den Flur hinauszugehen und an die Tür des Amerikaners zu klopfen, und dann gelang es jenem Teil seines Selbst, der den anderen zu bluffen versuchte, ihn zu überzeugen (nicht mit schlagkräftigen, vernünftigen Argumenten – wie, zum Beispiel, dem Hinweis darauf, daß der Amerikaner, falls er ihm etwas zu sagen habe, selber Manns genug sei, um fünfzehn Meter über den Flur zu gehen, und daß er es längst getan hätte – sondern nur durch Bluff), daß er diese Alternative nie erwogen hatte, sondern lediglich die Möglichkeit, ein wenig Kühle bei der Berührung der Fliesen und frische Luft am Fenster zu finden. Da war aber weder das eine noch das andere. Die Luft war jedoch noch leichter zu ertragen als die Laken, wie die Beispiele der Grammatik für die Anwendung der Komparative sagten – jedenfalls war dies das zweite Argument, das der bluffende Teil seines Selbst bereitwillig dem anderen Teil lieferte, um die Tatsache zu rechtfertigen, daß er sich nicht wieder hinlegte, sondern sich ratlos und nachdenklich auf den einzigen Stuhl setzte (es stand auch ein mit verschossenem, staubigem Samt bezogener Sessel da, den zu benützen er sich, nicht aus Ekel, sondern aus Angst, wieder von neuem zu schwitzen, wohlweislich hütete), was, wie der nachsichtige Teil seines Selbst erklärte, die Berührung der Haut mit etwas Äußerem auf ein Minimum verringerte und infolgedessen die Schweißpunkte verringerte, eine Erklärung (oder ein Vorwand, oder eine Rechtfertigung), die er ohne weiteres gelten ließ, obgleich er genau wußte, daß dies nicht der zwingende Grund dafür war, daß er auf einem Stuhl im Dunkeln sitzenblieb, der Grund war vielmehr etwas anderes, das ihn nicht nur nicht schlafen ließ, sondern ihn auch daran hinderte, sich hinzulegen, etwas, das er weder nennen noch sehen konnte, aber dessen Gegenwart er ebenso sicher fühlen konnte, wie man Wasser im Dunkeln fühlen kann, den kalten, tödlichen Atem des Wassers, selbst, wenn das ganz ruhige Wasser weder Strömungen noch Strudel hat und finster in der Finsternis, tückisch, glatt, schlangenhaft und dermaßen unerträglich ist (er begriff nun, daß es nicht die Hitze war, die ihn am Schlafen hinderte, sondern genau das Gegenteil: diese Kälte, dieses Unerbittliche, Unbewegliche), daß er schließlich Licht machte: das Zimmer war nur ein Zimmer, ein Kubus: Fliesenboden, Decke, vier wassergrün gestrichene Wände, ein weißlackiertes Bett. Er ging ans Fenster, um den Vorhang aufzuziehen (das Fenster des Amerikaners war nun nicht mehr beleuchtet), nahm das Etui aus seiner Rocktasche, steckte einen Zigarillo an, setzte sich wieder hin und hörte den Auslösemechanismus (der Glockenturm – oder die Uhr – war vermutlich nahebei: er konnte den Klöppel vorspringen und dann das Getriebe sich in Gang setzen, rasseln hören) des Läutewerks (viermal zwei gekoppelte hohe Töne), das die Stunden ankündigte, dann eine Pause, dann zwei majestätische Glockenklänge, tiefe, feierliche Töne, deren Schwingungen eine Weile in der regungslosen Luft hängenblieben, und dann fluteten die Stille und die Nacht wieder zurück. Aber der Zigarillorauch verbrannte ihm nur den Mund: er zerdrückte den kaum angerauchten Stumpen im Aschenbecher und saß dann, nur mit seiner Hose bekleidet, wieder auf dem Stuhl, ungefähr in der Mitte des grünlackierten Kubus und bemühte sich, an nichts zu denken und sich nichts vorzustellen. Er wußte nur, daß er sich nicht entschließen konnte, das Licht auszumachen und sich wieder hinzulegen, wobei er sich nur fragte, ob zu den Handlungen, zu denen er sich aufraffen konnte (und es waren offenbar nicht viele außer dem Auf-diesem-Stuhl-Sitzenbleiben), jene gehörte, die darin bestand, die Zeitung aus seiner Rocktasche zu ziehen und zu versuchen, sie zu lesen, und da (wie bei den Kranken, denen der bloße Gedanke, nicht etwa an eine Speise, sondern an Essen, Kauen oder Schlucken unerträglich ist) empörte sich sein Herz, das von einer Art Ekel erfüllt wurde, während er das Gewirr der fettgedruckten Schlagzeilen zu sehen glaubte:

QUIEN HA MUERTO QUIEN HA ASESINADO
QUIEN HA FIRMADO EL CRIMEN

und er schluckte hastig einen heftigen Brechreiz hinunter, indem er (der nun aufgestanden war) nicht zum Stuhl, an dem er seinen Rock aufgehängt hatte, ging, sondern zum Waschbecken, und dort das Wasser, nachdem er den Hahn aufgedreht hatte, vorsichtshalber einen Moment fließen ließ, was ihn nicht hinderte, es sofort wieder auszuspucken, obgleich er sich bemühte, den gerade heruntergeschluckten Mundvoll warmer Flüssigkeit, der hinauswollte, wieder zurückzudrängen, während er sich selbst beschimpfte, weil er den Warmwasserhahn aufgedreht hatte, den er nun wieder zudrehte, um schnell den anderen aufzudrehen, aus dem nichts hervorsprudelte, was, wie er sich bückend feststellte, kein Wunder war, da kein Rohr mit dem Hahn verbunden war, so daß er sich nicht einmal die Mühe machte, den Hahn wieder zu schließen, denn er dachte, daß es schließlich normal sei, daß in einem Lande, wo das kalte Wasser warm fließt, man es als unnütz erachtete, Geld für die Installation eines zweiten Rohrsystems auszugeben, und er entfernte sich nun so schnell wie möglich vom Waschbecken und den üblen Abflußgerüchen, nahm den akkordeonartig zusammengedrückten Zigarillo wieder aus dem Aschenbecher, sah ihn sich an, versuchte ungeschickt, ihn wieder glattzustreichen und die feinen, geplatzten Tabakblättchen wieder zusammenzukleben, näherte dann ein Streichholz dem zerdrückten Ende und machte erbittert drei oder vier Züge, wobei wenig Rauch und viel Luft fiepend durch den Tabak strömte, und, nachdem er das Streichholz zurückgezogen hatte, nur noch Luft, und dann nahm er den Zigarillo aus dem Mund, hielt ihn einen Moment in Höhe seiner Augen, betrachtete ihn aufmerksam und zerdrückte ihn dann endgültig in dem Aschenbecher, worauf seine Hand unverzüglich nach der auf dem Tisch liegengebliebenen Schachtel griff, indes seine andere Hand die Lasche des Deckels hervorschob und die Schachtel aufklappte: sie war jedoch leer. Einen Moment hoffte er noch, daß der letzte Zigarillo umgekippt, sich quergelegt hätte: er steckte zwei Finger ins Innere der Schachtel, spreizte die Finger, bückte sich, schaute ins Innere, zog seine Finger dann wieder heraus, betrachtete weiter (wie er kurz vorher den zerdrückten Zigarillo gemustert hatte) die leere, mit knalligen Farben, gelb, grün, blau, rot, wie eine Generalsuniform kolorierte Schachtel, auf der die Garantie

FLOR DE TABACO

sich wie ein Leitmotiv wiederholte: ein erstes Mal in einem ovalen Stempel, schwarz auf dem narzissengelben Grund der Schachtel, umgeben von einem Kranz von Medaillen, die wahrscheinlich bei aufeinanderfolgenden internationalen Ausstellungen gewonnen worden waren und die eine Art Goldwolke bildeten, aus der mit Pfeilspitzen versehene Zickzackblitze hervorschossen, dann fortlaufend in kleinen weißen Buchstaben auf einem blauen, rotgesäumten, alle Kanten der Schachtel bedeckenden Streifen, dann (diesmal in goldenen Buchstaben) auf einer rosa Banderole, deren zwiespältige Enden sich nach unten bogen, nachdem sie sich beiderseits des apfelgrünen Etiketts geringelt hatten, welches das mit schwarzen, verzierten Lettern geschriebene Wort

HABANA

umrahmte – und unmittelbar darunter, in kleineren Buchstaben:

FABRICA DE CIGARROS PUROS

und noch weiter unten (er hatte nun begonnen, es vollständig, aufmerksam und systematisch zu lesen – es lohnte sich, genau genommen, mehr als das Lesen der Zeitung) in einer verschnörkelten rosa Zierleiste:

SUPERIORES de la VUELTA ABAJO
CALLE DE LA INDUSTRIA N° 520

dann, noch weiter unten (und er mußte die Schachtel umdrehen, da das apfelgrüne Etikett auf die beiden breiten Seiten der Schachtel überlappte) und wieder schwarz auf grünem Grund:

SUPERIOR VUELTA ABAJO SEGARS
MANUFACTURED IN HAVANA
INDUSTRIA STREET N° 520

ein Vermerk, den eine kalligraphische Unterschrift bestätigte, in deren Verschlingungen man den Namen Cifuentes (Cifrientes) J. T° lesen konnte, – den komplizierten Namenszug, der sich darunter ausbreitete und halb von einer breiten, dunkelgrünen Marke verdeckt wurde, die beinahe um die ganze Schachtel herumgeklebt war und in einer geschlängelten Zeile den fettgedruckten Aufdruck trug:

REPUBLICA DE CUBA

und darunter den Vermerk:

SELLO DE GARANTIA NACIONAL
DE PROCEDENCIA

vor einem Hintergrund aus Strahlen, die rechts und links bis an zwei ovale, senkrechte Zierrahmen reichten; pausbäckige, beflügelte Engelchen, deren Körper unten in Akanthusblättern endeten, flankierten diese Rahmen, von denen der linke ein Wappenschild war, umgeben von einem Eichen- und einem Olivenzweig, deren Stiele sich am unteren Ende eines Liktorenbündels kreuzten, das hinter dem Wappenschild verschwand und darüber mit einer übergestülpten Jakobinermütze wieder auftauchte; das Wappenschild selbst war durch zwei, ein T bildende Geraden in drei Zonen unterteilt: oben (über dem oberen Balken), in einem waagerechten Streifen, die überm Meer zwischen zwei Inseln aufgehende Sonne, und zwischen den Inseln (oder zwei Felsen?) ein auf den Fluten schwimmender (oder in der Luft ein wenig überm Wasser schwebender) Schlüssel; im unteren linken Teil (das heißt links vom senkrechten Balken des T) drei schräge grüne Streifen, und im rechten Teil eine Gebirgslandschaft mit einem dunklen Bergkamm im Vordergrund, auf dem ein hoher Palmbaum mit üppigem Laub genau mitten zwischen zwei Bergspitzen emporragte, die den zweiten, den Horizont abschließenden Kamm bildeten; in dem rechten ovalen Zierrahmen war ein Tabakfeld zu sehen, wo Männer in Hemdsärmeln und mit breiten Hüten, wahrscheinlich bei der Erntearbeit, bis zur Taille von den breiten Blättern verdeckt wurden; das Tabakfeld wurde im Hintergrund von einem Hügel begrenzt, auf dem mehrere Palmen von der gleichen Art wie die auf dem Wappenschild dargestellte standen: er zählte fünf (eine einzelne links, die vier anderen als Gruppe rechts), und acht Tabakpflücker im Tabakfeld (oder richtiger, nach genauerer Betrachtung, nur sieben Tabakpflücker mit gebücktem Körper und ausgestreckten oder halb gebeugten Armen, während die achte Person aufrecht, mit herabhängenden Armen im Vordergrund stand, als ob sie für den Zeichner posierte (oder für den Fotografen, wenn die Zeichnung, wie anzunehmen, nach einer Fotografie gemacht worden war), und eher ein Aufseher oder Inspektor zu sein schien; aber vielleicht waren da noch andere (andere Palmen, andere Pflücker):

er konnte sie nicht sehen, da eine zweite Marke auf die erste geklebt war, und zwar senkrecht zu dieser, so daß sie einen Teil der im Oval dargestellten Landschaft verdeckte; diese zweite Marke (oder dieser Garantiestreifen) war nur mit fein kalligraphierten Motiven verziert, die, in Graublau, eine Reihe von Achten darstellten, eine Art Reuse oder so etwas wie Fischernetze, die symmetrisch zu beiden Seiten einer in der Mitte befindlichen Scheibe angeordnet waren, auf deren Umkreis man oben das Wort TABACALERA mit den Initialen S. A. dahinter lesen konnte, während der übrige Umkreis der Scheibe mit kleinen Perlen verziert war und die Mitte wieder von einem mit heraldischen Zeichen oder Tieren (Schloß, Löwe) dekorierten Wappenschild ausgefüllt wurde, das sozusagen den Körper eines Adlers bildete, dessen beide stilisierte Flügel es rechts und links einrahmten, während oben der Kopf mit dem drohenden Hakenschnabel, und unten, auf beiden Seiten, die mächtigen Krallen und der palmblätterähnliche Schwanz hervorragten und die Kalligraphie der verschlungenen Achten sich wie Spitzenwerk vom eigentlichen Hintergrund der Marke abhob, der blaßorange und mit verworrenen dekorativen Mustern verziert war, die, wenn man genau hinschaute, aus schmalen geflochtenen Bändern bestanden, auf denen sich in winzigen Buchstaben die Worte RENTA DE TABACOS wiederholten, und die einen undeutlichen Hintergrund bildeten, von dem sich in blaugrauen Buchstaben der dreifache Vermerk

PRECIO DE LA CAJA
PRECIO DEL PAQUETE
PRECIO DEL CIGARRO

abhob, aber keinerlei Zahl stand neben diesen Aufdrucken, was übrigens unwichtig war, da man ohnehin keine kaufen konnte (der Amerikaner hatte ihm die Schachtel geschenkt), denn das einzige, was in den Tabakgeschäften zur Zeit verkauft wurde, waren Zigaretten, deren Tabak in grobes Papier gedreht war und die man halb wieder aufrollen und belekken mußte, um sie zuzukleben, so daß danach ungefähr die Hälfte des Tabaks herausgefallen war, aber auch das war nicht so wichtig, wenn man an die Qualität des Tabaks dachte, und jedenfalls (so sagte er sich beim Weglegen der Schachtel) hatte ihn dies eine ganze Weile beschäftigt, während der er wenigstens das Vorhandensein der Zeitung und der dicken Schlagzeilen vergessen hatte, denn er hörte (das Paar hoher zweimal erklingender Töne) die halbe Stunde schlagen, wobei ihm auffiel, daß er die Viertelstundenschläge überhört hatte, und er wühlte diesmal in der Rocktasche gegenüber der Tasche mit der Zeitung, holte die Zigarettenpackung daraus hervor, öffnete sie, rollte eine Zigarette auf, ließ die schwarzen, ausgetrockneten Tabakkrümel in seine hohle Hand fallen und schüttete sie in die nun leere Schachtel, die er auf den Tisch legte, nahm dann den zerdrückten Zigarillo aus dem Aschenbecher, schälte ihn aus seinem Deckblatt und zerbrach die Blätter in kleine Stücke, die er mit zwei Fingerspitzen packte und in das gefaltete Zigarettenpapier legte. Er hatte sich über den Tisch gebeugt, so daß er nicht allzuviel Tabak dabei verlor, da er den auf der Tischplatte verstreuten Überschuß sorgfältig zu einem Häufchen zusammenfegte, dieses mit einer Seite seiner Hand bis an den Tischrand schob, es von dort in die aufgehaltene andere Hand darunter fallen ließ und es dann ebenfalls in die leere Schachtel schüttete; ein paar Krümel blieben allerdings an seinen feuchten Handflächen hängen; er rieb die Hände, erfaßte behutsam die gedrehte und benetzte Zigarette, die er an den Tischrand gelegt hatte, hob sie zum Mund, wobei er darauf achtete, sie genau waagerecht zu halten, zündete sie an, machte ein paar Züge, stand dann auf, ging zum Schalter, knipste das Licht aus, zog die Hose aus, warf sie auf gut Glück im Dunkeln aufs Bett, wo er kurz darauf die Dreiviertelstundenschläge hörte, während der Zigarettenrauch ihm diesmal wirklich die Lippen verbrannte und die Zigarette (das heißt, das, was noch davon übrig war und was er jetzt vorsichtig zwischen Daumenspitze und Ende des gekrümmten Zeigefingers hielt) ihm gleichzeitig die Finger verbrannte, so daß seine Hand plötzlich in die Höhe fuhr und der rote Punkt einen Kreisbogen im Dunkeln beschrieb und dann (als er auf den Fliesenboden traf) eine kurze, gerade Linie, bei der er einen Schweif glühender Krümel hinterließ, die noch ein paar Augenblicke rötlich glommen und dann erloschen; und er lag immer noch auf dem Bett, und kein Geräusch, weder die Wetterfahne, noch ein Auto draußen, noch eine Sirene im Hafen, als ob die ganze Stadt tot wäre, wie jene Städte, die unbeschädigt verschüttet wurden, mit ihren im Schlaf erstickten Bewohnern, die man tausend oder zweitausend Jahre später, verkrampft, nackt und versteinert, in Haltungen des Schreckens und der Bestürzung, in ihren Betten liegend oder aufgestützt, wieder ausgrub, und nach einer Weile wurde der herbe Tabakgeruch schwächer, das Waschbecken fing allmählich wieder an zu stinken, der beklemmende Geruch von Aborten, überreifen Melonen und ranzigem Öl drang wieder zurück, wenn es nicht, wie der Amerikaner behauptete, der Gestank des alten, dicken Generals war, dessen Körper weiter verweste und in aller Ruhe irgendwo die Luft verpestete, in seinem hell leuchtenden, narzissengelben Waffenrock mit den rotblauen Aufschlägen, mit Goldmedaillen bedeckt, genau wie eine Zigarrenkiste, der ungeheuerlich, aufgedunsen und übel riechend unter der stillen, glühendheißen Bronzestadt lag und ihre Abflüsse verstopfte, indem er sich verflüssigte, sich langsam entleerte, Tropfen für Tropfen in die Stille schwitzte, die nur durch die Galoppaden von Myriaden von Ratten gestört wurde, und dann zuckte er zusammen, richtete sich auf und sagte: »Ja. Was ist los? Wer ist da?«, nun auf den Ellbogen gestützt, bestürzt, keuchend und vergeblich bemüht, die harte, schwarze Schlacke des Schlafs abzuschütteln, und während einiger Augenblicke konnte er sich nicht rühren, da er sich ebenso steif fühlte, wie wenn er aus Holz gewesen wäre, obgleich er nicht aufhörte, seinen Körper, die dröhnenden Ohren und die um ihn kreisende Dunkelheit zu verfluchen; dann hörte es auf, stand still, die schwarze, harte, ihn umschließende Kruste zerbröckelte, zersprang schmerzhaft, und dann konnte er sich wieder bewegen, und er wiederholte: »Wer ist da?«, aber die Schritte und das Stimmengewirr entfernten sich im Korridor und verhallten. Er stand auf; er konnte beinahe den schuppigen Panzer des Schlafs auf der ganzen Oberfläche seines Körpers abblättern, abbrechen, während er mit steifen Bewegungen und sich im Finstern an den Möbeln stoßend zum Stuhl gelangte, die Rükkenlehne, dann die Sitzfläche und den Fußboden nach seiner Hose suchend abtastete, sie endlich aufhob, wobei er den schlaffen Haufen Stoff hin- und herwendete, um den Gürtel zu finden, und die er sich schließlich anziehen konnte: der Flur war beleuchtet, aber leer, und fast unmittelbar darauf erlosch das Licht wieder, das Treppenhaus war zwar immer noch beleuchtet, der Lichtschein traf auf den Knick des Korridors, wurde von ihm zurückgeworfen und erhellte ganz schwach die lackierte Wand bis dahin, wo er stand, und die Reihe geschlossener Türen, aber dann ging auch dieses Licht aus, die Tür des Vorraums unten fiel ins Schloß, und wieder herrschte tiefste Stille, in der er nur die in seine Lungen hinein- und wieder herausströmende Luft hören konnte und sonst nichts, bis das Knallen der zugeklappten Wagenschläge zu ihm drang, und dann der Lärm eines startenden Wagens, dann wieder die Stille und das Flache, Unnennbare, Unbewegliche, das er fühlen konnte, wie man Wasser fühlen kann: düster, eisig, tödlich: aber auch der Hof war still, das Zimmer des Amerikaners war dunkel, und etwas später (er lag nun wieder im Bett, konnte aber wieder nicht schlafen, als hätten sich beim Zerbrechen der Kruste Schlaf und Finsternis wieder getrennt –

wie die Elemente, die einen chemischen Stoff, oder vielmehr einen Aggregatzustand bilden: der Schlaf war nun außerhalb seiner Haut, als habe sich sein ganzer Körper zusammengezogen, als halte er sich im Innern seiner Hülle auf, starr und hart wie ein Stein, wie ein schrumpfender, verstockter, verkrampfter, wachsamer Wicht): er hörte wieder die Uhr, das rasselnde Ineinandergreifen der Zahnräder (wie ein winziger, pünktlicher, geschäftiger, eiliger Aufruhr), dann das Paar hoher, heller, silbriger Töne, das viermal erklang, und dann die langsamen, nicht so schnell aufeinander folgenden, feierlichen Schläge, deren Schwingungen lange in der Finsternis nachhallten, und es war vier Uhr. Er zählte die Schläge gedankenlos, ohne Verwunderung oder Interesse, so wie man lästige Fliegen mit der Hand verscheucht, denn seine Aufmerksamkeit wurde nun ganz von einem anderen Geräusch gefesselt, von einer Stimme, oder es war vielmehr doch keine Stimme, das heißt: es waren keine vertrauten Klänge, die das Ohr gewöhnlich aus einer Kehle kommen hört, keine Laute, die Worten einer klaren, anonymen, präfabrizierten Sprache entsprechen, sondern die Stimme (oder wenn man will: die Sprache) im Rohzustand, im Urzustand: eine Klage, ein Seufzer, der über den Hof zu ihm drang, monoton, unterdrückt, aus der Kehle einer Frau, und er lag immer noch im Finstern, hielt nun den Atem an, lauschte der in der Stille sich erhebenden Klage, dem Gejammer, und sprang dann aus dem Bett, lief ans Fenster, aber ohne Licht zu machen, und blieb wieder da stehen, mit dröhnenden Ohren, keuchend, den dunklen Hof, die dunklen, geheimnisvollen Fenster absuchend, während das Seufzen, das kaum hörbare Schluchzen wieder anhob, aufhörte, von neuem begann, wieder aufhörte, und das Licht plötzlich brutal auf ihn prallte (beinahe auf ihn klatschte, wie eines Behälters flüssiger, farbloser Inhalt, der auf ihn geschleudert worden wäre und ihn genau getroffen hätte), als das Fenster des Amerikaners aufleuchtete, so daß er zurücksprang, sich an der Seite versteckte, und als er wieder hinschaute, da sah er sie, nur während des Bruchteils einer Sekunde: nackt, mit erhobenem Arm, um den Vorhang ganz zuzuziehen, der schon dreiviertel geschlossen war und nun links vom Fenster nur einen schmalen Streifen freiließ, so daß sie, oder vielmehr der nackte Körper (er konnte das Gesicht so schnell nicht erkennen), nicht ganz zu sehen war, eng zwischen den beiden Senkrechten eingezwängt und sogar zum Teil durch die linke Seite des Fensterrechtecks verdeckt, die den rechten Schenkel von unten nach oben genau halbierte, in die Höhe der Leiste, dann über den Rand des Bauchs und ein wenig links von der Spitze der rechten Brust (einer ziemlich breiten braunen Scheibe) hinaufführte, wobei dieser ganze Teil des Körpers ganz gerade stand, sich in der letzten Phase des Schrittes befand, der ihn bis ans Fenster gebracht hatte, während der linke Schenkel noch ein wenig zurückgeblieben war, gespreizt dastand, so daß der Raum zwischen beiden Schenkeln wie eine schmale Lanzenspitze aussah, die das dunkle, buschige Dreieck der Pubes trug (eine Spitze auf der anderen), als ob sich von unten her und durch die beiden Senkrechten gestützt (die linke Seite der Fensteröffnung und den Rand des Vorhangs) eine Art Konstruktion erhöbe, ein Bauwerk, eines jener barocken Gerüste zusammengewürfelter, übereinandergestellter Gegenstände (ein Spazierstock, ein Trichter, ein Tablett, ein Blumentopf mit einer Pflanze und allen ihren Blättern und zwei Bälle), die schwerelos auf dem Finger des Gleichgewichtskünstlers zu ruhen scheinen: die Lanzenspitze, schwarz und breit: die Pubes, und darüber, getragen von der waagerechten Seite des Haardreiecks, die Sichel aus vorgewölbtem weißem Fleisch, die dem Nabel als Sims dient, der wie eine einzigartige, einsame Frucht aussieht, wie eine Kirsche in einer Obstschale, und vom Nabel ausgehend: die schwache Schattenspur, eine verästelte Linie, die, je höher sie steigt, immer mehr verschwimmt, und beiderseits, symmetrisch, je eine schwere Kugel; der von der Seite beleuchtete Körper war in zwei bewegliche Zonen aus Schatten und Licht unterteilt: der fast ganz verdichtete, leicht kastanienbraune Schatten befand sich links auf einer weiten Fläche, die auf dem Körper durch eine geschlängelte, unscharfe Linie begrenzt wurde, jenseits der, im beleuchteten Teil, so etwas wie Schattenflecken, treibende Inseln, abgetrennt zu sein schienen (auf dem rechten Teil der Brust, der Leistengegend und auf einer Hälfte des linken Schenkels), während dunklere, deutlichere blaugraue Flecken die Pubes, den Nabel, die Brustwarzen und das buschige, durch den erhobenen Arm sichtbar gewordene Haar der Achselhöhle andeuteten ... Aber wie war das noch, wie war das noch? Nur einen Augenblick dauerte es, kaum den Bruchteil einer Sekunde lang. Dann zog sie, sich selber auswischend, auslöschend, den Vorhang zu, und die verschwundene Erscheinung blieb wahrscheinlich infolge eines Netzhautbeharrungsvermögens noch da und verdankte ihrer Kürze sogar (weil sie ja nicht durch irgendeine andere Erscheinung abgelöst worden war, die die Bewegung, ohne den Vorhang, der Retina aufgedrängt hätte, außer dieser letzten, die nur eine geringe Veränderung des Bildes zur Folge hatte: der Muskel, der die linke Schulter mit der Brust verbindet (und dessen Haut durch einige krähenfußartige Fältchen waagerecht gestreift ist) zog sich plötzlich zusammen und die durch die Armbewegung etwas angehobene Brust, hüpfte, wippte, und dann glitt der Vorhang schnell darüber, von rechts und links) diese Existenzverlängerung, so daß er sie immer noch zu sehen glaubte und sie beschrieb (und zwar nicht nur ihren Anblick, den Umriß, sondern auch diese Schwüle, diesen perligen Dunst, diesen Geruch der Nacht, des klaffenden, leidenschaftlichen, flüchtig gesehenen Fleisches, das auch aus dem Nichts gekommen unmittelbar darauf für immer wieder ins Nichts zurückgekehrt war, während er nun passiv die Reihe einfacher Bilder registrierte: die schwarzgrüne Silhouette auf dem olivgrünen Vorhang, die Konturen (nun nicht mehr unscharf wie die Trennungslinie zwischen Licht und Schatten beim Körper selber war) des noch erhobenen Arms, der Brust, der Hüfte und des Oberschenkels, ein Schattenbild, das sich auf dem die Luft peitschenden Stoff wellte, streckte und dehnte, so daß auf dem sich einen Moment bauchig aufwerfenden Vorhang die Taille noch tiefer eingeschnitten zu sein und die Hüfte noch mehr zu verschwinden schien, während die Brust, deren Spitze jetzt wahrscheinlich beinahe das Gewebe berührte, da der Schatten an dieser Stelle ganz schwarz war, sich übermäßig ausdehnte, und dann (als die Gleitringe am Ende der Gardinenstange anlangten) schienen alle Vorhangfalten sich links zu versammeln und sich zusammenzudrängen, so daß der Schatten nun einen Augenblick gestrichelt, oder vielmehr gefältelt aussah, worauf der untere Teil des Vorhangs durch eine schwingende Bewegung, eine Gegenströmung, die ihn ungefähr bis zur halben Höhe mitriß, nach rechts flog, so daß er nach und nach die Beine von unten nach oben, die beiden Knie, das graublaue Dreieck weiblichen Haars entblößte, das einen Moment zu sehen war, und dann schwang der Vorhang ein drittes Mal wieder nach links zurück, weniger ungestüm, wobei der Schatten sich noch ein wenig wellte, während seine Rundungen nacheinander zunahmen oder abnahmen, und dann zum Stillstand kam, so daß seine Umrisse nun ungefähr mit denen des Körpers selber übereinstimmten und wie durchgepaust aussahen, dann ging alles Licht aus, während er immer noch im Dunkeln stand, und dann lag er wieder auf seinem Bett und verfluchte sich und schimpfte sich zum dritten Mal in der Nacht einen Idioten, indem er dachte: »Ein Mädchen, und ich hier allein. ... Saudummer Idiot. Er leistet sich ein Mädchen, und ich. ... Saudummer Idiot! Saudummer Idiot! Saudummer Idiot!«, die Uhr schlug nun wieder, und nach den vier Paaren hoher Töne zählte er diesmal zehn Schläge, und sah ...

V

DAS FUNDBÜRO

... und nach den vier Paaren hoher Töne zählte er diesmal zehn Schläge und sah, wie sich ein fliegender Schwarm erschrockener Tauben senkrecht über den Kirchturm in den grauen Himmel erhob, sah dann die Kirche selbst, die Bretterverschläge zwischen den pseudokorinthischen Säulen unter den schmiedeeisernen Gittern mit dem Wappen des Bischofs, die buntscheckigen Flecken der Plakate, die er bei Tageslicht nun genau erkennen konnte, wobei er merkte, daß die auf einem der Plakate dargestellte Form, die er am Vorabend, im Dunkeln, über dem Glatzkopf für ein Flugzeug gehalten hatte, in Wirklichkeit die Silhouette eines Kunstspringers war, der gerade mit ausgebreiteten Armen einen Engelssprung machte, und das hinaufblickende Kindergesicht unter ihm war nicht erschrocken, vom Weinen verzerrt, sondern lachte vor Vergnügen, und das Plakat trug die Aufschrift:

¡UNA JUVENTUD FUERTE Y FELIZ!
CONSEJO NACIONAL DE EDUCACION FISICA

und unter der zerfetzten Seite des Plakats war noch ein Stück von dem anderen zu erkennen, das es ersetzt hatte und auf dem man auf schwarz-rotem Grund den dunkelbraunen Umriß einer stilisierten Hand mit gespreizten Fingern erkannte, die ein wenig Ähnlichkeit mit einer Fatimahand hatte, am Handgelenk abgeschnitten war und aus einem Spalt inmitten der Trümmer zu kommen schien, und die gezackten Risse im Papier glichen Flammenzungen, die sich über ein weißes Plakat erstreckten (oder es beleckten – oder ansteckten), auf dem er jedoch lesen konnte:

SINDICATO DE TRABAJADORES DE OFICIO
TEATRE ROM
ASSEMBLEA GENER

und dann, unmittelbar darüber, zwei gleiche, nebeneinandergeklebte Plakate, die unter einem Bild zertrümmerter Häuser folgende Aufschrift trugen:

EL DOLOR
DEL PUEBLO
UN EPISODIO VIVIDO DE LA GUERRA
POR
PEDRO DE BALSANOA
PRECIO DEL LIBRO: 6

weitere Plakate dieser Art klebten rechts daneben, waren jedoch zum Teil durch andere verdeckt, die darüber geklebt worden waren, so daß nur die obere Hälfte zu sehen war, das heißt, mehrmals hintereinander das gleiche Trümmerbild und das eine Wort:

DOLOR DOLOR DOLOR DOLOR

wie ein Klageruf über dem mageren, nackten, ein Gewehr schwenkenden Männertorso, dem gleichen, der im Hotelzimmer angeheftet gewesen war, wo er die rosa Nymphen und die schäkernden Schäferinnen ersetzt hatte, mit seinem hohlen Bauch, seinem zu einem stummen Schrei weit geöffneten Mund, seinen gesprengten Ketten, seinem unwiderstehlichen Schwung und seiner unwiderstehlichen Losung:

die dreimal da stand, das Plakat war nämlich größer als jenes andere, das vom Leiden des Volkes handelte, so daß dieses letzte, ganz rechts auf dem Bretterverschlag, überlappte und zum Teil an den Säulenschaft geklebt war, an den das letzte Brett des Verschlags stieß, während die Säule selber ein anderes Plakat oder vielmehr einen einfachen roten, schräg geklebten, der Rundung angeschmiegten Papierstreifen trug:

NO TOLEREIS
LOS EMBOSCADOS

eine erst graue Taube mit weißen Flecken (und dann eine zweite) flog von unten nach oben an dem roten Streifen vorbei weiter in die Höhe und ließ sich auf dem Wust von Akanthusblättern des Kapitells nieder, auf dem sich eine dicke weißliche Schicht Mist angehäuft hatte, und verschwand dann im dichten Schatten unter dem Kranzgesims, wo alles, was er nun sehen konnte, die sich manchmal bewegenden weißen Flecken des Gefieders waren; und von einem anderen Kirchturm – oder von einer anderen Turmuhr – fielen Glockenschläge, einer nach dem anderen, und da sprang er auf, merkte, daß es zehn Uhr war, und selbst in diesem Lande, selbst während einer Revolution und sogar wenn er dem besonderen Umstand mit dem Mädchen Rechnung trug, mußte zehn Uhr jenseits von dem liegen, was ein Amerikaner morgen früh nennen konnte (es sei denn, daß er genau zehn Uhr angegeben hätte, aber er hatte morgen früh gesagt, – das wußte der Student genau), und ein wenig schnaufend sprang er, vier Stufen auf einmal nehmend, die Treppe hinauf, lief den Flur entlang und blieb dann regungslos vor der Tür stehen, da er sich noch nicht entschließen konnte anzuklopfen, und bei dem Bemühen, wieder zu Atem zu kommen, versuchte er, sich zu beweisen, oder er versuchte zumindest sich einzureden, daß ihm der Beweis gelänge, es sei die Tatsache, daß er zu schnell die Treppe hinaufgelaufen war (oder die schlaflose Nacht, von dem Kaffee ganz zu schweigen, den er sich schließlich doch noch bestellt hatte: selbst der Kaffee hatte einen öligen, ranzigen Beigeschmack, und er hatte ihn jetzt auf der Zunge, als die dunkelbraune, dickflüssige, ungenießbare Brühe wie lauwarmes Leitungswasser in umgekehrter Richtung wieder durch seinen Schlund zu fließen versuchte) und er sagte sich: »Es liegt an der Treppe. Es geht wieder vorbei. Darum schlägt es so schnell. Oder vielleicht machen sie das tatsächlich mit dem Kaffee. Oder jedenfalls mit einem Mittel, das einem die Pumpe zum Blubbern bringt«, und während er auf das Linoleum zu seinen Füßen blickte, das in der Mitte eine Art Kiesel-, Mosaik-Imitation aus kleinen, grauen, gelben, weißen und blauen Karos war und an den Seiten von zwei mit Mäandern verzierten Streifen gesäumt wurde, während er also auf den verschlissenen, ungleichmäßigen Rand dieses Linoleums herabschaute, das genau zwischen seinen beiden Schuhen eine tiefe Kerbe hatte, als ob eine Ratte es angefressen hätte, so daß die rötlichen dicken Fäden zum Vorschein kamen, die so etwas wie eine Franse bildeten, dachte er, die Fäden zählend: »Mach', daß du wegkommst, jetzt. Hau ab jetzt!«, und im selben Moment: »Aber ich kann nicht. Ich kann nicht«, während seine Hand bereits für ihn den Entschluß faßte, ihn sozusagen erzwang, indem sie aus eigenem Antrieb klopfte, ehe er es sie überhaupt geheißen hatte, und gewissermaßen nur, um sein Gewissen zu beruhigen, denn ohne auch nur die Antwort abzuwarten, griff sie nach dem Türknopf und drehte ihn ungestüm hin und her, wobei er beinahe gleichzeitig dagegendrückte und daran zerrte, wieder als ein Zugeständnis an die althergebrachten Gepflogenheiten, indes er sich schon zurückzog (das heißt, sein Körper sich von der Tür entfernte) und etwas, das jetzt nicht mehr seine Hand war (denn er war nun außer Reichweite, und sie hing regungslos an seinem Schenkel herunter), etwas, das sich weigerte, seinem Körper zu folgen, die Tür zu verlassen (es sei denn, daß die geschlossene Tür ebenfalls ein Teil seines Selbst geworden wäre, an dem ein anderer Teil seines Selbst sich beharrlich zu schaffen machte), klopfte weiter, trommelte und rüttelte an dem Türknopf, während er die auf dem kleinen ovalen Emailleschild stehende Zahl prüfte und dann im Vorbeigehen die Türen zählte (fünf) und am Ende des Ganges rechts um die Ecke biegend aufhörte zu zählen, jetzt schnell lief (nicht rannte, sondern nur schnell lief), ein zweites Mal rechts um die Ecke bog, die Tür seines Schlafzimmers erreichte, eintrat, unaufhörlich darin auf und ab ging und dann wieder vor dem offenen Fenster genau dort stehenblieb, wo er in der Nacht gestanden hatte, und nun waren es die Fenster in der Mauer der gegenüberliegenden Hofseite, die er immer wieder zählte, wobei ihm klar wurde, daß das Fenster mit dem grau-grünen (immer noch geschlossenen) Vorhang das vierte von der Mauerecke aus war, und er dachte: »Aber ich habe doch genau fünf Türen gezählt . . .«, und dachte: »Aber dann war es gar nicht, sie war gar nicht, es war gar nicht . . .« und obgleich er – das heißt, sein Körper – immer noch regungslos am offenen Fenster stand, durchquerte der Teil von ihm, der keinen Körper, keine Glieder brauchte, um sich zu bewegen, das Schlafzimmer, trat wieder auf den Flur hinaus, lief ihn entlang und zählte noch einmal die Türen und prüfte die Zahl auf dem ovalen Emailleschildchen, während er gleichzeitig die hölzerne Türfüllung unter wütenden Tritten widerhallen zu hören glaubte, indes er abermals mit beiden Händen den Türknopf umklammerte, daran drehte, rüttelte, drehte, rüttelte und wieder drehte . . .

Dann öffnete jemand im Stockwerk darüber ein Fenster, und er sprang schnell zurück, stieß an den Tisch und wurde plötzlich durch das Geklapper des auf die Fliesen fallenden Kupfers hellwach (oder ernüchtert), so daß der Teil seines

Selbst, der sich drüben auf dem Flur an der Tür zu schaffen machte, plötzlich innehielt und sich nun damit begnügte, vor der Tür stehenzubleiben wie kurz zuvor, aber ohne auf die Nummer zu blicken, und die Tür nur mit einer Art Verzweiflung, Empörung anstarrte und dachte: »Nein, nein, nein, nein, nein, nein . . .«, wohingegen der andere aus Muskeln, Fleisch und Knochen bestehende Teil seines Selbst auf allen vieren fieberhaft die verstreuten Kippen und Streichholzreste suchte (aber er sah sie gar nicht), sie wieder in den Aschenbecher legte, sich dann noch tiefer bückte, mit dem Kopf beinahe den Boden berührte, und die Asche wegblies (aber auch die sah er nicht), sich dann wieder aufrichtete, die Beine anzog, um aufzustehen, jedoch in dem Moment die ebenfalls auf die Fliesen gefallene Zeitung etwas links von ihm erblickte, deren oberes Blatt sich um das Falzscharnier erhob, als würde es durch eine eigene Bewegung belebt (es heißt ja auch, daß eine Leiche manchmal langsam ein Glied, einen Arm hebt oder gähnt), als entfaltete sie sich unter der Einwirkung eines schalkhaften, sarkastischen Willens, und es kam zum Stillstand, als das obere Blatt mit dem Boden einen Winkel von ungefähr fünfundvierzig Grad bildete, so daß der erste Teil der Schlagzeile ganz zu sehen war, und weniger um zu lesen als um die Bewegungen des grinsenden Feindes zu erspähen, verharrte er in zusammengekauerter Haltung mit parallel zum Boden gedrehtem Kopf, wobei sein Gesicht nun von einer Art friedlicher Verzweiflung, von Entsagung durchdrungen war, die sich seiner schon vor der geschlossenen Tür bemächtigt hatte, und wie angesichts eines Bekannten, der einem wieder einmal denselben bösen Streich gespielt hat und den man mit schmerzlichem, stummem Vorwurf betrachtet, so glitt sein Blick voller Bitterkeit, Niedergeschlagenheit und Trauer immer wieder über die drei ersten in fetten schwarzen Lettern gedruckten Worte:

¿ QUIEN HA MUERTO?

und dann schüttelte er sich, richtete sich ganz auf und stellte mit Bewegungen behutsamer, bedächtiger Langsamkeit, die nicht aus einer Angst oder irgendeiner Furcht herrührte, sondern jetzt (indem er an das Gesicht des Präsidenten und die Mienen der hinter dem Leichenwagen schreitenden Mitglieder der Regierung dachte) nur Müdigkeit war, den kupfernen Aschenbecher wieder auf den Tisch, als ob er ungefähr hundert Kilo wöge, bückte sich dann von neuem (wobei sein schmerzender, steifer Körper knackte, wie bei alten Männern, möchte man sagen, die sich lange konzentrieren, bevor sie die geringste Bewegung wagen, und dann, wenn sie sich entschließen, sie sozusagen zerlegen und bei jeder ihrer Phasen innehalten, um Luft zu holen) und hob die Zeitung auf, die er wieder auf den Tisch legte, diesmal neben den Aschenbecher, wobei er mechanisch auf die Faltstelle drückte und dann geduldig wartete, und als das obere Blatt sich noch einmal zu erheben schien, nahm er sie nochmal in die Hand, faltete sie mit den gleichen ruhigen, geschickten Bewegungen, so daß die ganze Schlagzeile nun an der Oberfläche war, und schaute sie dann einfach nicht mehr an.

Unter den Platanen der vom Hafen ansteigenden Avenida hatten die Straßenhändler wieder ihren Krimskrams ausgebreitet, zwischen Blumenständen und den Zeitungskiosken, die ihre Tagesration an hochtrabenden, eindringlichen, ungestümen, siegessicheren Schlagzeilen feilboten. Aber er versuchte nicht, sie zu lesen: er bewegte sich nun beinahe im Laufschritt voran, bahnte sich einen Weg durch die schwätzende Menge, die zusammen mit den Auslagen wiederaufgetaucht, wieder Wirklichkeit geworden zu sein schien, als ob sie sich während der Nacht irgendwo bereitgehalten hätte (oder richtiger als ob sie irgendwo abgestellt gewesen wäre), wie die Gruppen von Marionetten, von mitten in einer Bewegung, in einem Lächeln erstarrten Automaten, die plötzlich beim Einschalten der Mechanik sich alle zugleich wieder in Bewegung setzen und zu schwatzen beginnen, während eine Spieluhrenmusik ertönt und das Rampenlicht aufleuchtet, als ob das Tageslicht, das gräuliche, feuchte Licht, irgendeine kraftspendende, geheimnisvolle Eigenschaft besäße, die nicht nur imstande wäre, die Menge der mit ihr verstofflichten Personen sichtbar zu machen, sondern darüber hinaus, ihnen Leben und Bewegungsvermögen einzuhauchen, oder wenigstens (ebenso wie bei den Marionetten und Automaten, die verdammt sind, endlos die gleichen Bewegungen zu wiederholen oder dieselbe Strecke zurückzulegen ohne eine Änderung oder einen Ausweg erhoffen zu können) diese Betriebsamkeit, dieses Gebärdenspiel: die dahinschlendernden oder plaudernden Gruppen, die mit ihrem ohrenbetäubenden Geschepper alten Eisens hinauf- oder hinunterfahrenden Trambahnen, die mit Aufschriften beschmierten und mit bewaffneten Männern überladenen Autos, die in Höchstgeschwindigkeit unter den tiefsinnigen, ernsten Blicken der Reihen bärtiger Büsten hin- und herrasten, vorbei an den Propheten mit langem Haar, unschuldigen, kurzsichtigen Augen und hohen kahlen Stirnen, deren Bilder mit Wäscheklammern an den Drähten der Verkaufsstände aufgehängt waren und dort nachdenklich und seelenruhig in der feuchten Luft baumelten, in der inmitten unsichtbarer Wassermoleküle die feinen Partikel des üblen Geruchs schwebten, den er unablässig aufsteigen zu sehen glaubte (zusammen mit dem leichten Dunst, der vom Meer heraufkam) wie unermüdlich aus den Kanalisationsschächten hervorfliegende Mückenschwärme, aus den unterirdischen Finsternissen (wo die Verwesung der Leiche des dicken, verfaulenden Generals zwischen dem unaufhörlichen, schaurigen Gestank von Aborten, Kohlstümpfen, Wassermelonen und verfaulten Fischen andauerte) und der sich zu einer dichten, stagnierenden, man könnte beinahe sagen greifbaren Schicht ansammelte, die von unmerklichen Wirbeln bewegt wurde, von unmerklichen, viszeralen, konvergierenden Kontraktionen, die weich an den Fuß der riesigen, im schweißfeuchten Grau in Grau am äußersten Ende des Platzes emporragenden Fassade stießen, die der hohen Wand eines aus dem Nebel auftauchenden Schiffes glich, umgeben (mit ihren übereinanderliegenden Fensterreihen, ihren komplizierten Aufbauten, ihren Blitzableitern, Antennen und Masten) von einer gewissen Aura, die von solchen schwimmenden oder nicht schwimmenden Konstruktionen ausgeht, und die in althergebrachter Weise mit Namen belegt werden, welche man einer ozeanischen oder kontinentalen Gigantomachie zu entlehnen pflegt (Majestic, Titanic, Europa), als sollten sie diesen Anschein von verwahrlostem Strandgut (eine Kogge, ein babylonischer, auf einem Ozean voll Gestank treibender Palast) und Beute noch augenfälliger machen, den ihr die prahlerischen, von Feuchtigkeit durchtränkten Stofftransparente verliehen, die sich wie schlaffe Gehänge von einem Balkon zum anderen hinzogen (und stellenweise durch Regen und Wind verdreht, um sich selbst gewickelt worden waren). Er blickte nicht auf, als er atemlos die Fahrbahn überquerte (immer noch beinahe im Laufschritt: er schwitzte jetzt wieder, obgleich er sich sagen mußte, daß er eigentlich nie zu schwitzen aufgehört hatte – es gab nur verschiedene Arten zu schwitzen: bei Regungslosigkeit und in Bewegung – und er dachte: Ich sollte es nun allmählich wissen. Ich sollte es mir ein für allemal merken), und sah, wie seine staubigen Schuhe die Esplanadenstufen hinaufstiegen und sich inmitten der zentrifugalen und ruckartigen Flucht der Tauben und zwischen ambulanten Fotografen und Lorbeersträuchern voranbewegten: und er fühlte, wie es sich ebenfalls voranbewegte, oder vielmehr ihm entgegentrieb (denn vielleicht hatte er sich überhaupt nicht gerührt, sondern saß immer noch auf derselben Bank, und zwar nicht mit dem öligen, ranzigen Kaffee im Magen, sondern mit dem zu schweren, unverdaulichen Glas Bier), hochmütig, steil, verschnörkelt, verschlossen, exotisch, mit seinen geheimnisvollen Spukgestalten von Negersklavenhändler-Milliardären, reiselustigen alten Ladies, reichen Brasilianerinnen, Divas auf Gastspielreise und den flüchtigen, lieblichen, perversen rosigen Erscheinungen überraschter Schäferinnen, irgendeinem monumentalen Museum gleichend, der ungeheuerliche Überrest irgendeiner exquisiten, barbarischen und korrupten, seit langem verschwundenen, widersinnigen, unmäßigen, unbrauchbaren Zivilisation, der Bewahrer (wie jene heiligen Königsgräber der Antike, die den Forschern, die ihr Geheimnis entheiligten, zum Verhängnis wurden) einer Art Verwünschung (wobei er dachte – aber diesmal in aller Ruhe, ohne Ungestüm, so wie er schließlich die Zeitung mit offen sichtbarer Schlagzeile zusammengefaltet hatte, denn er war jetzt zu müde zur Entrüstung oder Verzweiflung, – und er sagte also so wie man eine einfache Bemerkung, eine Feststellung macht: »Aber man hätte es vielleicht nur desinfizieren müssen. Einfach desinfizieren. Vielleicht haben sie nicht daran gedacht . . .«), als ob die behauenen, beförderten und aufgeschichteten Steine, die dann gegen die Gewinne aus dem Verkauf des auf Tabakfeldern, Rohrzuckerpflanzungen und in Zinnbergwerken geernteten Schweißes ausgeliehen worden waren, endlos weiter den Schweiß und das Blut erstatteten, und als ob beim Öffnen der Schließfächer nicht die Diamanten der Diva oder grünliche Pfandbriefe hervorgekommen wären, sondern ein übelriechender, pharaonischer Giftschwaden, und dann dachte er: »Aber das ist eine Vorsichtsmaßnahme, die sie früher hätten ergreifen müssen. Jetzt sind zu viele Leute ein- und ausgegangen. Wozu also?«, und er versuchte nun zum dritten Mal, dem auf einem der Cafétischchen der Barrikade gestützten Wachtposten klarzumachen, daß er unbedingt den Mann namens Alvarez sprechen müsse, und der Wachtposten wiederum versuchte, ebenfalls zum dritten Mal ihm klarzumachen, daß er ihn nicht ohne Passierschein hereinlassen dürfe, und da gab er (der Student) es auf: er war auch zu müde und begnügte sich nun damit, in mürrischer, stiller Resignation die auswechselbare, ausgemergelte Statur genau zu beschreiben, die in dem auswechselbaren braunen Monteuranzug geradezu schwamm, das auswechselbare Tuch, das wie bei einem Kohlentrimmer oder Tellerwäscher um den Hals geknotet war, die auswechselbare Rabenflügelfrisur, den auswechselbaren Kopf eines Murcianers (oder Arabers oder Sizilianers oder Indianers oder Maltesers – oder einer Mischung von alledem – das heißt von allem, was eines Tages, früher oder später, durch Hungersnot oder Gewalt aus der Heimat vertrieben und, gutwillig oder gezwungen, anfangs von einer Mittelmeerküste zur anderen, später von einem Atlantikufer zum anderen verfrachtet worden war, bis schließlich (nicht durch Rassenkreuzungen, sondern durch diese Art Konstante, diesen gemeinsamen Nenner: den Hunger, der Anlaß, Ursache und Wirkung zugleich war) eine Art Einheitsrasse entstanden war, ein zusätzlicher, hybrider Menschentyp, auf halbem Wege zwischen einem mageren Hund und einem Raubvogel, mit auswechselbarem, ausgemergeltem Gesicht, auswechselbarer Adlernase und auswechselbarem, zugleich feurigem, sanftem, grausamem, wehleidigem und wildem Blick): schließlich trat er zurück, hob den Blick zur hohen, steilen Steinwand, die mit ihren Simsen, Konsolen, Balkonen und Vorsprüngen emporragte wie die grimmige Veranschaulichung irgendeines Deliriums, irgendeiner geistigen Katastrophe, die sich, erhärtet, zur Erstürmung des grauen Himmels aufschwänge, wo der schlappe Wind vom Meer immer noch unablässig seine Decken aus schmutziger Wolle vor sich her trieb, bis sie über den letzten Balkonen verschwanden, so daß diese kurz danach umzukippen schienen, so als ob die ganze Fassade sich vorneigte, vornüberfiele und langsam und majestätisch herniederstürzte, um schließlich alles unter einer apokalyptischen Anhäufung von zyklopischen Blöcken, Simsen, Kapitellen und Säulen zu zerschmettern, und zwischen alledem würde man sie, ihn und diesen langen Lulatsch mit dem in tausendjähriger Hungersnot ausgetrockneten Nußknackerkopf finden, halb begraben und schräg eingepflanzt wie Vogelscheuchen, und immer noch diskutierend. Aber niemand erschien am Fenster über dem Wort TRABAJADORES; er blieb also da (der Wachtposten hatte nun aufgehört, sich für ihn zu interessieren), durchsuchte alle seine Taschen, eine nach der anderen, bis er gefunden hatte, was er suchte. Sie waren zusammengefaltet: die Quartierscheine, mit denen er sein Zimmer bezahlte, und der Passierschein, der ihn berechtigte, sich in die Kantine zu setzen, die an Stelle des ehemaligen Speisesaals, in dem die Milliardäre getafelt hatten, eingerichtet worden war, und er versuchte immer wieder sich einzureden, daß er genügend Appetit habe, um seinen Schlund zum Herunterschlucken der nicht zu identifizierenden und immer, wie der Amerikaner behauptete, in Lastwagenschmieröl gekochten Nahrungsmittel zu bewegen. Schließlich steckte er die Quartierscheine wieder ein, faltete das andere Papier auseinander, hielt es dem Wachtposten unter die Nase, und während sein ausgestreckter Zeigefinger die Unterschrift des Schulmeisters unterstrich, wiederholte er mehrmals mit lauter Stimme dessen Namen und der Wachtposten schob den Gewehrriemen über die linke Schulter, ergriff das Stück Papier und hielt es mit beiden Händen fest umklammert, als ob es nicht ein Stück Papier, sondern ein Feind, ein Gegner wäre, den er festzuhalten und zu bändigen hätte (und dabei erinnerte sich der Student daran, wie der Italiener seinen Plan skizziert hatte, indem er nämlich mit aller Kraft auf den Bleistift gedrückt und nicht auf, sondern in das Notizbuchblatt tiefe Rillen gezeichnet hatte, als ob das Papier, der empfindliche, gefährliche und hauchdünne Träger von Zeichen und Abstraktionen, um den Preis einer gewaltigen körperlichen Anstrengung gestellt oder bezwungen werden müßte), ja er hielt es wie ein Brett (oben die beiden bräunlichen Daumen mit den viereckigen

Fingernägeln, die anscheinend nicht geschnitten, sondern abgebrochen oder richtiger in dem Maße, wie sie wuchsen, abgenutzt worden waren, wahrscheinlich beim vielen Wühlen in jener Sache, von der die ganzen Hände schließlich Farbe und Aussehen angenommen hatten: nicht mehr Fleisch oder Haut, sondern ein rissig gewordener, brüchig gewordener, trockener, harter, staubiger Stoff wie die Erde selber) vor seinem Adlergesicht, das in diesem Augenblick von einer unsagbaren, furchtsamen Hoffnungslosigkeit zeugte, und er wendete es langsam hin und her, während die Augen, ohne überhaupt ein Lesen der aneinandergereihten Buchstaben vorzutäuschen, das weiße, rätselhafte Rechteck betrachteten, das er plötzlich schwenkte, als er den Kopf zu dem halb auf den Stufen der Freitreppe liegenden Gefreiten herumdrehte (das heißt zu dem, der als Gefreiter fungierte), und dabei etwas Wildes, Gutturales, Stolzes rief (er vermied es jetzt, den Studenten anzusehen), und der Gefreite (jener, der als Gefreiter fungierte) warf eine speichelnasse Kippe fort, stand auf, ging mit mechanischen Schritten auf ihn zu, hütete sich jedoch, das Papier anzufassen (er konnte wahrscheinlich auch nicht lesen, wollte es aber vor dem Wachtposten nicht zeigen), und auch er schaute den Studenten nicht an, sondern wandte sich gleichfalls ab und rief auch etwas Wildes, Gutturales, einen Vogelruf, wie man ihn zwischen Felsen im Gebirge widerhallen hört. Dann der Unteroffizier: das heißt jener, der als Unteroffizier fungierte, da nämlich keiner Rangabzeichen oder dergleichen trug und sie nicht nur ungefähr gleich gekleidet und ausgerüstet waren, sondern auch aus derselben Form zu kommen schienen, da sie alle drei beängstigend mager, braun oder vielmehr erdfahl waren und den gleichen leidvollen Blick tausendjähriger Ausgehungerter und Gedemütigter hatten, so daß der Student sekundenlang den grotesken Eindruck hatte (der als Unteroffizier Fungierende hatte nun dem Wachtposten das Papier aus den Händen genommen und las es eifrig), mitten in einem jener Spiegelpaläste eingeschlossen zu sein, wo ihm auf Grund der besonderen Zusammenstellung mehrerer Spiegel das Bild ein und derselben abgezehrten, donquichottesken, traurigen Leiche im Monteurkostüm in dreifacher Ausführung gezeigt wurde. Worauf es unvermittelt und ohne daß sie etwas hätten fallen sehen, zu so etwas wie einem kurzen leisen Klatschen, wie dem Schlag eines Vogelschnabels zwischen den das Papier haltenden Händen kam, als ob der Tropfen nicht darauf gefallen wäre, sondern plötzlich auf seiner Oberfläche durch eine spontane und geräuschvolle Synthese von Wasserstoff und Sauerstoff entstanden wäre, riesig, mit seiner unregelmäßigen Krone aus Fühlern und Perlen, seinem leicht gewölbten Kern, wo die schlechte Tinte der Unterschrift sich schon in dünne Schlieren aufzulösen begann; und dann, ehe sie aufblicken konnten, geschah es ein zweites Mal, so daß das, was sie alle vier jetzt betrachteten, nicht mehr das Papier war (das empfindliche, furchterregende Rätsel, das Sesam-öffne-dich in Form von aneinandergereihten blassen Buchstaben und in einer bestimmten Ordnung aufgedrückten Stempeln), sondern der Himmel, das unaufhörliche Vorüberziehen der feuchten, jetzt dunkelgrauen Wattemassen, die hinter dem obersten Sims verschwanden, das nun von neuem über sie zu kippen begann, so daß sie in ihrem Rücken von dieser Art stillem Geräusch überrascht wurden: von ihrer Betrachtung losgerissen, drehten sie den Kopf herum, um gerade noch zu sehen (während die hohen, schlanken Palmen plötzlich hin- und hergezerrt wurden), wie sich über dem Platz ein gräulicher, riesiger Vorhang ausbreitete (von rechts nach links gezogen wurde) und die Leute mit über den Kopf gezogenen Jacken schon rannten, was wie ein wilder Sturm reflexartig drauflosrlaufender Enthaupteter aussah, der sie gleichzeitig mit dem Rand des Vorhangs erreichte, so daß der Unteroffizier, die Arme schon abwehrend erhoben, schrie (aber in Wirklichkeit hörte der Student es nicht: das Einzige, was er nun wahrnahm, war das heftige Prasseln des vom Bürgersteig und von den Tischen abprallenden Regens und das wirre Durcheinander der Stimmen) oder versuchte, wahrscheinlich so etwas wie: »Nein! Haut ab! Es ist ver...« zu schreien, und schon zurückwich, während der Gefreite und der Wachtposten rechts und links von ihm einen Moment mit ebenfalls ausgebreiteten Armen versuchten, jene, die schon über die Cafétischsperre kletterten, aufzuhalten oder gar zurückzudrängen es aber dann aufgaben und kehrtmachten, wohl oder übel ebenfalls den oberen Teil ihres Monteuranzugs über den Kopf zogen und die Freitreppe hinaufrannten, während wenige Meter hinter ihnen der Oberkörper des Unteroffiziers, mit immer noch ausgebreiteten Armen, schwankend und zurückweichend aufragte, nicht, wie es schien, von seinen eigenen Beinen, sondern wie ein Kruzifix in einer Prozession von der wogenden Masse vorbeidrängender, kopfloser Rücken getragen, bis er schließlich verwirrt, unglücklich und fuchsteufelswild allein oben auf den nun vom Regen glänzenden Stufen stand, einen Moment nach rechts und links blickte, nicht, um nach einer Hilfe zu suchen, die er wohl kaum gefunden hätte und die auch überflüssig war, da nun niemand mehr zurückgedrängt zu werden brauchte, sondern vielleicht um einen Zeugen seiner Ohnmacht und Entrüstung zu erspähen, oder aber einen Untergebenen, an dem er seine Wut würde auslassen können: und das war es wahrscheinlich, denn schließlich blieb ihm nichts anderes übrig, als sich mit allem abzufinden, er rannte die Freitreppe hinunter zum Maschinengewehr, bückte sich, und während er sich noch mit dem Dreifuß herumärgerte, wurde der Monteuranzug auf seinem gekrümmten Rücken schnell mit augenförmigen Flekken betüpfelt und im Nu ganz dunkelbraun verfärbt, so daß er schließlich, einen Moment danach, pitschnaß glänzte, und als er dann das Maschinengewehr schließlich von seinem Gestell gelöst und auf seine Schulter gehoben hatte und triefend aufstand, wurde seine Brust ebenfalls betüpfelt, und in der kurzen Zeit, die er brauchte, um mit seiner Bürde die Treppen wieder hinaufzusteigen, wurde auch sie dunkelbraun, und er war wütend, unwirsch und düster, rücksichtslos, als er, das schwere Bodenstück des MG voran, in den Mief von Schweiß und durchnäßtem Tuch drang, der jetzt schwer, dicht und stickig die Hotelhalle erfüllte und durch den der Student nun versuchte, sich mit Ellbogen und Schultern einen Weg in Richtung der untersten Stufen der Treppe zu bahnen, als ein Gedränge (vielleicht das Eindringen von Neuankömmlingen — oder die Flucht vor dem Bodenstück der Waffe, die der rasende Unteroffizier wie einen Rammklotz blindlings vor sich her in die plappernde, heitere, durchnäßte Menge stieß — oder vielleicht noch der Gegenangriff des Gefreiten und des Wachtpostens, die sich wieder zusammengerissen hatten und nun mit dem brennenden Eifer der Schuldbewußten und mit Hilfe der als Verstärkung herbeigeeilten übrigen Wachmannschaft die Eindringlinge gruppieren und hinaustreiben wollten) ihn an das Gitter des Fahrstuhlschachts drückte, der schmierig und leer war (sei es, weil seine Maschine versagte, oder weil man die Kabine ein für allemal zwischen den oberen Stockwerken blockiert hatte), abgesehen von der Schmutzschicht aus Kippen, Papierfetzen und allem möglichen Abfall, die den Boden bedeckte, und obwohl er an etwas gedrängt, gepreßt oder vielmehr in etwas inkrustiert wurde, was am Gitter hing und von ihm immer für einfache Anschlagtafeln gehalten worden war (Ankündigungen von Versammlungen, Entschließungen, Bekanntmachungen, Berichte, Dienstanweisungen, Richtlinien und Entscheidungen, die in den oberen Stockwerken gefällt, verfaßt und getippt worden waren, wie jede in Büros untergebrachte Gemeinschaft sie unbedingt hervorbringen zu müssen glaubt und die natürlich keiner liest — so daß er sich nie die Mühe gegeben hatte, sie anzuschauen) trotz dieser unbequemen Stellung wurde der Student jetzt von irgend etwas geschüttelt, das nicht gerade ein Lachen oder Fröhlichkeit war (oder das sich wenigstens zum Lachen und zur Fröhlichkeit ungefähr so verhielt wie eine wilde, saure, rauhe und harte Frucht zu der gleichen veredelten, eingemachten und gesüßten Frucht), und er dachte bei sich: »Dafür brauchten sie sie also, sie haben eine Verwendung für sie gefunden ...«, und er dachte weiter, daß den Handlungen der Menschen, so komisch und ungereimt sie auch oft erscheinen mögen, doch immer eine dunkle Logik innewohnt, selbst dem grotesken Bedürfnis, das die neuen Besitzer eines Ortes drängt, systematisch den Platz und die Bestimmung eines jeden Gegenstandes zu ändern, indes er ungeachtet der schmerzhaften Unbequemlichkeit seiner Stellung – er wurde immer noch halb zerquetscht, ja, er erstickte beinahe, rang nach Luft und reckte den Hals nach hinten, um genügend Abstand zu gewinnen – wenige Zentimeter vor sich, in den schmalen, freigebliebenen Streifen zwischen den vervielfältigten und auf das Glas geklebten Blättern, die lieblichen, perversen und sich verflüchtigenden Fragmente (Pfirsichwange, bloße Hüfte und Oberschenkel, einen Fuß, der seinen Pantoffel verliert) der wollüstigen Spukgestalten von Schäferinnen, Nymphen und liederlichen Marquis verblüfft betrachtete, die von den getäfelten Wänden der Appartements für Milliardäre abgehängt worden waren und hier, wieder angehängt, den siegreichen, unleserlichen Tagesberichten als Anschlagfläche dienten, als ob irgend jemand in prüder Wut die Zarten, Nackten, von Orgasmen noch Bebenden dazu verdammt hätte, nach und nach von Kleister bedeckt zu werden und unter den bürokratischen Anhäufungen von Papier, von dem alle Gewalt und alle Empörung aufgesogen wird, zu ersticken. Einen Moment blieb er mühsam atmend da stehen, immer noch von etwas geschüttelt, das diese Art stilles, kaltes, knirschendes Lachen sein mochte oder aber das unzusammenhängende Pulsieren des nach nassem Hund riechenden menschlichen Magmas, das in der Halle herumwirbelte, und er betrachtete dabei die Fragmente rosigen Fleisches aus solcher Nähe, daß er den schauerlichen, melancholischen Moschusduft spüren, einatmen zu können glaubte, der den gepuderten Frisuren und Büsten wie das ferne, feine, warnende Parfüm eines enttäuschten, sterbenden Jahrhunderts zu entströmen schien, wie eine faulige, subtile Botschaft von Skepsis und eleganter Ungläubigkeit, das liebenswürdige Testament eines liebenswürdigen, philosophischen Opfers an die philosophischen und barbarischen Bedürfnisse der Vernunft. Dann, in der folgenden Phase einer seiner pendelartigen, viszeralen Zusammenziehungen, flutete das Magma aus Schweiß, durchnäßten Stoffen und wütenden oder spöttischen Schreien zurück und riß ihn vom Gitter, seine Beine und Ellbogen (sein Geist und Wille noch nicht: sein Gesicht und seine Gedanken waren immer noch den morbiden Girlanden verwelkter Blumen und den matten Fleischfarben zugewandt, die sich nun plötzlich von ihm entfernten) begannen nun von selber sich fieberhaft zu regen, nicht gegen den Strom, was nichts genützt hätte, sondern mit ihm und ein wenig von ihm abweichend, so daß er ihn, wie der Schwimmer auf der Welle, ausnützen konnte, um nicht die Treppe zu erreichen (was ihm auf Anhieb gar nicht gelungen wäre), sondern um diagonal voranzukommen (so wie ein kreuzendes, Breitseiten ballerndes Schiff), in der Hoffnung, von der nächsten Gegenströmung zu profitieren, um dann, anstatt von neuem gegen die Nymphen und Marquisen zu prallen, im Vorbeigehen auf die erste Stufe zu springen: was ihm auch gelang, indem er noch ein paar Augenblicke ans Geländer geklammert kämpfte, sich festhielt, um sich dem Gedränge zu entziehen, und schließlich die Treppe hinauflief, anfangs vier Stufen auf einmal nehmend und dann langsamer, normalen Schrittes, ja sogar sehr langsam, wobei er versuchte, schlecht und recht wieder zu Atem zu kommen, ohne daß es ihm jedoch vollends gelang, so daß er gegenüber der Tür, auf dem langen, seines roten Teppichs beraubten Flur (»Sie haben wahrscheinlich auch für ihn eine Verwendung gefunden«, dachte er. »Vielleicht als Wandbehang oder als Verkleidung von Rednertribünen. Nein, das wäre zu logisch. Als was also?«), merkte, daß er seit einer Weile schon gar nicht mehr außer Atem war, obgleich er immer noch, ohne daß er sich zum Eintreten entschließen konnte, vor der Tür stand und, sich selber beschimpfend, dort stehenblieb, da er sich auch nicht zum Weggehen entschließen konnte, und dann (es war weder Vorsicht noch Furcht, sondern so etwas wie ein hart auf ihn gefallenes Gewicht – oder er selber (Körper und Geist) wog plötzlich das Hundertfache seines normalen Gewichts und war außerstande sich zu bewegen, als ob die Müdigkeit oder Erschöpfung, die er vergessen (oder bekämpft oder nicht beachtet) hatte, während er die Avenida hinauflief, mit dem Wachtposten diskutierte und in der Hotelhalle seine Ellbogen gebrauchte, nun in der Stille des Flurs, die nur vom gedämpften, durch die Türen dringenden Schreibmaschinengeklapper gestört wurde, unüberwindlich zurückflutete, und dabei jeden Willen, jede geringste Auflehnung lähmte, wobei gleichzeitig wieder, wie kurz zuvor beim Anblick der Gravürenfragmente, etwas laut, zu laut, wirr und nicht unterdrückbar in ihm zu lachen begann), dann schickte er sich an, auf dem Absatz kehrtzumachen (und da merkte er, daß ebensowenig wie es ihm möglich war, nicht etwa den Entschluß zu fassen oder sich zu entscheiden anzuklopfen, sondern auch nur irgendeinem Sinn im Anklopfen oder Betreten des hinter der Tür befindlichen Zimmers zu sehen, er es auch nicht vermochte, nicht etwa sich zu entschließen, sich zu entscheiden, sondern ganz einfach genügend Kräfte zu sammeln, um sich einfach umzudrehen, sich zu entfernen und die Treppe hinunterzugehen), als die Tür sich plötzlich öffnete und ein Mann in Hemdsärmeln, mit ein paar Blättern Papier in der Hand im Türrahmen erschien und dort, die linke Hand auf der Klinke, den Oberkörper und das Gesicht schräg zum Innern des Zimmers gewandt, stehenblieb, während er den beim Ergreifen der Klinke begonnenen Satz beendete und dann aufhörte zu reden, aber immer noch seinen Gesprächspartner ansah und wartete, aber keine Antwort, Schweigen, und da wandte der Mann auf der Türschwelle seinen Blick vom Büroraum ab, drehte den Kopf herum, um zu sehen, was sein Gesprächspartner hinter ihm betrachtete, entdeckte den auf dem Flur stehenden Studenten (der ihn jedoch auch nicht anschaute), und das Schweigen dauerte noch eine ganze Weile, während der der Mann in Hemdsärmeln den Studenten von oben bis unten und dann von unten nach oben ansah und wahrscheinlich seine Musterung gerade von neuem beginnen wollte, als aus der Tiefe des Zimmers die Stimme des Schulmeisters hinterm Schreibtisch hervor ertönte (als ob er diesen seit dem Vortage nicht nur nicht verlassen hätte, sondern auch in derselben Haltung daran sitzengeblieben wäre: die in Spartgrasschuhen steckenden Füße unterm Stuhl gekreuzt, die Ellbogen auf den Schreibtisch gestützt, die Unterarme flach darauf und die linke geballte Faust von der rechten Hand umspannt) und »Guten Tag« sagte und dann schwieg, während er mit seinem völlig ausdruckslosen, neutralen, bloß aufmerksamen Gesicht den Studenten weiter musterte, der den Kopf hob und seinerseits »Guten Tag« sagte, und wieder Schweigen, der Schulmeister, der Student und der Mann mit den Papierbögen und seiner immer noch auf der Türklinke ruhenden Hand, sie alle drei verharrten vollkommen regungslos, bis schließlich wieder die Stimme hinter dem Schreibtisch hervor ertönte und »Komm' doch rein« sagte.

Da gelang es ihm, sich zu bewegen, was er kurz vorher noch für unmöglich gehalten hatte, und was er jetzt nicht nur mühelos, sondern auch sozusagen unbewußt tat – als ob etwas anderes als sein Wille: Reflexe, nur seine Muskeln von sich aus dem versagenden Geist zu Hilfe kämen, so daß, während sich dieser noch fragte, wie er sich verhalten solle, er sich schon die Schwelle überschreiten, an dem Mann in Hemdsärmeln vorbeigehen und mit freien Schritten das Zimmer betreten sah, wobei er seine eigene, auch frei, beinahe frech klingende Stimme hören konnte, die sozusagen außerhalb, unabhängig von ihm sprach und nicht mehr aufzuhalten war (genauso wenig wie das, was kurz vorher ununterdrückbar gelacht hatte, und alles in ihm schien für sich allein zu funktionieren, sozusagen in eigener Verantwortung, wie in der Fabel, die das Abenteuer eines Mannes erzählt, dessen Eingeweide, Lungen, Herz sowie Arme und Beine plötzlich in einer Art anarchistischem Aufstand sich selbständig machen und tun, was ihnen beliebt), und sagte (wahrscheinlich sprach sie schon seit dem Moment, in dem seine Beine sich von selbst in Bewegung gesetzt hatten): ». . . dieser verdammte Platzregen das Rindvieh . . .« (und er zeigte mit dem Finger auf das Plakat an der Wand, auf die schmächtige Brust, die knochigen, muskulösen Arme, die das Gewehr und die gesprengten Ketten schwenkten) ». . . da unten wollte mich nicht reinlassen obwohl ich ihm sagte *Venceremos* aber nichts zu machen rein gar nichts und ich glaubte es sei die Parole man brauche sie nur ein paarmal zu sagen und sofort wäre alles in Ordnung was ist heute nur los ein Glück daß es angefangen hat zu gießen da sind alle Hals über Kopf hereingelaufen die Fünfte Kolonne einschließlich der Wache aber sie hatten das Maschinengewehr im Regen stehenlassen zum Glück gibt es traditionsgemäß immer und überall einen Helden der in den kritischsten Situationen den Einsatz rettet und nur seinem Mut gehorchend und alle Gefahr mißachtend ist er tapfer hingesprungen konnte es von seinem Dreifuß abschrauben und hat es durch den Platzregen im Galopp auf seinem Rücken reingetragen schade daß man die Orden abgeschafft hat man hätte mindestens einen für solche Fälle vorsehen sollen das wären die letzten Nachrichten vom Morgen . . .« (nun saß er mit einer Hinterbacke auf dem Rand des Refektoriumstisches, so wie er den Amerikaner am Tage vorher hatte sitzen sehen, und er zog eine der auf der Zinkplatte herumliegenden Zeitungen zu sich heran und faltete sie beim Weiterreden auseinander) »... und was gibt es außer dieser bedeutenden Waffentat heute Neues an den Nebenfronten haben die Scheißgeneräle nun endlich ...«, dann hielt er inne – oder richtiger: es gelang ihm, seine Stimme anzuhalten – oder richtiger: er versuchte sich einzureden, daß es ihm gelungen sei, sie anzuhalten, denn in Wirklichkeit hatte sie von selber aufgehört, nicht daß der Schulmeister lauter gesprochen hätte als er, oder auch nur laut (seine Stimme blieb – wie sein Körper – sozusagen ruhig sitzen und rührte sich nicht), sondern weil er, der Student – es sei denn, daß es nur seine Stimme gewesen wäre – seit einer Weile etwas wahrnahm – es sei denn, daß es nur sein Gehör gewesen wäre –, was wie die monotone Wiederholung der gleichen Töne klang, so daß seine Kehle schließlich aufhörte, Geräusche zu machen, und die letzten Worte, die in der Stille widerhallten, waren diesmal von der Stimme des Schulmeisters ausgesprochen worden, der gerade jetzt mit einem leisen Anflug von Ungeduld (es war nicht einmal Ungeduld, sondern vielmehr ein etwas harter Tonfall, der nicht von Zorn oder tiefer Entrüstung, sondern von einer großen Anstrengung zur Überwindung der Müdigkeit herrührt) zum vierten Mal wiederholt hatte: »Was willst du?«

Dann wieder Schweigen. Der Student saß immer noch mit lässig baumelndem Bein halb auf dem Tischrand und die Zeitung, die er ausgebreitet vor seinem Gesicht gehalten hatte, lag nun auf seinem Oberschenkel, während die drei anderen (der Schulmeister, der Mann, der auf der Türschwelle stehengeblieben war und noch einer, den er auch nicht kannte und der hinter einem Tischchen saß, das am Vortage nicht dagewesen war und auf dem heute die Schreibmaschine stand) ihn anschauten, und dann drehten sie (alle vier jetzt) auf einmal den Kopf herum, und diesmal schien etwas aus der Luft selbst zu entstehen, die heftig und geräuschvoll geschlagen oder vielmehr gepeitscht, umgerührt, durcheinandergewirbelt wurde, wie durch irgendeinen magischen Vorgang, dessen Anfang sie versäumt hätten, aber dessen letzte Phasen sie immerhin miterleben konnten, das heißt: die beiden ausgebreiteten, den Schwingen eines heraldischen Vogels gleichenden Flügel schlugen die Luft, die sie anzusammeln, in ihrer Mitte zu verdichten schienen und die, so zusammengepreßt, gerade in dem Moment, als sie hinschauten, schließlich eine feste Form annahm: der senkrechte Körper (Brust, Bauch und die beiden kegelförmigen Schenkel), in der Mitte vorgewölbt, schwebend, ein paar Sekunden vollkommen regungslos, so als wäre er zwischen den Flügeln an irgendeinem unsichtbaren Draht aufgehängt, mit gespreizten Beinen ein paar Zentimeter über der Balkonbrüstung, und dann, unmittelbar darauf und ohne jeden Übergang, ohne daß es möglich gewesen wäre, den Wechsel von einer Position (oder vielmehr von einem Zustand) zur nächsten (zum nächsten) zu verfolgen, saß sie auf der Steinplatte, wieder regungslos, oder vielmehr winzige pendelartige Drehungen bewegten sie auf der Stelle um eine senkrechte Achse, die zwischen ihren Beinen und ihren langen, hinter ihr angelegten, spitz und wie ein Flötenmundstück endenden, steifen, waagerechten Flügeln verliefe, während sie bei leisem Gurren, das wollüstig, besorgt und klagend zugleich klang, dummerweise auf ihrem unscharfen, schwarzen Abbild herumtrampelte, das der nasse, körnige Stein widerspiegelte (der Regen hatte aufgehört, und es begann schon zu trocknen), und dann, plötzlich, flog sie ebenso unvorhergesehen wieder fort – das heißt, sie zeigte plötzlich den Rücken und schoß beinahe waagerecht geradenwegs über den Platz davon, wurde schnell kleiner und verschwand, und in diesem Moment merkte der Student, daß die drei anderen ihn wieder musterten, und da faßte er sich wieder und ließ sein Bein wieder baumeln (vielleicht hatte er — oder hatte es — nie damit aufgehört), während er abermals seine eigene Stimme ertönen hörte, die lässig, schnoddrig, ja sogar aufsässig sagte: »In der Kantine Essen fassen dürfen und nicht in den Kasten hier hereingelassen werden, was soll denn das? Mir scheint, daß ich auch einen von den neuen Passierscheinen, oder wie die Dinger heißen, die sie jetzt verlangen, brauche, damit sie wenigstens wissen, daß ich nicht der fünfte von den vier Generälen bin, der sich selbst zum Mittagessen einlädt, oder? . . .«, der Schulmeister musterte ihn weiter, ohne daß die gelben, von Fältchen umgebenen Augen in seinem runzeligen, rissigen, unergründlichen düsteren Gesicht antworteten, so als habe er ihm nicht zugehört, ihn überhaupt nicht gehört, und, ohne ihn aus den Augen zu lassen, sagte er schnell ein paar Worte zu dem Mann, der hinter der Remington saß und der mit einem Ruck den eingespannten Bogen herauszog, einen neuen Bogen einspannte, die Walze herumdrehte, genau einstellte und dann zu tippen begann, und da geriet endlich das Gesicht des Schulmeisters in Bewegung, nicht die Augen, nur die Lippen, der Mund, ohne daß die anderen Gesichtszüge sich veränderten, so daß die Worte (»Wir stellen dir einen aus«) von einem anderen gesagt worden zu sein schienen, dann erstarrte es wieder in völliger Regungslosigkeit, und der Mann in Hemdsärmeln, der immer noch die Türklinke in der Hand hatte, räusperte sich nun auch und sprach, worauf der Schulmeister den Mund wieder aufmachte und »Ja« sagte, und da drehte der Mann sich um, überschritt die Schwelle, schloß die Tür hinter sich, und man hörte, wie seine Schritte sich auf dem Flur entfernten; dann klapperte nur noch die Schreibmaschine in der Stille, der Schulmeister saß immer noch in unveränderter Haltung da, ein blasser, unentschlossener, unbeständiger Sonnenstrahl schlich sich ein, und der Student sah, wie auf dem Fußboden der zusammengedrängte Schatten der Balkongeländerstäbe auftauchte, sich unscharf darauf abzeichnete, wobei die Konturen in dem Maße deutlicher wurden, wie die Dichte des Schattens zunahm, als ob eine Art Trennung von Licht und Dunkel stattfände (wie die von Erde und Wasser am Anfang der Welt), so etwas wie eine doppelte Wanderung sich spaltender Partikel oder Moleküle, die sich trennen und sich immer schneller in ihren eigenen Zonen sammeln, bis der verzerrte, aber deutliche Umriß der bauchigen Geländerstäbe schwarz und scharf begrenzt zwischen den Zwischenräumen aus gelbem Holz erschien, und dann, fast unmittelbar darauf, verblaßten, verschwammen sie wieder (in einem neuen Drunter und Drüber, einer zweiten Partikelwanderung, aber diesmal in entgegengesetzter Richtung, sich wieder vermischend) und verschwanden, und wieder sah man nur die nunmehr gräulichen, glanzlosen, unauffälligen Fußbodenbretter, und diesmal zuckte er zusammen und dachte, sehr schnell diesmal: »Ich habe es also gesagt. Es ist geschehen«, und dachte: »Na, endlich!« und dann: »Gut. Ausgezeichnet. Schließlich mußte es so kommen«, und die ruhige, gar nicht ungeduldige, sondern bedächtige, neutrale Stimme des Schulmeisters sagte: »Ob ich wen gesehen habe?«, und der Student ließ wieder sein Bein baumeln, blätterte geräuschvoll die Zeitungsseite herum und nannte zum zweiten Mal (als spräche er zu dem Papier, zu den gedruckten und sinnlosen Buchstaben, die sich vor seinen Augen aneinanderreihten) den Namen des Amerikaners, mit seiner gleichgültigen, zerstreuten Stimme, und hob dann schließlich den Kopf, schaute diesmal den Schulmeister unverwandt an, musterte das faltige Gesicht, in dem nichts anderes zu lesen war, als das, was der Student nun genau kannte und was sich zur Müdigkeit, zur Abgespanntheit und sogar zur Erschöpfung so verhielt wie die Verzweiflung zum Zweifel, und die Stimme ertönte wieder, immer noch ganz gleichmäßig, ruhig und bedächtig, und sagte: »Nein. Heute morgen nicht. Warum?«, und als nun auch das Schreibmaschinengeklapper verstummte, glaubte er zu hören, wie die drei vorsichtig ihren

Atem anhielten, während seine eigene Stimme wieder überraschend und ungeniert aus ihm drang, als er plötzlich die Zeitung zusammenfaltete, vom Tisch rutschte, sich wieder auf die Beine stellte, auf den hinter der Remington sitzenden Mann zuging und beiläufig sagte: »Oh, es hat nichts auf sich«, und dann sehr schnell zum Sekretär: »Ist das für mich? Ist das mein Wisch?« indes er hinter seinem Rücken die immer noch ruhige, gelassene Stimme des Schulmeisters hörte: »Warst du mit ihm verabredet?« und der Student, der jetzt auf den Tisch gestützt dastand und sich mit verdrehtem Hals und schiefem Kopf über die Schreibmaschine beugte, als wolle er lesen, was auf dem noch eingespannten Bogen getippt stand, drehte den Kopf nun waagerecht und sagte über seine Schulter hinweg: »Ich? Warum? Ich glaube nicht, daß er eine Gouvernante braucht, oder?«, und der müde, trübe, ja tote Blick des Schulmeisters verharrte noch einen Moment auf ihm und wandte sich dann ab, verließ ihn, und die Augen waren jetzt ganz leblos im Netz einander kreuzender Falten, die feinen Narben, Einschnitten glichen, als ob irgendeine gewalttätige, zerstörerische Hand schon begonnen hätte, ihn auszuwischen, durchzustreichen, sein Gesicht hinter einem Gitter wütender, tiefer, unerbittlicher Striche verschwinden zu lassen, es zu vertilgen, zu vernichten, und der Student rannte schon, vier Stufen auf einmal nehmend, die ebenfalls ihres roten Teppichs beraubte und mit zertretenen Kippen übersäte weiße Marmortreppe hinunter, rempelte die Leute an, stammelte so etwas wie Entschuldigungen, fing sich wieder, als er sein Gleichgewicht zu verlieren drohte, rannte weiter die Stufen hinunter, machte dann ohne Atempause kehrt, und wie eine abprallende Kugel (und in der Tat schien es ihm, als habe er nicht aufgehört zu rennen und zu keuchen, seitdem er aufgestanden war, die nur halb geleerte Tasse öligen Kaffees hatte stehenlassen und die Hoteltreppe hinaufgestürzt war, am Knopf der verschlossenen Tür gerüttelt, in sein Zimmer geeilt war, die Fenster gezählt hatte, die Treppe wieder hinuntergerannt war, an der ausgebrannten Kirche vorbeigelaufen und die Avenida hinaufgegangen war, den Platz überquert, mit der Wache diskutiert, in der Hotelhalle seine Ellbogen gebraucht hatte, und sogar als er ruhig, lässig und gleichgültig halb auf dem Refektoriumstisch gesessen hatte, während sich in einer Art schwindelerregenden Sarabande die Gesichter der Büroinsassen, die Taube, die unleserlichen Lettern der Zeitung, der gespenstische Schatten der Balkonbrüstung und dann wieder die traurige, verschlissene, nachdenkliche Maske des Mannes, der vielleicht Alvarez hieß, und dann die Stufen der Treppe, die er jetzt mit dem Schwung eines Aräometers wieder hinaufstieg, vermischten) rannte er »He!« schreiend wieder hinauf, erwischte den Rücken mit dem schräg darüber verlaufenden Lederriemen, berührte die Schulter und blieb dann außer Atem, mit erhobenem Kopf stehen und betrachtete das Gesicht des Kahlköpfigen, der nun ihm zugeneigt, mit halb herumgedrehtem Körper (ein Bein noch auf der Stufe, die er gerade ersteigen wollte) dastand, erstarrt in der plötzlichen, wachsamen Regungslosigkeit eines Hühnerhundes, die immer noch Bewegung, geballte Geschwindigkeit ist, mit ein wenig zusammengekniffenen Lippen in dem weichen, ja sogar schlaffen Gesicht, als ob die Müdigkeit es sozusagen hätte einschrumpfen lassen, oder vielmehr als ob das, was sich hinter dem Gesicht befand, unter der plötzlich zu weit gewordenen Haut zusammengeschrumpft wäre – wie der Körper eines Kranken, der seine Kleider von vorher nicht mehr ausfüllt –, und Augen, die allein noch (die gestreifte Regenbogenhaut und die blanke Pupille, rund wie ein Stecknadelkopf) präzise Umrisse bewahrt hatten und die nicht hart, sondern einfach scharf, genau waren, und schließlich bewegte sich der Mund und sagte: »Welcher Amerikaner?«, worauf der Student ein paar Sekunden lang stumm und wie benommen dastand, während sein Kopf sich langsam von links nach rechts und dann von rechts nach links drehte (wie zum Zeichen des Verneinens, der Weigerung, der Ungläubigkeit) und er weiter mit starrem Blick die wieder regungslose, zerfurchte Maske musterte, bis er ihm plötzlich den Rücken kehrte und wieder die Treppe hinunterraste, die Stimme des Kahlköpfigen sozusagen hinter sich herlaufen, »Hallo!« rufen hörend, und da drehte der Student sich um, stolperte, fing sich am Geländer, blieb endlich mit ganz zurückgeworfenem Kopf am Geländer klebend stehen und las mehr, als daß er hörte, was die sich bewegenden, weichen Lippen (auf der rasierten Haut über der Oberlippe konnte er winzige Schweißtropfen glänzen sehen) nun sagten: »Ich hatte es nicht richtig verstanden. Ich dachte . . .« (die Stimme war zuerst auch weich, faßte sich dann wieder, klang immer fester und sprach vielleicht etwas zu rasch, zu abgehackt, zu zackig): »Ja. Ich hab' ihn geseh'n, ich . . .«, und diesmal rief der Student (und zwar viel zu laut, jedenfalls viel lauter als nötig, um sich über den sie trennenden Abstand hinweg verständlich zu machen): »Wann?«, und gleich darauf (oder vielleicht gleichzeitig: als ob der Kahlköpfige weder gewartet noch etwas verstanden noch zu sprechen aufgehört hätte oder aber der Frage zuvorkommen, sie vorwegnehmen, ihr entgegenkommen wollte, sehr schnell jetzt) die Antwort: »Soeben. Heute morgen. Bevor er abfuhr . . .«, dann war es ebenso plötzlich still: nur die Atemgeräusche von ihnen, die beiden gebeugten oder vielmehr gespannten Körper, deren Haltungen (nach vorn geneigte Oberkörper, halb eingeknickte Beine) von Ungestüm, von Trotz zeugten, als ob sie durch das wirre, ferne Schreibmaschinengeklapper hinter den geschlossenen Türen und den andauernden Lärm der die Treppe hinauf- und hinuntergehenden Leute (aber weder der Kahlköpfige noch der Student achteten darauf, es war wahrscheinlich keinem von beiden bewußt) sich wütend aufeinanderstürzten, in einer unwirklichen Geräusch- und Regungslosigkeit, und als der Student sich bewegte, um Luft zu holen, kam ihm die Stimme des Kahlköpfigen wieder zuvor, indem sie (sich wie eine Wand, wie eine Mauer) erhebend sagte: »An die Front. Mit Amerikanern. Freunden von ihm. Es war ein Platz frei in einem Schlitten, also hat er . . .«, und der Stimme des Studenten gelang es diesmal, durch die Kehle zu dringen (noch zu laut, schrill – und doch hatte er sich bemüht, nicht zu schreien): »Welche Front? Wo? Wo ist er denn . . .«, die Hand löste sich nun vom Geländer, erhob sich zu einer vagen, ungenauen Geste, und die Stimme des Kahlköpfigen erhob sich gleichzeitig, auch ohne zu schreien, aber ein oder zwei Grade lauter (vielleicht nur, weil sein Körper sich wieder in Bewegung gesetzt hatte, das heißt seine Beine, die wieder die Stufen hinaufstiegen, während der Oberkörper noch regungslos nach hinten gedreht blieb, und auch das Gesicht, dessen Augen ihn aber schon nicht mehr ansahen): »Mit den Amerikanern. Mit den Leuten vom amerikanischen Bataillon . . .«, und er nannte den Namen einer Stadt, aber der Student hörte nicht zu, er schaute immer noch forschend in das weiche, schweißglänzende Gesicht, dann sah er es nicht mehr, die Stimme entfernte sich, der Student warf wieder den Kopf in den Nacken, verdrehte den Hals und schaute der Lederjacke nach, die schon bald den oberen Treppenabsatz erreicht hatte und sich dann waagerecht oberhalb des Geländers weiterbewegte, wobei die Hand das Holz wieder losließ, der Arm in seine Richtung winkte, das etwas fette, beleidigte, traurige, bemützte Gesicht mit den abgespannten Zügen ihm zugewandt blieb, die Hand noch einmal winkte und das Gesicht hinter dem Geländer verschwand, so daß nichts mehr zu sehen war außer den Fingerspitzen, die über seinem nun ganz in den Nacken gelegten Kopf ruckartig das Geländer hinaufrutschten . . . Aber wie war es, wie war es?: das Treppengeländer schien sich in immer kleiner werdenden Spiralen zusammenzurollen, von Treppenabsatz zu Treppenabsatz, bis zum obersten Stockwerk; als die Hand den nächsten Absatz erreicht hatte, konnte er unmittelbar über dem waagerechten Teil des Geländers diesmal nicht mehr den Oberkörper vorbeigleiten sehen, sondern nur den Kopf und die Mütze; und dann wieder nur die über das Geländer hinausragenden Fingerspitzen, die dann, als die Hand zum nächsten Treppenabsatz gelangte, ganz verschwanden, und er stand mit immer noch in den Nacken gelegtem Kopf da und betrachtete das nun leere Treppenhaus, und dann, draußen, mit immer noch erhobenem Kopf – das heißt, sich mehrmals umdrehend, um beim Weggehen über seine Schulter zurückzublicken, die hohe Fassade, das Fenster im dritten Stock rechts, hinter dem O von TRABAJADORES, das auf dem verblaßten, gräulichen, vom Platzregen durchnäßten Stofftransparent geschrieben stand (aber es zeigte sich niemand auf dem Balkon), und das ganze riesige Gebäude glich jetzt in den verstohlen aufleuchtenden Sonnenstrahlen, die die nassen Dächer zum Glänzen und die Fensterscheiben zum Blinken brachten, irgendeinem monumentalen, triefenden, vom Sturm verschlagenen, verlassenen Wrack, an dessen Vorsprüngen das zurückfließende Wasser ganz gewöhnlichen Unrat (Lappen, aufgeweichte alte Zeitungen, vom Salz gebleichte Algen) aufgehängt hat, den die Flut herangespült hatte: Plunder, ein nach dem Fest in einem Schuppen abgestellter aufgetakelter, burlesker Karnevalswagen mit seinen Astragalen aus verblaßten Girlanden, Bändern und Luftschlangen, den die Menschen verlassen haben und der nun nur noch von den flüchtigen Spukgestalten der Pierrots, Piraten und Colombinen heimgesucht wird; dann verschwand es.

Blasse, runde Sonnenflecken fielen durch das Laub der Platanen spielend auf den nassen Boden, auf die umherschweifende Menge und auf die Verkaufsstände, wo die Straßenhändler die Buntdrucke der Prophetenköpfe abtrockneten oder von neuem an den Drähten aufhängten, so daß sie ihn zum zweiten Mal vorbeiziehen sahen, als er nun die Avenida hinunterschlenderte und, ohne sie zu beachten, an den feilgebotenen Blumen, kriegerischen Ausrüstungen, Wimpeln, dem Sammelsurium von Abzeichen und mit Porträts der toten Helden bedruckten Halstücher entlanggiging, die ebenfalls stapelweise dort lagen oder, mit Wäscheklammern an Drähten aufgehängt, sich weich im lauen Wind wellten, und auch diese Gesichter schauten ihn an, friedlich, träumerisch und leicht überrascht, nicht durch den Tod, sondern wahrscheinlich durch das Klicken des Fotoapparats, und der sorgfältig gezogene Scheitel, der Sonntagsstaat, die Krawatte, die ernste, einfältige Miene beschworen weniger die sagenumwobenen, borstigen, schmalbrüstigen Sprengstoffattentäter oder Bankräuber herauf, als vielmehr (wahrscheinlich weil die Halstuchzeichnung nach dem einzigen, nachträglich gefundenen, mehrere Jahre vorher gemachten Foto ausgeführt worden war) junge Erstkommunikanten oder den Bräutigam, der am Samstagabend das Dienstmädchen abholt und brav in der Küche auf dem Stuhl wartet, und von dem ein dezenter Duft von Wagenschmiere, Traurigkeit und Veilchen ausgeht (die jungen Dienstmädchen in weißen, himmelblau gestreiften Blusen, mit ihren gesteiften Schürzen, deren Bänder wie Flügel aussehen, ihrem schnatternden, gleichgültigen, oberflächlichen Gelächter, zwischen den rosa Lorbeersträuchern, dem Reigen der buntscheckigen kleinen Trambahnen und dem keine Kühle spendenden Sprudeln der wie weißliche Federbüsche in der Sonne glänzenden Wasserstrahlen, die von Windstößen zuweilen zerstäubt werden und die Spaziergänger unter dem sekundenlang sichtbaren Regenbogen vertreiben, und Fußgänger, Trambahnen und Tauben bewegen sich geräuschlos, wie in einer Nekropole, einem Ossarium – und wenn sie Geräusche machten, so hörte er sie jedenfalls nicht, woraus er schloß, daß sie sich wirklich geräuschlos bewegten, zumindest von dem Moment an, da sie auf den Platz kamen (oder vielleicht nur in sein Blickfeld drangen), es sei denn, daß es gar kein Geräusch machen konnte, denn offensichtlich war es immer dasselbe: es waren dieselben Tauben, dieselben Palmen, dieselben Trambahnen (nur daß jetzt Reklame darauf gemalt war), der Greis hatte wahrscheinlich den ganzen Inhalt des Säckchens allmählich verteilt, denn er hielt es jetzt mit der Öffnung nach unten und schüttelte es mit einer linkischen Bewegung, damit die letzten Körner herausfielen, die Sonne stand nicht mehr so hoch, war aber noch heiß, der Himmel war vielleicht etwas weniger weiß, aber kaum merklich, und er konnte getrost noch sitzenbleiben, denn der Schatten des Fliederbuschs fiel immer noch auf seine Bank, und wenn er weiterglitte, würde er sich immer noch auf einen der Sessel gegenüber setzen können, die dann im Schatten sein würden, es sei denn, daß dann (er hob den Blick, schaute schnell zur Sonne, dann zur Fliederkuppel) der Schatten des Hotel-Palace bis zu ihm gelangt wäre und auf ihn fiele, ihm jede Bewegung ersparte, ihn aufsöge, sich wie ein Leichentuch über ihm ausstreckte . . .); dann dies: er (der Student, der Homunkulus, der junge Spatz, der ferne, verschwindend kleine Doppelgänger) rang nach Luft, versuchte zum dritten Mal an diesem Morgen seine Atmung zu beruhigen, stehend oder vielmehr treibend, badend in diesem feuchten, kompakten Brei, der weder mit Luft noch mit Wasser etwas gemein hatte und der, wie er jetzt wußte, nicht der Schweiß war, der von seinem Körper rann, weil er zu schnell gelaufen war (regungslos, immer noch in seinem Sessel zwischen den jungfräulichen Dienstmädchen, den Greisen, den Kindern und den Ziersträuchern sitzend war es genau dasselbe), sondern so etwas wie ein fünftes Element, das sich, wie es schien, zu gleichen Teilen aus den vier anderen (Wasser, Erde – Staub –, Luft, Hitze) zusammensetzte und das dieselbe Dichte wie sein Fleisch, seine Muskeln hatte, und auch der Temperaturunterschied war nicht groß, so daß seine Haut keine Hülle, keine Trennung zwischen der äußeren Welt und ihm mehr war, sondern unterschiedslos alles einzuschließen schien, wie die unzertrennlichen Teile ein und desselben Ganzen: den metallischen Himmel, die eintönige, gleichförmige, gelbliche Masse der Häuser, die Leute, die Gerüche und seine eigenen Knochen – er stand also (das heißt der Teil seines Selbst, der sein Körper war) vor einem der anderen Teile seines Selbst, der im Moment die Gestalt des Mannes mit dem Schimpansenkopf angenommen hatte, der in einem auf den Bürgersteig neben das Hotelportal gezogenen Korbsessel saß, und er (der Teil seines Selbst, der der Student, der Homunkulus war) wiederholte zum dritten Mal an diesem Morgen dieselbe Frage, schwieg dann und wartete, noch etwas außer Atem (das heißt, irgendwo in diesem weiten, wirren Durcheinander von Formen, Gerüchen und Geräuschen konnte er so etwas hören wie zwei weiche Taschen, die sich rasch mit einem schmerzhaften, leichten Pfeifen füllen und leeren, und er glaubte dabei, das leise Knacken wahrzunehmen, das die Bruchstellen und Falten ganz gewöhnlicher Blasen machen, wenn man sie aufbläst oder die Luft herausläßt), und er hatte plötzlich die komische Idee, sich getäuscht zu haben, so daß es sich wahrscheinlich nicht, wie er geglaubt hatte, um den Hotelier handelte, der da saß, sondern um irgendeine Attrappe, wie jene Puppe im Wachsfigurenkabinett oder die automatischen Affen, die am Eingang zu den Jahrmarkts-Schaubuden die dicke Trommel schlagen, vermutlich, so dachte er, eine Figur aus dem Panoptikum, da er, ebenso wie der auf der Bank sitzende unechte Besucher aus Wachs, eine Zeitung in den Händen hielt und hineinschaute, obgleich er wahrscheinlich nicht las, ebensowenig wie die Wachsfigur, ebensowenig wie er mit seinen Wachsohren vermutlich auch nur das geringste hören konnte, denn auch als er seine Frage zum vierten Mal wiederholt hatte, rührte er sich nicht, als ob er taub und blind wäre; dann schien die zweite Vermutung (das heißt: der automatische Affe aus der Jahrmarktsschaubude) die richtige zu sein, nicht nur, weil er angezogen war, wie man allenfalls einen Schimpansen bekleiden würde, sondern auch, weil er sich genauso bewegte wie jene Automaten, das heißt mit einer kurzen Verzögerung infolge der Zahnradübersetzung: mit einer synchronisierten Bewegung senkten sich die beiden Vorderarme, als wären sie an den Ellbogen durch Gelenke mit den Sessellehnen verbunden, und mit ihnen wurde die Zeitung, während sich die Lider gleichzeitig hoben, wie die des Cynecephalos-Musikanten, das heißt, ohne daß etwas anderes (die parallel auf dem Bürgersteig stehenden kleinen Füße in glänzenden gelben Schuhen, die Hose mit dem hohen, beinahe unter den Brüsten verlaufenden Gürtel, der den dicken Bauch wie ein strammes Korsett zusammenhielt, das Hemd mit den Gummibändern um die Ärmel, damit sie nicht rutschten, die auberginenfarbene bestickte Seidenkrawatte, und der gestärkte Kragen unter den Hängebacken des Affen) ohne daß sich also etwas anderes bewegte als die buschigen Augenbrauen, die sich zusammen mit den Lidern hoben und die tiefliegenden, harten schwarzen Augen zum Vorschein brachten, die ihn nun mit einer gewissen Gereiztheit, einer Art kalten, stillen Wut durch die unsichtbaren Gitterstäbe des unsichtbaren Käfigs musterten, wobei die dünnen Schimpansenlippen sich kaum über dem riesigen Kiefer bewegten:

»Ein Amerikaner?« dann verstummte die rauhe, guttural (genauso wie bei einem Affen) klingende Stimme, und nichts mehr als die wütenden, kohlschwarzen, winzigen, wilden Äuglein unter den buschigen Augenbrauen beiderseits der fehlenden Nase und unter dem flachen Schädel, auf dem eine schwarze Strähne zu kleben schien, als ob sie mit einem Pinsel und fettig-glänzender Farbe dort aufgemalt wäre, und die Stimme, dieses heisere, affenartige, widerwärtige Gegrunze drang wieder aus ihm hervor, als ob er rülpste: »Weiß ich das? Es wimmelt hier von Ausländern. Amerikaner. Deutsche. Italiener. Alle möglichen. Es gibt sogar Kerle, die wahrscheinlich, bevor sie herkamen, noch nie ein Bett und Betttücher gesehen hatten. Sie kommen und zeigen mir einen Quartierschein, Kerle, die . . .«, er hielt inne, etwas Heimtückisches, Feiges trübte den Glanz seiner kohlschwarzen Äuglein, während er sein Gegenüber musterte, prüfte, einschätzte, und die Stimme fuhr sehr schnell fort: »Ich habe nichts anderes zu tun, als ihnen ein Zimmer zu geben, nichts anderes«, und er wiederholte es nochmal: »Nichts anderes, Nada mas, nicht wahr?«, dann schwieg er plötzlich (unvermittelt, ohne daß auch nur irgend etwas das Schweigen angedeutet hätte, ebenso wie nichts angedeutet hatte, daß er sprechen würde), mit der Schroffheit eines Tieres, eines Hundes, der sein Gebell unterbricht, worauf die wütenden Äuglein aus schwarzem Glas oder Kohle sich weiter in ihn hineinbohrten und vor kaltem, unersättlichem, schadenfrohem Haß glühten, und als der Student etwas sagte, ertönte die Stimme (das Gebell, das Rülpsen) von neuem, unterbrach den Studenten, ehe er ausgeredet hatte, und auch sie war grimmig und schadenfroh, als sie sagte:

»Ein Auto? Weil ich nichts anderes zu tun habe, als mich um all die Autos zu kümmern, die mitten in der Nacht anhalten und wieder abfahren? Weil ich jedesmal aufstehe, um zu sehen, wer hereinkommt oder wer geht oder wer geholt . . .«, der Student sprach diesmal auch, bevor der andere fertig war: »Sie haben ihn also gehört! Sie haben also . . .«, und dann merkte er oder besser beobachtete er, wie seine eigene Stimme leiser wurde, verstummte, während die starren, bösen, auf ihn gerichteten Augen, erfüllt von finsterer Freude, still weiterlachten und die Hundestimme wieder sagte: »Ich höre allerlei . . .«, und dann schwieg, und noch einmal der Blick und diese Art Stille, in der irgend etwas vor wildem Lachen geradezu erstickte, triumphierte, hervorbrach, und wieder die Stimme: »Aber ich kümmere mich nicht um Dinge, die mich nichts angehen. Ich frage nicht, woher die Leute kommen. Ich versuche auch nicht herauszukriegen, wohin sie gehen. Sie erwarten nicht von mir, daß ich ihnen ein Taxi rufe. Gute Reise. Ich habe nichts anderes zu tun, als für einen Quartierschein ein Zimmer zu geben. Nicht für Geld. Für Quartierscheine. Und dann: Gute Reise, gute . . .« und da beugte sich der Student vor, so daß ihm der tierische Atem, der Leichengestank, der üble Geruch der erloschenen Zigarre und der Duft billigen Parfüms in die Nase stieg und er schrie dem anderen ins Gesicht: »Aber sein Zimmer! Sie haben doch den Schlüssel, oder? Hat er seine Sachen hiergelassen, wissen Sie, ob . . .«, und dann schwieg er, wieder aus freien Stücken, das heißt, diesmal versagte seine Stimme, ließ ihn im Stich, verkroch sich oder gab einfach überwältigt auf (wahrscheinlich, weil er, ehe der andere zu sprechen begonnen hatte, bereits wußte, was der ihm sagen würde, da er es sich selber schon gesagt hatte), während sich der Hotelwirt, diese Art kostümierter Pavian, obgleich er immer noch an derselben Stelle saß, von ihm zu entfernen schien und nun nicht mehr durch die Gitterstäbe eines unsichtbaren Zookäfigs von ihm getrennt war, sondern durch undurchdringliche dicke Scheiben aus Glas, Stille und Zeit, als stecke er verkleinert in einem jener Glaskästen, in denen man in den Museen die furchterregenden, grotesken Automaten aufbewahrt, mit seinen kurzen Händen, den behaarten und beringten Fingern, in denen die Zeitung jetzt vor Wut zitterte, seiner Affenkrawatte, seiner stumpfen Nase, seinen Äuglein, seinen unechten Augenbrauen, seiner Lacksträhne und seinen glänzenden gelben Schuhen, und die ironische, widerliche Bauchstimme drang von weither zu ihm, auch sie wie durch dicke Scheiben aus Glas und Zeit, als sie sagte: »Warum fragen Sie mich? Warum belemmern Sie mich mit Ihren Scheißgeschichten? Ich habe hier nichts zu sagen. Ich bin nicht Herr im Hause. Mein Hotel ist beschlagnahmt, und man fragt mich nicht nach meiner Meinung. Wenn Ihnen soviel daran liegt herauszukriegen, wohin Ihr Amerikaner verschwunden ist, warum fragen Sie dann nicht den da, der mit seinem Gewehr in der Hotelhalle sitzt? Er hat nichts anderes zu tun, als sich in diesem Schaukelstuhl zu wiegen, Zigarren zu qualmen und sich Bier bringen zu lassen. Vielleicht nimmt er sich obendrein noch die Zeit, die Leute, die ein- und ausgehen, anzuschauen, da er im Grunde dafür da ist. Worauf warten Sie also, um ihn zu fragen? Ihn oder seinen Kameraden, der diese Nacht da saß? Worauf warten Sie noch?«, dann hörte er ihn nicht länger an, hörte er ihn überhaupt nicht mehr (das heißt, der Teil seines Selbst, der zusehends kleiner wurde, zusammenschrumpfte, dahinschwand und jetzt nur noch die Ausmaße und die spöttische Stimme einer winzigen, als Affe kostümierten Puppe hatte und wie eine liliputanische, wildwütende, schwarze Alraune, wie eine böse Hexe aussah), er hörte vielmehr sich selber (das heißt, diesen anderen Teil seines Selbst, der jetzt auf einer Bank mitten in dem anderen Teil seines Selbst saß, der die breite Esplanade war, um die herum der ewige Reigen der kleinen Trambahnen kein Ende nahm) ganz laut sagen: »Tjaa. Sehr richtig. Worauf warte ich noch?«, und er sah den alten Mann mit winzigen, schleppenden Schritten davongehen (er hatte das leere Säckchen weggeworfen und die Hand des Kindes wieder ergriffen) – und wie er vermutet hatte, brauchte er sich nicht vom Fleck zu rühren, um im Schatten zu bleiben, denn die Sonne war hinter dem Dach des Hotelpalasts verschwunden, und der Himmel unmittelbar über der blaß lilafarbenen Kuppel war weiß mit einem Stich ins Safrangelbe, aber je höher man den Kopf hob, um so mehr verfärbte er sich in ein helles Blau, und im Osten, in Richtung Hafen, war er ganz blau und dunstig, und dann (es war nicht der Hunger, da er in seinem Innern immer noch das jeder Verdauung widerstrebende Bier spürte) erinnerte er sich daran, daß er nicht zu Mittag gegessen hatte, und er kämpfte einen Moment gegen die Lust aufzustehen, bis zum unterirdischen Pissoir am Ende des Platzes zu gehen, um sich dort zu übergeben, um es dort loszuwerden (er würde allein und von Krämpfen geschüttelt, im Ammoniakgeruch, im scharfen Gestank von Exkrementen, erloschenen Zigarren und Desinfektionsmitteln tief über das Becken gebeugt dastehen, und seine Hände würden sich an die kühle babylonische Mauer aus glasierten Steinen stützen, seine Finger würden sich an ihre abgeschrägten Fugen klammern, und durch die Trennwand würde er hören, wie der mit seinem Besen bewaffnete Einbeinige hin- und herliefe und sich laut, um die Wasserspülungen zu übertönen mit dem Einarmigen unterhielte, der das Geld einkassierte, und mit den drei oder vier Schuhputzern, die in schwarzen Hemden und schwarzen Hosen längs der Mauer am Fuße der Treppe vor ihren schwarzen Kästchen sitzen, sie alle: der Bucklige, der Einarmige und die Schuhputzer, wie Gottheiten oder vielmehr wie falsche, lahmende, makabre Offizianten irgendeines unterirdischen Kults, wie die Diener eines zugleich geheimen, hohlen und intestinalen Königreichs), um dort nicht nur das Bier auszukotzen, sondern auch den fortdauernden, nicht nachlassenden Geruch ranzigen Öls oder vielmehr Dieselöls, um sich dessen zu entledigen, sich davon zu befreien, aber wenn er sich vom Fleck rührte, könnte er ihn verfehlen, während er von seiner Sitzbank aus alle, die ein- und ausgingen, sehen konnte: sie hatten jetzt das Maschinengewehr wieder auf seinen Dreifuß gestellt, aber es saß nicht mehr derselbe Unteroffizier in dem Korbsessel oben auf der Freitreppe, so daß er sich einen Moment fragte, ob man ihn womöglich für das, was am Morgen geschehen war, degradiert oder bestraft hatte, dann fiel ihm wieder ein, daß die Wache um die Mittagszeit abgelöst wurde, und wahrscheinlich hatten sie die Anordnung nicht weitergegeben, denn nun schien niemand mehr die Passierscheine sehen zu wollen, denn alle lümmelten sich auf den Stufen der Freitreppe oder lehnten faul an den Pilztischchen der Sperre und rauchten und spuckten, dann kam eine Trambahn vorbei und verdeckte sie, versteckte sie hinter den buntscheckigen Reklamen, und die Rolle des Stromabnehmers hüpfte mit kurzem, sprühendem Funkenregen über die Drahtweichen und lief dann mit seidigem Geräusch weiter, während die Trambahn waagerecht an den kupfernen Lettern der Aufschrift

BANCA INDUSTRIAL DEL NORTE

vorbeifuhr, die sich längs der Fassade über jenen Nischen erstreckte, deren schmiedeeiserne Gitter in runden, in der Mitte des Gitterwerks eingelassenen Kartuschen (der Stil des Gitterwerks war nüchtern, geometrisch, kalt, und die hohe, ganz glatte Fassade der Bank war regelmäßig von quadratischen Fensteröffnungen durchbrochen, die nur mit Fensterstürzen ohne Gesims versehen waren und kalt und scharf wie auf einem Bauplan aussahen) die Initialen:

B. I. N.

wiederholten, die der schrägstehende Stromabnehmer der Trambahn von links nach rechts sechsmal durchschnitt, und zwar immer schneller, da die Geschwindigkeit des Triebwagens zunahm, und die Autos und Lastwagen rasten im Höchsttempo mit ihren immer gleichen Ladungen hin und her, den Ladungen schmalbrüstiger Männer, die Waffen aller Art schwenkten und den Gladiatoren der Antike glichen, die zum Hohn (damit ihr Kampf und Tod etwas Komisches, Ergötzliches, Erniedrigendes an sich habe) nur mit der Hälfte eines Harnischs oder mit nur einer Beinschiene ausgerüstet wurden: einige hatten Helme, andere waren barhäuptig, wieder andere trugen Polizeikäppis mit einer Troddel, die auf der Stirn hing, und vielleicht waren es immer dieselben (dieselben Lastwagen und dieselben Gladiatoren), die immer wieder um die Häuserblocks fuhren, wie in den Opern, wo die kaum von der Bühne verschwundenen Statisten schleunigst hinter dem Bühnenbild herumrennen, um an der gegenüberliegenden

Seite wieder aufzutreten, wieder quer über die Bühne zu laufen und dann noch einmal zwischen Kulissen und staubigen Versatzstücken hinten herumzurennen, um noch einmal ihre eigene Verfolgung aufzunehmen, oder wie jene Bauern, die der Günstling einer Kaiserin, wie hieß er noch, mehrmals in den von seiner idiotischen Gebieterin besuchten Dörfern an ihr vorüberziehen ließ: vielleicht fuhren sie auf der Suche nach dem unauffindbaren Feind in der Stadt herum, auf der Suche nach dem, was keinen Namen, kein Gesicht, kein besonderes Aussehen hatte und verdammt war endlos herumzuirren, wie jener legendäre Jude, der keine Ruhe finden konnte, wie jene Schwärme unruhiger, jämmerlicher, wilder Vögel, die man immer wieder krähend über etwas Unsichtbarem herumschwirren sieht, über irgendeinem Aas, irgendeinem verreckenden Tier, irgendeinem Ungeheuer, irgendeinem kranken Leviathan, der lebend zu verwesen beginnt, sich nicht mehr in eine bestimmte Richtung bewegen kann und, der Dünung und den Strömungen ausgeliefert, langsam hin- und hergetrieben wird und manchmal die Wellen und die verpestete Luft mit mächtigen und lächerlichen Schwanzhieben peitscht; dann sah er ihn: das heißt das Gewehr, den langen Gewehrlauf und darunter den Schopf, den Wedel aus borstigem, struppigem Haar, der die Brüstung am Rande der Esplanade überragte und sich im Rhythmus seiner Schritte hob und senkte, und da sprang er von seiner Bank auf, begann zu laufen, rief ihn, und dann hatte der andere ihn vielleicht gehört, denn er drehte den Kopf herum, wenn er auch nicht stehenblieb, und sein schmales, in dem krausen Haarschopf verlorenes Gesicht wandte sich ihm ein paar Augenblicke zu: grau, zerknittert, und er glich mehr denn je (da sein Kinn genau den Rand der Brüstung streifte und der Kopf aussah, als läge er, vom Körper getrennt, auf der Brüstung) einer jener menschlichen Masken, die die Indianer zusammenschrumpfen lassen, bis sie, blutleer und verzerrt, nur noch faustgroß sind, und die über den Tod hinaus das unauslöschliche, unverwischbare Siegel der Gewalt und Hilflosigkeit bewahren, diese mumifizierten Köpfe mit ihren vorspringenden Backenknochen, ihren hohlen Wangen und ihren toten Augen: aber er war noch zu weit weg, um seinen Blick sehen zu können, er sah nur das Gesicht, die Totenmaske, die (für die Dauer von drei oder vier Schritten), ausdruckslos und leer, ihm zugekehrt war und sich dann wieder abwandte, links hinter dem Lorbeerlaub verschwand und wieder erschien (nun war er beinahe an der Nordostecke des Platzes angelangt), so daß der Student, immer noch rennend, seine Richtung änderte und auf die Treppe zulief, welche, die Ecke abstumpfend, hinunterführte, und, nach drei Sprüngen unten angekommen, blieb er mit gespreizten Beinen und dröhnenden Ohren auf der Stelle stehen, rang wieder nach Atem, blickte um sich und begann dann, an der Nordseite entlangzulaufen, blieb wieder stehen, warf schnell einen Blick auf die Avenida, kehrte dann zur Platzecke zurück, rannte, ohne anzuhalten, an der Treppe vorbei, bog nach rechts ab, verlangsamte seinen Schritt und trottete nun, um sich blickend, weiter, blieb dann wieder unentschieden auf dem Bürgersteig stehen, drehte den Kopf nach allen Seiten, bis er, den Eingang des Pissoirs erblickend, dort hineinrannte, die Stufen hinunterraste und schließlich dastand, in dieser Art stinkenden, wässerigen Stille, zwischen dem kalten Glitzern der glasierten Wände, laut schnaufend und es wieder klebrig, warm, schmierig an sich herunterrinnen fühlend, ganz allein: er würde also hineingehen, die drei Stockwerke hinaufsteigen – weil der Aufzug immer noch kaputt oder ein für allemal blockiert sein würde –, ins Büro treten, und zwischen den verkohlten Balken (und vielleicht wären da noch das groteske Sofa mit dem Überzug aus königlicher, todkranker, verschossener rosa Seide und die Bischofsstühle und der lange, mit Zink bedeckte Tisch) würden sie alle beisammen sein, der Schulmeister, der Italiener, der Kahlköpfige und der Amerikaner, mit ihren undurchschaubaren, müden, ruhigen und leidenschaftlichen – vielleicht ein wenig ausgetrockneten, mumifizierten, verstaubten – Gesichtern, denen aber immer noch das unbesiegbare, unzerstörbare Etwas entströmte (keine Gläubigkeit, kein Glauben, nicht einmal eine Überzeugung und noch weniger die Gewißheit, recht zu haben: nur wissend, daß die Dinge sich wohl oder übel nicht anders abspielen konnten), und sie würden ihn ohne Lächeln, ohne Ergüsse, ja sogar ohne sichtbares Zeichen der Sympathie empfangen: nur ein kurzer, ausdrucksloser, neutraler Blick, als ob es natürlich wäre, daß er da sei, sich zu ihnen gesellte, wenn auch mit etwas Verspätung, als ob sie immer, selbst nach so vielen Jahren noch damit gerechnet hätten, daß er sie schließlich wiederfinden würde, und sie würden weiter über das sprechen, worüber sie vor seinem Hereinkommen diskutiert hatten, wortkarg und lakonisch, und der Amerikaner würde etwas sarkastisch, blasiert sagen, daß es nicht erstaunlich sei, daß er gewußt habe, daß es so kommen mußte, daß er immer gesagt habe, daß dieses Gewehr eines Tages unversehens schießen würde, weil es besser gewesen wäre, den Leuten erst einmal die Handhabung einer Waffe beizubringen, und nicht nur das Tragen der Waffe, bevor man ihnen erlaubte, sie den ganzen Tag mit sich herumzuschleppen wie ein kleiner Junge, der sich nicht von einem neuen Spielzeug trennen kann . . . Aber vom Innern eines Pissoirs aus verursacht es nicht viel mehr Lärm als die Fehlzündung eines Motors, und niemand regt sich darüber auf, nur die erschrockenen Tauben (die pompadourgrauen Tauben mit ihren aufgeblähten Kröpfen, den schillernden kupfernen Halskrausen, ihren hornartigen, geringelten, mit Krallen versehenen, unempfindlichen, korallenroten Füßen, die sich ruckartig auf dem staubigen Kies der Esplanade voranbewegen – oder auf dem runden Rand der Brunnen stehen, auf dem Kranz der Becken voll schwarzen Wassers, deren Wandungen von einer weißen und grünen, gallertartigen Vegetation überzogen sind, die, waagerecht im Wasser treibend, den unmerklichen Wirbeln preisgegeben, von unmerklichen Wallungen bewegt werden), die alle zugleich mit einem vielfältigen Rauschen aus aufgewirbelter Luft und Flügelschlagen, das sich wie ironisches, dummes Klatschen anhört, auffliegen, sich gruppieren, eine Art Spreite bilden, eine nicht zu überblickende, wild bewegte, getüpfelte Fläche, die, sich drehend (wie ein auf die Seite kippendes Flugzeug), emporsteigt und einen weiten Kreis über dem Platz beschreibt – dem Platz mit seinen ambulanten Fotografen, die ihre mit Wäscheklammern zusammengehaltenen schmutziggrauen Fotos feilbieten, Fotos von affig und feierlich posierenden Männern mit Schäfer- oder Bauerngesichtern, erfüllt von jener etwas steifen, etwas anmaßenden und etwas eingeschüchterten Würde, die der Mann allein durch das Gefühl, sich auf eine Waffe zu stützen, gewinnt – und dem Greis in Pantoffeln, der ein Kind an der Hand hält (und jetzt stehen sie – der Greis und das Kind – mit erhobenem Blick da und schauen der bebenden Decke aus lauter Vögeln nach), mit den stehengebliebenen Fußgängern, die ebenfalls hinaufblicken, den Liebespaaren, den braven Leuten, die in abgenützter Kleidung auf den Bänken sitzen und verstohlen etwas aus einem Stück Zeitungspapier nehmen und gierig kauen, wobei sie rasche, argwöhnische, schwarze Blicke um sich werfen (die zusammengeknüllten Zeitungspapiere werden schnell von den erdfahlen, rissigen Händen auf die Beete geworfen, und sobald sie da liegen, öffnen sie sich wieder, entfalten sich mit einem jähen, kurzen Zucken, gleich einem letzten Ruck, einem letzten Atemzug, und rühren sich dann nicht mehr, sondern bleiben verstreut zwischen den Büschen als schmutziggraue gezackte Flecken liegen, wie tote Tauben), und der brausende Flug der Tauben kommt zum zweiten Mal kreisend und klatschend an der Hotelpalast-Fassade, ihren hohen Scheiben mit den sternförmigen Spuren von Schüssen, ihren achtzig Fenstern, ihren rosa Kuppeln und ihrem Spitzenwerk aus Blitzableitern vorbei, und dann steigt der Taubenschwarm in den Sonnenschein empor, über den Dächern (das heißt, daß er die unsichtbare Scheidewand zwischen dem vom Hotelpalast geworfenen Schatten (der nun beinahe ebenso hoch wie das Gebäude ist, da die Strahlen der untergehenden Sonne beinahe waagerecht fallen) durchflogen hat und nun in der unsichtbaren Zone hellen Lichts auftaucht, in der die Tauben sich zuerst, im Gegenlicht, grau-lila vom gelben Himmel abheben, und dann, während sie ihre Flugbahn ändern und in entgegengesetzter Richtung zurückfliegen, golden und metallisch glänzen, wobei sie immer höher hinaufsteigen, während die wirre, sterbende Stadt in der erstickenden Luft des Septemberabends unter ihnen liegt: es ist noch nicht die Abenddämmerung, aber bald: jetzt und für ein paar Augenblicke noch ist das Schattennetz ihrer Straßen und Aveniden deutlich zu erkennen, aber das waagerecht die Dächer streifende Licht weicht mehr und mehr dem vom Hafen aufsteigenden braunen Dunst, der die tiefen, schwitzenden Steingräben anfüllt, bis die Sonne plötzlich hinter der Hügellinie im Westen, hinter den hageren Gerippen der Türme und Riesenräder des Vergnügungsparks verschwindet, der jetzt verlassen unter dem lachsfarbenen Himmel liegt, und auch die Stadt liegt im unveränderlichen, grünlichen elektrischen Licht der kugelförmigen, verschnörkelten Straßenlaternen, die, wie die Rampenlichter eines Theaters, nacheinander aufleuchten, verlassen und einsam da, gleich einer jener im Kindbett liegenden Königinnen, die man in ihrem Schloß allein gelassen hat, da niemand die jetzt Gebärende sehen darf, während sie aus ihrem schweißgebadeten Schoß das hervorstößt, was geboren werden, hervorgestoßen werden mußte, irgendein kleines, makrozephales (sagte der Amerikaner), nicht lebensfähiges, degeneriertes Monstrum, – und schließlich hält alles inne, fällt alles zusammen, und sie bleibt erschöpft, ihr Leben aushauchend da liegen, ohne Hoffnung, daß es jemals endet, ganz langsam, unablässig und vergeblich verblutend: nicht einmal mit aufgeschlitztem Bauch, nicht erdolcht, nur mit einem winzigen, unsichtbaren Riß genau in der Mitte ihres Leibes, aus dem unaufhörlich das Blut in einem dünnen roten Rinnsal sickert, ein paar Tropfen, eine Lache bald, die größer wird, sich langsam auf den Fliesen des unterirdischen Pissoirs ausbreitet, in dessen Gang immer noch, inmitten des erstickenden Gestanks, mit den Rücken an der Wand aus glasierten Backsteinen, die feierlich-steife Reihe von Schuhputzern mit den Rabenflügelfrisuren stehen, ganz (Hemd und Hose) in Schwarz, nebeneinander, geduldig, dienstbereit, fürchterlich und ausgehungert hinter ihren mit Nägeln beschlagenen Kistchen, die antiken, geheimnisvollen kleinen Schreinen, winzigen, lächerlichen Kindersärgen gleichen.

Claude Simon

»Ein europäischer Faulkner – eine eigene zweifellos große Leistung«
Deutsche Zeitung und Wirtschaftszeitung

»Es ist die Unruhe, die sein Schreiben schafft, seine Art zu schreiben, die seine Bücher von fast allem abheben, was in den letzten Jahrzehnten geschrieben worden ist. Dieser Schriftsteller hat sich nie auf eine Theorie gestützt, sondern sich immer nur auf die Ergebnisse seines Schreibens berufen. Er ist immer nur ausgegangen von der Präsenz der Dinge, den eigenen Beobachtungen, die sich ihm aufdrängten und ihn auch gleichsam verfolgten, die zunächst nur verschwommen sichtbar waren und die erst im und beim Schreiben nach und nach für ihn erkennbar wurden. ›Erst im Schreiben‹, so sagt er, ›entsteht etwas, in jedem Sinn des Wortes. Das Faszinierende für mich ist, daß dieses Etwas immer unendlich reicher ist als was ich mir vorgenommen hatte.‹«
Süddeutsche Zeitung

Die Straße in Flandern

Roman. Aus dem Franz. von Elmar Tophoven. 2. Aufl., 12. Tsd. 1985.
302 Seiten. Serie Piper 566

»Die vielschichtige Erzähltechnik wird mit lässiger, dennoch bisweilen atemberaubender Virtuosität gehandhabt, aber sie steht nun wirklich im Dienst eines Stoffes, der anders nicht darzustellen ist. Das bohrende, unablässige Einkreisen einiger Augenblicke, einiger Fragen, das Wechselspiel zwischen verschiedenen, sich dauernd durchdringenden Zeitgeschichten, das Anzweifeln aller Gewißheiten: diese typischen Merkmale des ›nouveau roman‹ sind hier mit der Handlung restlos zur Deckung gebracht.«
Die Weltwoche, Zürich

Der Wind

Roman. Aus dem Franz. von Eva Rechel-Mertens. 2. Aufl., 12. Tsd. 1985.
307 Seiten. Serie Piper 561

»Das Buch sprengt die Fesseln der Zeit, der starr logischen Folge und der plumpen Kausalität. Das Wirkliche wird wirklicher. Es nimmt Gestalt an in einer hochchromatischen Prosa, einer Sprache voller Rhythmus und Bildgewalt. Es ist eine an Proust geschulte, virtuose Diktion, die der Syntax das Letzte abverlangt. Diese Sprache entscheidet den Ausgang des Experiments zugunsten des Experimentators. Mehr noch: sie verbürgt sich dafür, daß er ein Dichter ist.« Süddeutsche Zeitung